MELISSA

夜這いを決意した令嬢ですが間違えてライバル侯爵弟のベッドにもぐりこんでしまいました

茜 たま

Illustrator
鈴宮ユニコ

この作品はフィクションです。
実際の人物・団体・事件などに一切関係ありません。

夜這いを決意した令嬢ですが間違えてライバル侯爵弟のベッドにもぐりこんでしまいました

MELISSA

第一話「夜這い先を間違えました」

彼の指が、入ってくる。

ベッドに仰向けに横たわり、立てた私の膝の間を、青い瞳がじっと見ている。

こんな光景、信じられない。

「ほら、またきゅって締まった……気持ちいい？」

掠れた声で彼が聞く。指が中の壁を擦って、そしてその場所の少し上。一番熱を集める粒をくすぐる。ぞくぞくが込み上げて、腰が浮かぶ。瞼の裏が明るくなりそうな、その瞬間。

「だめだよ」

冷たい声に目を開くと、彼はぷつりと指先を、熱くとろけたところから抜いてしまった。

「もっと我慢しないと。そんなんじゃ、『本番』でうまくいきっこないよ？」

「い、いじわる……バカ……大っ嫌い……」

「ふうん、そんなこと言うんだ」

しゃくり上げる私を見下ろして、彼は唇の端を舐めた。そしてまた、指が私の中を探る。

指の腹で、内側の壁を擦る。擦りながら、だんだん奥へ。トントントン。

そのたびに、奥からあふれてくるものが止められなくなる。

「ひゃ、や、め……で、ちゃう……」

「だめ。たくさんとろとろ出して、ここ柔らかくしなきゃ。そんなんじゃ主導権なんて握れないよ？」

彼の息遣いも、なんだか荒く、早くなってきている。

息を必死で整えて、彼を見上げる。視界が涙で滲(にじ)んでいる。

「だって」

「だって……気持ち、いい……んだもの……」

どうにか返した言葉に、彼の意地悪な表情が消えて、一瞬真剣な瞳(め)になった――と思ったら、そのまま唇を塞(ふさ)がれた。

唇を割り、熱い舌が入ってきて。声と息とが飲まれてしまう。

身体(からだ)の奥の最奥の、すごく敏感なその一点。押し当てられた指が、そこを容赦なく擦り上げてくる。

声が出せない。刺激を逃がせない。足の指に力を入れて、必死で彼にしがみついた。

「いいよ。全部忘れて――今だけ全(すべ)てを僕に委(ゆだ)ねて、気持ちよくなってごらん」

だめなのに。忘れちゃ絶対、だめなのに。これは、夜這(よば)いを成功させるための……補習なの。

全てはあの夜――私が大変な間違いを犯した、あの夜から始まったこと、なのだから。

*

扉をそっと開く。微(かす)かに軋(きし)んだ音がして、心臓が跳ねた。

後ろ手に閉めながら息を潜める。大丈夫。部屋は静寂に包まれている。

この宿の中で一番広い二間続きの客室の手前には、ソファとテーブルのあるパーラールーム。

奥の寝室に設(しつら)えた大きなベッド。そのシルエットがかろうじて見える暗がりの中、暖炉の薪(まき)がぱちりと爆ぜた。

もう一度、胸元に手を当てて音を立てないように深呼吸をする。

ベッドの足元に近寄って、厚手の毛布をそっとめくった。

心臓がどきどきと耳元で鳴っているみたいだ。間違いなく人生で一番緊張している。

だけど、決めたのだ。もう行くしかないのだ。

目をつぶって、毛布の中に頭から潜り込む。

中は暗闇。這いつくばる両手が、温かい足に触れた。

当たり前だけれど、ものすごくビクッとして引き上げられる、それは男の人の足。

ああ、もう後戻りはできない。

ごめんなさい許してくださいあわよくば私に……欲情してください!!

一気に毛布の上まで這い進み、ボスン!! と上から顔を出す。

「だ、抱いてくださいオスカー様!!」

ぎゅっと目をつぶって叫んだ。

沈黙。

恐るおそる、片目を開く。

驚愕の表情を浮かべて、ベッドの足元から入り込んできた私を見ている、男の顔。

寝間着の白いシャツは少しはだけて、ご自慢のシルバーアッシュの髪が乱れて額にかかっている。

半身起こした右手には、ベッドサイドテーブルに置いた剣がすでに掴まれていた。

よく知っている、やたら整った顔。切長の目元が似ている。だけど、決してオスカー様じゃ、ない。

「――君、何しているのこんなところで……」

「ふぎゃあ!!」

叫んで身体を引いた瞬間、私はそのままベッドの横に落っこちてしまった。強かに尻を打つ。

皆さん。

夜這いをする時は、まずはとにかく相手をよく確認しましょう。

これはとても大事なことなので二度言います。

夜這いの相手、間違えちゃダメ、絶対。

私、クロエ・マリネル十九歳。

私の人生初の夜這いは、間違えて学生時代の宿敵、レイ・アルノルトのベッドに潜り込んでしまうという、考えうる限り最低最悪の結末を迎えてしまったのである。


「……事実確認をしたいんだけど、君、アルノルト侯爵に夜這いをしようとしたの?」

夜這い相手を間違えたことが判明してから数分後。

私はパーラールームの椅子に神妙な顔で座り、ソファに座った男と向かい合っていた。

寝間着の上にガウンを羽織り、いつの間に整えたのかいつも通りに髪をさらりと流した、この男。

十か月前まで同じ学園に学んでいて、今は侯爵の若き参謀として頭角を現してきているという私の元同級生、レイ・アルノルトは、右手の中指で自分のこめかみを押しながらため息をついた。

「君は男爵令嬢で、この宿屋の人間だ。そんな君が、客である、そしてこの北部全体を治めるオスカー・アルノルト侯爵に夜這いをしようとして、部屋を間違えた。その結果、この僕の――この僕のベッドに潜り込んできた、てことで合っている?」

「……ど、どうしてこの部屋にあなたが寝ているんでしょうか……」

「ああそのこと？　侯爵が、こちら向きの部屋だと朝日が眩しいって言うから、さっき替わったんだよ。宿には朝伝えればいいかと思ってたんだ。ほら、まさか宿屋の娘に夜這いされるとは思わないだろう？」

「申し訳ありません……あ、あのですね、私、寝ぼけて自分の部屋と間違えてしまって……」

「君、抱いてくださいオスカー様とか思い切り叫んでたよね」

　間髪入れず切り返される。

「その上なんなのその格好。この宿屋は、看板娘が痴女の格好で客の寝室に忍び込んでくるサービスもしてるの？　そもそも、それがサービスになるとでも思ってるの？」

　言われて見下ろす。お客の男の人の忘れ物の本の挿絵を見ながら作った、胸元がやたら大きく開いた赤い薄い生地の寝間着。胸や腰のラインが薄明かりの中でもはっきり分かる。

「ちょ、やめて、見ないでよ、バカ」

「君、誰にものを言ってるの？」

　レイが盛大にため息をつく。

「見ないでじゃないんだよ見たくないんだよ」

　ソファにかけられたブランケットを放り投げてきたので、慌ててそれを体に巻き付けた。

「で？　なんでこんなバカなことしたの？　君って勉強ができることだけが唯一無二の取り柄だったよね。こんなことしたら訴えられてもおかしくないし、最悪斬り捨てられても文句言えないよ。そんなことも分からなくなるほど盛ってたわけ？」

　無駄に長い脚を組んで見下ろしながら、流れるように言葉をぶつけてくる。

本当に学生時代と何も変わらない。頭にきて情けなくて、泣きそう。

でも、今の私の立場は圧倒的に弱い。ここで返答を間違えたら、うちの宿の評判は地に落ちるだろう。いや、投獄されるかもしれない。痴女として。

膝に置いた手を握りしめた。

「……オスカー様の、妻になりたいの」

下手(へた)に嘘(うそ)をついてもこの男には通用しない。私はよく知っている。

「オスカー様だったら、一晩そういう関係になったら……私を、奥様にしてくださるかもしれないと思って」

「こんな手段じゃなくて、普通に想いを告げたらいいじゃないか」

「だって、相手は『冬の王』の侯爵様だよ？　私なんかが正当に申し入れられるわけがないから」

「正当に申し入れられないから夜這いするって言うの？　アルノルト侯爵のこと、本当に好きなの？」

核心を突かれて不意に言葉が出てこなかった私を一瞥(いちべつ)して、レイは苛立(いらだ)ったように吐き捨てた。

「なにそれ。最低だね」

「す、好きだよ？　優秀で男らしくて頼りがいがあって。アルノルト侯爵のことを好きにならない人なんていないでしょう？」

「そういうことじゃないだろ」

分かってる。そういうことじゃない。

そして、最低なことをしていることも、自分でよく分かっているの。

「――伯爵以上の貴族家当主」

レイはゆっくりと、右手で首の後ろを揉むようにしながら私を見た。

「爵位を預かってほしいんだろ。弟の目が覚めるまで。——条件は、伯爵以上の貴族家当主ただし縁戚関係にある者、だよね」

ああ、お見通しだ。そういえば法律の授業、こいつは三年間ずっと首席だったわ。

軽蔑しているのだろう。でも仕方がない。私には、他の手段はないのだから。

だから、見逃してほしいのだ。バカな女の気の迷いと思って。そうしたら、明日はちゃんと部屋の中にいる人をもっと良く確認してから、夜這いをするから。

だけどレイは、思いもよらない言葉を続けた。

「でも君、処女だよね。そんなんじゃ仮に侯爵の部屋に入り込めても、夜這いなんて成立しないよ」

「えっ……な、なに言って……わ、私がしょ、しょしょしょ——じょだとかそんなわけ……」

「さっきのもさ、一体なんなの。いきなり足元からすごい勢いで這い上がってきて。この地方に伝わるモンスターか何かかと思ったよ。あんなんじゃ夜這いとも思われないで斬られて終了だろうね」

この地方に伝わるモンスター……。

あんまりだと思うが、正直な話、自分が夜這いというものの流儀を全く知らないのは事実だった。

学生時代に女子寮の片隅に落ちていたロマンス小説で王子が姫の寝室に忍んでいくというのは読んだことがあったので、それの逆をすればいいのではないかと思ったのだが、その小説でも、忍び込んだ次のページではチュンチュンと小鳥が鳴いて朝になっていた。

「先例から学んで仮説を立て、実験を反復して検証し、その上で晴れて実践に臨むべきだ。学生時代、君は何を学んできたのさ」

「だって夜這いの先例や仮説なんて、どの本にも書いていないんだもの」

「だろうね。まだ僕の方が詳しい」

　顔を上げると、レイは片膝を立てて胸に抱えながら、私を見下ろしていた。

「レイ……夜這いに、詳しいの？」

「語弊があるからやめて。夜這いとか普通しないから。でもまあ男女の間ですることなら、もちろん一通り経験してるけどね」

　学生時代、レイはどんなに綺麗な女の子たちに言い寄られてもにこやかにお断りしていた（私の前では、「なんで僕がバカの相手をしないといけないのさ」と毒を吐いていた裏表男だ）。

　その彼も卒業して九か月で、都会の女の子とめくるめく関係を繰り広げる大人になったのか。

　私の中に一瞬生まれた感傷的な気持ちは、次にレイが発した思いもよらない提案の衝撃の前に霧散した。

「だからさ。そんなに侯爵と既成事実を作りたいなら、この僕が協力してあげるよ」

　言葉を失う私を見下ろして、続ける。

「それに、彼の好みは誰より分かっているよ？　だってオスカー・アルノルト侯爵は、僕の実の兄なんだから」

　そして、口を開きかけた私の言葉を塞ぐように、学生時代に女子生徒をきゃあきゃあ言わせたザ・外ヅラ大魔王の微笑みを浮かべて、この北部を治めるアルノルト侯爵家の次男であり、侯爵家の若き参謀であると噂のレイ・アルノルトは、言ってのけたのだ。

「こんな田舎の視察に連れてこられてさ、僕、退屈してたんだよね。明日も夜這いしてきなよ、クロエ・マリネル——夜這い相手を間違えた、なんて公にされたくはないだろう？」

翌朝。いつも通り、日が昇るのと同じ時間に起きる。

寝付けなくて何度も寝返りを打っていたからか、背中まで伸びたジンジャーレッドのくせっ毛は爆発して、茶色い瞳の目元が少し赤くなっている。鏡の中、もしゃもしゃ頭の寝起きの顔は、我ながら子供みたいだ。年が明ければ、春には二十歳になるというのに。

――こんなので、本当にできるのかな……夜這い、なんて。

しばらくぼんやりと鏡を見つめていたけれど、窓の外の木から雪が落ちた音にハッとして、両手で頬(ほお)をぱちんと打って立ち上がる。

湿らせた布で髪を押さえようかと一瞬迷ったけれど、結局きゅっと一つにまとめてきつく結ぶ、いつもの髪型にしてしまった。

グレーのストライプ地のロングワンピースの制服に袖(そで)を通して前かけの紐(ひも)を結いながら、今日しなくてはいけないことを頭の中に順番に並べていく。

扉を開き、廊下の冷たい空気を吸い込む。昨日と同じ、忙しい一日の始まりだ。

「おはようございます！　皆さん、今日もよろしくお願いします！」

まずはクロークから。それから部屋係の控室、厨房(ちゅうぼう)と、簡単な清掃をしながら従業員のみんなに様子を聞いて回る。宿の中の出来事は、全て把握しておきたい。

宿泊予約とチェックアウトのお客様リスト、部屋の備品と清掃状況。

厨房で食材の搬入の様子、予定通りのメニューができそうかなど、確認することはいくらでもある。

リンドレーナ王国最北端の町・メール。

我が家は、この町で一番大きな宿屋「ファミール」を営(いとな)んでいる。

「お嬢様が新しく見つけてきた漁師、若いけど腕は確かでしたね。見てくださいよこの大きな鱒（マス）。今夜はこれをグラタンにしましょう」

料理長のグレイさんが大きな魚を調理台に載せながら嬉（うれ）しそうに言う。

「うわあ！　すごく身が締まってる。侯爵は川魚がお好きだから、喜ばれるわね」

「……坊ちゃまもお好きですよ。一皿枕（まくら）元に置いてあげてください。きっと匂（にお）いが分かるはずです」

私が生まれる前からこの宿で腕を振るってくれている彼の言葉に、胸が詰まる。

「ありがとう、グレイさん。ヨハンも喜ぶわ」

「お嬢様」

厨房の入り口に、ベテラン部屋係のマドロラが立っている。

「先ほど、またコンラート・シュレマー様がお嬢様に会いにいらっしゃいました。お嬢様はお忙しいとお引き取りいただきましたが、相当粘られましたので、またいらっしゃるかと」

コンラート・シュレマーと口にする時、彼女は盛大に表情をゆがめた。

私もその名前にうんざりした気持ちになる。

でも、彼を追い返してくれるなんて、さすが百戦錬磨（ひゃくせんれんま）の部屋係だわ。本当に頼もしい。

「ありがとう、今度いらしたら私が対応します」

私がこの宿屋の運営を一手に引き受けたのは、ほんの十か月前――両親が、馬車の事故で亡くなってからだ。

お嬢様として、ずっと好きなことだけをやってきた私に女主人の真似（まね）事ができているのは、従業員のみんなの助けがあるお陰。

今度は私が、みんなを守らないといけない。

マントを羽織って外へ出た。

今日のお客様が来る前に、せめて人が通れる分は雪かきをしておかなくちゃ。

雪かきスコップを握りしめて、雪がまだちらほらと舞い散る空を見上げた。

庭の周りを囲む緑のマツの木に結ばれた、赤と金色のリボン。その上に降り積もる白い雪。

もうすぐ今年が終わる。私たちが全てを失うタイムリミットまで、一か月を切ってしまった。

気持ちが沈みそうになって、慌てて頭をぶんっと振った。

「しっかりしなきゃ！　毎日できることを少しずつ!!」

腕まくりをして、雪かきスコップを両手で押し始めた時、背中から声が飛んできた。

「逞しいね、これぞ田舎娘って感じだ」

いつからそこにいたのか、宿の入り口の扉にもたれるようにしてレイ・アルノルトが立っていた。

シルバーアッシュの髪に切れ長の青い瞳。息を飲むほど繊細な美貌。

質がよさそうな濃紺のマントには、二頭の狼が模された紋章が縫い取られている。

このリンドレーナ王国において、冬の王と謳われるアルノルト侯爵家の現当主、オスカー・アルノルト侯爵の弟にして、彼の若き参謀と名高いレイ・アルノルト。

アルノルト侯爵がこの地方の長期視察の際にうちの宿屋を使ってくださるのはおじいさまの代から恒例のことだったけれど、まさか今年、こいつまでくっついて来るとは思っていなかった。

「やっぱり君はそういう姿が合っているよ。夜這いをしている時よりも、ずっと生きいきしてる」

ポンポンと嫌味が飛び出す綺麗な口に雪かきスコップを突っ込んでやりたい衝動と戦いながら、ぎこちなく微笑む。

「あの、昨日のことはどうぞ内密に……」

「僕を誰だと思ってるの？　誰にも言わないと言ったら言わないさ、とりあえずはね」

　とりあえずはホッとさせていただく。

「あ、もしかして、アルノルト城にお戻りですか？　すぐに馬を寄こします」

「なに追い帰そうとしてるのさ。僕は兄さんと一緒に年内はここに滞在するよ」

「もうやだ。お願いだから私の前から永遠に消えてくれないかな」

「ふーん。そんなことをこの僕に言っていいと思ってるんだ？」

「楽しそうだな、二人とも」

　後ろからの声に振り向くと、朝の光を浴びて立つ、夜空色の髪をした背の高い人。

　レイと同じ濃紺のマントが、別のものみたいにとっても似合っている。

　リンドレーナ王国の若き「冬の王」、オスカー・アルノルト侯爵だ。

「おはようございます!!　オスカー様、お出かけされていたんですか？」

「ああ。天気が良かったから、軽く馬を走らせてきた。このあたりは本当に景色(けしき)がいいな」

　慌ててオスカー様からマントを受け取りながら、後を付いて玄関の段を上がる。

「君とレイは、王立学園の同級生だったな。クロエはとても優秀だったと聞いたよ」

「え、あ、ありがとうございます！」

「レイと首席を争っていたんだろう？　優秀な娘が宿を守ってくれて、ご両親も安心だ。――弟くんの快復を、心から祈っているよ」

　オスカー様の真摯(しんし)な言葉に、込み上がる気持ちをくっと喉元(のど)に押し込んだ。

「必要な薬など、手に入りにくいものがあったらいつでも言ってくれ。手配しよう」

「ありがとうございます、とても心強いです」

「兄さんにお願いしたいこと、薬以外にもあるんじゃないの」

「ちょっと何言ってるのバカじゃないの！」

思わずいつも通りに激しく突っ込んでしまって固まった。

今やただの宿屋の娘が、侯爵様の弟君にきいていい口ではない。

「も、申し訳ありません……！　つい学生時代の気持ちになってしまって」

冷や汗をかきながらオスカー様に頭を下げる。

オスカー様は、ははっ！　と、静かな空気を揺らすように豪快に笑った。

「いや、レイがそんなに生きいきとしているのが新鮮で嬉しいくらいさ。学生時代の友人ってのは貴重だからな。ぜひこれからも、そのまま厳しく接してやってくれ。仕事の邪魔をして悪かったな」

言って、廊下を大股で歩いていくオスカー様の後ろ姿を見送る。

なんて心が広くて公平で、よくできた方なのだろう。

「やらしい目で人の兄の尻を見ないでくれる」

「もうやだ黙って‼」

スコップに手を伸ばしながら睨むと、レイは軽く肩を竦めた。

「そもそも、なんでアルノルト侯爵なわけ？　この宿屋はそこそこ繁盛しているし、もう少し現実的な夜這い候補が泊まることもあるでしょ」

「それは……」

答えようとして、なんだか恥ずかしくなってきてしまった。

「なにその反応。気持ち悪いな。やっぱり男として好きとかそういう感じ？」

「気持ち悪いって言わないで！　ほら、いくらなんでも、全く需要がないところに商品を供給したら、買わされる方に申し訳なさすぎるでしょう？」

「……兄さんに君の需要があるみたいに聞こえるんだけれど」

怪訝そうに眉を寄せるレイ。

「──だって、可愛いって……言ってくれた、から」

小さな声で答える。かあっと頬が熱くなって、冷えた両手を頬に当てた。

「え？」

「二年前の冬、ちょうど私が学園から家に戻ってきていた時に、爵位を継いだばかりのオスカー様が滞在していらして。その時に、学園のお話を少しして……貴族のご令嬢は綺麗な方ばかりですね、って私が言ったら、そうか？　君も可愛いじゃないかって……」

「……」

「で、だから少しでも、喜んでくれる人のところに夜這いたいっていうか」

「え、それだけ？」

「……それだけってなによ」

「いや、え？　可愛いって一度言われただけ？　それだけで、夜這いするなら兄さんしかいないって思ったの？」

「……だって、可愛いとか……お父様とヨハン以外の男の人に言われたの、初めてだったし！」

誰にも話していない大切な宝物をそっと見せたのに、ぺっと床に捨てられたような気がした。

こんな奴に話した私がバカの中の大バカだったわ！

「えっ……すごいな君……僕の常識を軽く超えるよ。君はそういう風に言われるのとか、むしろ嫌がるタイプだと思っていたけど、意外と乙女なんだ……」

腕を組んで壁に寄りかかっていたレイが、ずるずる、と背中を付けたまましゃがみ込んでいく。

「そんなので、夜這いしちゃうんだ……」

「なによ！　悪かったわね褒められ慣れてなくて！　世の中の人間がみんな自分みたいにちやほやされてると思ったら大間違いよ！　自分の見識の狭さを恥じなさい！」

そんなに大げさに驚くことないじゃない！　雪かきスコップをひっつかみ、憤りながら入り口の扉を開く。冷たい空気が頬に触れて、外に出ようとした足を止めた。

「……それに、本当に素晴らしい方だと思うもの」

アルノルト侯爵が冬の視察の際に私たちの宿屋に滞在されるのは、恒例のことではあった。だけど今年もいらしていただけるものか、私たちは内心不安に思っていたのだ。

両親がいない今、ファミールのもてなしは質が落ちたと、口さがない人たちに言われていることも知っている。私たちは精一杯やっているつもりだけれど、何の実績もない小娘が仕切っていると言われればその通りなのだ。だけど、オスカー様は今年も当たり前のように私たちのところに来てくださった。変わらぬ笑顔で、何事もなかったように。それがどれだけ救いだったか。

「オスカー様の変わらない態度に、どんなに勇気をいただけたか分からない。まがりなりにも今この宿の女主人をしている身として、心の底から感謝しているの」

レイはしゃがみ込んだまま、下を向いている。そろそろ庭に戻らなきゃと一歩踏み出すと、

「兄さんは、他人の価値観なんかで物事を測らないからね」

振り返ると、レイは膝の上に頬杖をついて、どこか拗ねたような顔で私を見上げていた。

「あの人の中には決してぶれない基準があって、それに従ってる。損得じゃない、善悪ですらないこ

とがある。そしてそれは、全て無自覚」

そこが僕と違うところだ、と独り言のようにレイはつぶやいて、一度唇を噛むと立ち上がった。

「逆に言うと、難攻不落に理想が高いってこと。だから二十四歳にもなって独身なわけ」

納得する。なんといってもオスカー様は、「社交界最後の大物独身貴族」と言われているほどなのだ。

「君が兄さんを夜這いで落とそうと思うなら、やっぱり今夜、僕の部屋に来るといいよ。本気で策を練る必要があるからね……弟に、宿と爵位を残したいんでしょ？」

唇を噛んでレイを見る。

そう、やはりこの人には、もう全てお見通しなのだ。

私たちの事情も、私がどうしても夜這いを成功させたいと思っていることも。

全て分かった上でこんなことに協力してくれる理由は、彼自身も言う通り、退屈しのぎの暇潰し以外には思いつかない。それは本当に情けなくて悔しいけれど、でも、それなら逆に遠慮はいらないとも思うことができる。

だってもう、私には他に手段がないのだ。オスカー様が難攻不落だろうが金城鉄壁だろうが、この夜這いをどうにか成功させる以外に、自分たちを守る方法が思いつかないのだ。

だからその夜、私は。

今度は、そこにいるのがレイ・アルノルトだと充分に理解したうえで、その部屋の扉を開いたのだ。

「なにその格好。昨日のあの、二十年前の娼婦みたいな服はやめたの？」

屋根の上を雪かきする時の作業着姿で現れた私を見て、レイはつまらなそうな顔をした。

それには答えず、パーラールームのソファに座るレイから最大限に距離を取って暖炉の横に立つと、用意してきた紙とペンを胸元に抱える。

「オスカー様を確実に落とす夜這い方法について、簡潔に教えていただけますか」

シルクのオフホワイトの寝間着をまとったレイが、ふっと笑ってこっちを見た。

暖炉の灯り(あか)を映したシルバーアッシュの髪がさらりと揺れて、やたら甘い顔の中、青い切れ長の目がこちらを射竦めるように光る。

「懐かしいな。初めて会った時を思い出すよ、クロエ」


勉強が得意だった私を、十五歳の時に両親は王都の学園に入れてくれた。

全寮制の王立学園は大半の生徒が有力貴族の子息令嬢で、北の辺境から来た私には少し肩身が狭かったけれど、大好きな勉強に没頭できることがとても楽しかった。

あれは一年生の終わり頃(ごろ)。

国内最大級の広大な図書館は私のお気に入りの場所で、その日も一番奥の本棚の後ろ、更に大きな柱の陰、でも日当たりがいいお気に入りの席に向かった私は、そこに先客を見つけたのだ。

キラキラと光がこぼれるような綺麗な銀色の髪。

いつも女の子たちに囲まれていて、試験ではほとんどの科目で一番を取っている侯爵家の次男だ、と分かった。

誰に対しても常にそつのない笑顔で接する学園の有名人は、長いまつ毛の瞳を伏せて、椅子に少し寄りかかるようにして、ぐっすりと眠っていたのだった。

定位置を取られていたことに落胆しつつも仕方なく立ち去ろうとした私は、彼が胸に抱く革表紙の本を見て立ち止まる。

経営学の先生が薦(すす)めていた本だ。とても貴重な古いもので、図書館にも一冊しかないと聞いて早速探していたのに、見つからなかった。

こんなところにあったのか。

侯爵家次男をチラリと見る。

繊細な筆で描かれたような綺麗な形の唇を微かに開き、無防備に熟睡している。

ちょっとだけですよ～……。

寝てる間少し拝借するだけですよ～……。

心の中でつぶやきながら、椅子のそばに膝を突き、手の下からそっと本を抜き取ろうとして……。

不意に、びく！　と震えた彼が、目を開くと同時に私の腕を掴み、ねじり上げた。

「えっ⁉」

切れ長の青い眼(め)から刺すような眼光。

いつものあの笑顔は作り物だったのか。これは三人くらい殺してる目だ。

ぎりりり、と腕を締め上げられる。

細くしなやかな手のどこに、こんな力が……‼

「い、痛い痛いなにするの⁉」

「君なに。誰に言われたの」

「はい――⁉」

「どこの家の差し金？」

「なんの話ですか、私はただその本を！　ちょっとだけ読ませてもらおうとしただけよ！　痛いってば放してよ!!」

「本」

やっと夢から覚めたように、彼は手を放した。

腕がじんじんして感覚がない。その場に座り込んで、涙目で奴を見上げた。

「そうか、僕はてっきり……」

つぶやいて、眉間（みけん）を押さえている。

「き、貴重な本独占しておいて何するのよ、もう！　腕折れたらどうしてくれるのバカ！　罰としてこの本は私が借りるからね！　バカ！」

「――バカ」

目を丸くする彼からどさくさ紛れに本を奪うと、私はスタスタとその場を離れた。

――どこの家の差し金？

とっさに出てきた言葉、貫くような目。

侯爵家に生まれるというのも、色々大変なんだな、と思った。

関係ないのに腕をもがれそうになった私の方が被害者だけど！　どさくさで本を手に入れられたのは、少しだけ収穫だったけど!!

「ねえ、ちょっと君」

肩を引かれて振り返ると、いつものやたらキラキラした笑顔を取り戻して、すっかり通常運転といった様子の、侯爵家次男。

「その本、僕もまだ途中なんだ。経営学のレポートでしょ？　一緒に勉強しない？」

「え、いえ、別に結構です」

「やせ我慢しなくていいよ。この僕にこんな勧誘をされるなんて、君の人生には二度とない僥倖だ。素直に受け入れておかないと、死ぬ時絶対に後悔するよ」

笑顔のまますごいことを言うと、さっきの席に私を引きずるように連れ戻した。

それが初めて口をきいた、十六歳のレイ。


「思えば初対面から寝込みを襲われたんだよね、僕は。君はなんなの？　夜這いしなきゃ死ぬ体なの？」

そして今、私の前に寝間着のまま腰かけ、感慨深そうに言う十九歳のレイ……。


あの日、レイはまずいところを見られたと思ったんだろうな、と今なら分かる。

だから懐柔して口止めしようと声をかけたのだろう。

でも、誤算があったとしたら。

二人で一冊の本を見ながら始めた経営学のレポート作成が、ものすごく盛り上がってしまったということだった。

ギスギスした空気を隠さずに並んで座った私たちだけど、もっとあっちに行って君こそページめくるの遅いよと牽制しあいながら覗き込んだその本は、ものすごく面白くて、いつしか二人とも黙り込んで没頭した。

レポートの範囲となる章を読み終わると、どちらともなく満足のため息をつき、

「グリエル商会と南方戦争にこんな関係性があったなんて考察、初めて見たわ。今回のレポート、私

は論旨を百八十度変えるわよ」

つぶやいた私に、

「僕もだね。言っておくけど僕のレポートは学説を塗り替えるものになると思う。悪いけど、今期の経営学首席の座は僕がもらうよ」

少し驚いた。

前学期、レイが唯一首席を取れなかったのは経営学で、そして首席は私だった。

しかし私のような地味な女子の存在を、この人が認識していたなんて。

さすが学園の人気者は違うなと思うけれど、だからといって、そこは譲れない。

うちの宿屋をこの国一番に育てたい私にとって、経営学は最も優先すべき科目なのだ。

「私だって負けないわ。絶対に首席は譲らない」

まっすぐにレイを見返して宣言した。心の奥底から、ワクワクしたものが込み上げてくるのを感じながら。

——結果から言うと、レポートは宣言通りレイの評価が上で私は地団駄を踏み、代わりにその学期の経営学首席は私が死守した。

それ以降、私たちは図書館のその席で顔を合わせることが多くなった。

難しい課題はどちらがよりスマートな解法を導き出すかを競い、読みたい本が被ると奪い合った。

やがて他の科目でも争うようになり、不明なことがあると何日でも議論した。

私がまとまらない考えを必死で話しても、レイはすぐに理解して、（皮肉まみれだけど）打てば響くように返してくれた。

自信家でナルシスト。他の生徒には爽やかで礼儀正しいくせに、私には闘争心を剥き出す裏表ぶり。

だけど、レイと勉強するのは、なんというか……爽快だったのだ。

で、今。

「まず君には、余韻とか情緒というものが全くないんだよ。会話の中にも間がない。分かるかい？『間』」

私は、深夜の客室でレイの講義を受けている。

「まず、すぐに言い返すのがいただけないよね。人が話し終わる前に被せるように持論をぶち上げ始めるのも絶対だめだよね。聞き上手じゃない。だから、色気がない。分かるかい？『色気』」

——講義というか、女としてのダメ出しを、延々と受け続けている。

「ま」「いろけ」と紙に書きつけたところで、手に持っていたペンを、グキ、と握りしめた。

「ねえ、あなた、ここぞとばかりに私でストレス発散していない？」

「なに言ってるの？　この僕が直々に、君なんかの分析をしてあげてるんだ。一生感謝して」

「分かったわよ、もう。私に色気を感じる男の人なんて、いないってことでしょ！」

それなのに、普通の男性に比べてかなり敷居の高いオスカー様を射止めようとしているのだ。

「そうとも限らないけどね。世界中探せば、かろうじて一人くらいはいるかもよ？　君にすごく色気を感じる奇特な男が」

組んでいた足を解いて立ち上がると、レイは私の前に立って顔を覗き込んでくる。

「その一人って、オスカー様？」

「それはない」

「それじゃ何の意味もないわ」

ため息がこぼれてしまう。

「オスカー様と、一晩でいいから既成事実を作れる方法を教えてちょうだい」

「だんだん言葉を取り繕わなくなってきたね」

レイは肩を竦めて、スタスタと寝室の方へ向かうと、ベッドの上に置いてある包みを手にした。

「はい」

投げて寄こす。

「僕こっち向いてるから、その隅でそれ着てきて。そんな格好じゃ色気以前の問題だろ」

意地の悪い表情を浮かべて、私を見た。

「それ着て僕に、夜這いしてみせてよ」

寝室の入り口に立った私を見たレイは、特に表情を変えることなく小さく頷いた。

「ま、そんなもんか」

「そんなもんかじゃないわよ、なによこれ！」

レイから渡された包みの中に入っていたのは、薄い菫色のナイティだった。

ロング丈なのはいいとして、レースのリボンが揺れる胸元は大きめに開き、袖はパフスリーブ。更に胸の下できゅっと絞った形になっているので、胸の形が下着のように強調されてしまう。

「だって君、さっきの格好じゃ夜這いっていうよりも、雪かきお疲れ様ですって感じだったし。色気が壊滅的なんだから、まずはせめて形でもと思って視察の途中に買ってきてあげたんだよ。この僕が、自らね」

「大事な視察中に何買っちゃってるのよ……」

立ち上がって、私の身体に沿って上から下まで視線を動かすこと二往復。

「うん、君は顔の作りがどちらかと言うと猫系だから——あ、可愛げがない方の猫ね。だから、昨日みたいな服よりは、こっちのほうがいくらかは見られる。肌も無駄に白いから、数少ない長所は出しといた方がいい」

可愛げがない方の猫ってなによ。数少ないって言わないでよ。

「あと、君ってやっぱり結構胸はあるんだね。そのナイティ、ひっかかりがないと逆に胸が出ちゃうんだけど、一応ちゃんと収まってる」

しれっとした顔で人を値踏みしながら顎に指先を当ててるレイを、殴りたい気持ちで睨んだ。

「……じろじろ見ないで。訴えるわよ」

「それでも、ちゃんと着るあたり、本気で兄さんを落としたいんだ」

レイは私に背を向けると、ベッドの中に入った。上半身を起こしてこっちを見る。

「じゃ、実践。僕のこと兄さんだと思って、夜這いしてみて？」

「っ……」

やっぱりそうなるか。

「……練習からこの格好をする意味、ある？」

「模擬試験は本番と同じ条件下で行うのが鉄則だろ」

「こんな格好で現れて、オスカー様はぎょっとしたりしないかしら」

「言ったろ。昨日の格好よりはずっとましだって。それに兄さんはこういうの好きだよ。あの人、保守的なとこあるから」

本当だろうか。ただ単に、私を辱めて面白がっているだけではないだろうか。

でも、たとえそうだとしても、オスカー様への夜這いの成功率を上げる方法が他にあるわけではない。

ため息をついて、ベッドに近付いた。

「ちょっと待って」

「なによ」

毛布の足元をめくり上げた私を見て、レイは立てた膝に頬杖を突いたまま、呆れたように言う。

「昨日もそうだったけど、ベッドの足元からそうやってごそごそ這い上がってくるの、やめたほうがいいよ」

「なんで？」

「人間って、足元からぞわぞわってくるものを本能的に気持ち悪いって思うんじゃないかな。子供の時に読んだ絵本に出てくるモンスターか何かかと思った」

モンスター。確かに昨夜もレイはそう言っていた。

冷静に考えたら確かに怖い。私だったら二度と毛布から足を出して寝られなくなる。

「でも、じゃあどうしたら」

「普通に、横から入れば？」

レイが自分の隣を指さしたので、ベッドサイドに移動すると、「よっこらしょ」と言いながらベッドに片膝を突いて上がり込んだ。

ぎしりと軋む。ベッドメイクする以外で客室のベッドに上がることなんてない。

うん。やっぱりうちはいいベッドを使っているわ。

「よっこらしょはないでしょ」

うんざりした顔で言われたが無視をした。

「……」

「……で？」

ベッドの上、黙って膝を揃えて座る私を、呆れたようにレイが見た。

「気合い入れた格好して男のベッドに入ってきて、それで、君はどうするの？」

「そ、それを教えてほしいんでしょ!?」

「あのさ」

二人の間に手をついて、微かに身を乗り出してくるレイ。ふわりと、甘いような爽やかなような匂いがして、彼の動きに合わせるように、無意識にすーっと身体を後ろに引いてしまう。

レイは、不愉快そうに眉を寄せた。

「君、夜這い云々の前に、男と女がベッドですることってなんなのか、そもそもちゃんと分かってる？」

「え……」

「まさかと思うけど、手を繋いで眠れば赤ちゃんができるとか思っていないよね？」

「そんなわけないでしょ！　私の生物学の成績忘れたの？　二年の前期はあなたにも勝ったんだからね？」

「よかった。そこから教えないといけないのかと途方に暮れたよ」

理屈では知ってる。もちろん、仕組みとか、方法だって分かっているわ。

だけど。

「……だけど私、あんまり……それをするためにみんながどう空気を持っていくのかとか、詳細な手順とか、そういう知識があんまりないの。お父様もお母様も過保護だったから、そういった話題から遠ざけられていたんだと思う。宿屋とかやってると、自然と耳年増になっちゃいがちだから、よけい心配していたみたい。——別に令嬢ってわけでもないのに、おかしいよね」

あははと笑う私を、レイはちらりと見た。

「それって、君が両親にすごく愛されてたってことじゃないの？」

「……」

そういうこと、不意打ちで言わないでほしい。蓋をしている色々な気持ちがあふれてきてしまう。

ことさらに明るく返した。

「もちろん、お父様たちのせいにするのも違うんだけどね！　学園でも、勉強ばかりしててそういう知識をまったく学ばなかったのは私自身だし？」

「そういうのって、知識が全てじゃないでしょ。相手のことが好きでたまらない気持ちがあるなら、自然と求める気持ちが込み上げて、空気なんて勝手に出てくるものだと思うけどね」

「レイは？」

「え？」

「レイも、恋人とする時には、そういう風に求める空気が出て、いつも自然に……その」

学園時代と何も変わらないと思っていたけれど、今目の前にいるレイは、あの頃、図書館の隣の席に座っていた時よりも確実に目線が上になっていた。背が伸びたのだ。そしてやっぱり大人びている。

「……自然な感じに、性行為に至っているのかしら」

口にしてから、自分の言葉の意味を理解してにわかに焦ってしまった。

「だめだわ。練習とはいえ同じベッドなんかに入ったら、レイの恋人が嫌な気持ちになるじゃない」

「別に。相手が君だよ？　君と僕じゃ、性的な関係があるとは到底思えないでしょ」

「そうだとしても、やっぱり」

「夜這いしようって奴がよくそんなこと気にするよね——ま、別に平気だよ、僕は恋人とかいないし。今はね」

なんだかちょっと不機嫌そうに息をついて、視線を逸らした。

「それに、僕にはずっと好きな子がいるから」

「そうなの？」

私の知っている人？　と言いかけて口をつぐんだ。

卒業して九か月。もう、レイの周りには私なんかのあずかり知らない煌びやかな世界が広がっているのだろう。聞いても虚しくなるだけで不毛だ。

一人で納得して黙って頷く私をちらりと見て、レイはさらりと、とんでもないことを言った。

「じゃ、次。キスでもしようか」

私はゆっくりと目を閉じて、また開いた。レイの言葉が、耳から入ってゆっくりと脳みそに染み込んでいく。だけど、中々理解に至らない。

「え、なんで」

「あのさ」

うんざりしたように眉を上げる。

「夜這いに来ておいて、あとはそちらにお任せします、私は何も分かりませんのでお好きにしてください、ていう姿勢が許されると思うの？　少なくとも相手が盛り上がるまでは、自分の方から奉仕しなきゃ」

なるほど、確かにその通りだ。夜這いに来て「さあどうぞ！」と横たわられても、オスカー様も動揺するだろう。横たわっている間に逃げられては元も子もない。一気に盛り上がっていただくために、場を整えねばならないのは確かな気がする。

「わ、分かったわ。じゃあ、そこの枕で練習を……」

「今まで百万人が枕でキスの練習をしたけれど、それが実践で役立った試しはないよ」

ぐ……。

「了解。そうよね。枕と人の顔じゃ形状が違いすぎるものね。そうだ、それなら人の顔の形をした枕を作ったらどうかしら。それってもしかして売れるんじゃ」

「いいから早く」

ガサリとレイが、私の方に体を向けた。片足を立てて少し行儀悪くベッドに座って、目を閉じる。

シルバーアッシュの髪の下、無防備に閉じられた目。長いまつ毛がびっしり生えている。

すっと通った鼻筋の下、綺麗なアウトラインを描く唇が……。

「わ、分かったわ。レイとするくらい、なんてことないわ。枕とレイと、中身が羽毛なのか脳みそなのかくらいしか違わないわよね」

膝立ちになって少し近付くと、おずおずとレイの両肩に手を乗せた。ぴくり、と微かに震えた肩は、見た目で勝手に想像していたよりもずっと硬い、男の人のものだった。

沈黙が部屋を支配する中、私は何度も、口をレイの唇に近付けて……離して、また近付けては離して……を繰り返す。

顔が見えるからいけないのかとこちらも目を閉じたり、手を肩に置くのがいけないのかと自分の腰に当ててみたりなどの迷走を繰り広げた。

「鼻息が荒すぎて怖いんだけど」

目を閉じたまま、レイがニヤリとした。

緊張が最高潮に達していた私は、その言葉に腰が抜けたようになり、ぽすんとベッドにお尻をつけてしまう。

「無理！　こんなの無理だわ!!」

目を開いたレイは、切れ長の青い瞳に面白そうな色を宿してこちらを見ている。

「なんで？　僕とするなんて、枕とするのと変わらないんじゃなかったの？」

「そう思ったけど無理！　あなた無駄に綺麗な顔をしているし、じっと見ていたら緊張がすごくなっちゃうの！　自慢じゃないけどお父様とヨハン以外の男の人と、手を繋いだこともないんだから!!」

「ふーん？」

やけに楽しそうに笑っているのが憎たらしい。

「あなたこそ、恋人でもない……ていうか、この私とキスするなんて、いいの？　嫌じゃないの？」

「別に、嫌じゃないけど？」

え……。

思わぬセリフに不意を突かれて、心臓がとん、と跳ねた。

「昔農園で飼ってたブービーに似てるんだよね、君。あいつもよく僕の口元を舐めてたなって、懐かしい気持ち」

「……一応聞くけど、猫？　犬？」

「子豚」

私が浮かべた表情を見て、耐えられなくなったようにレイは吹き出すと、笑いながら枕に顔をうずめた。

「なんて顔するのさ。くくくっ……君ってさ、感情全部が顔に出るよね」

「もう！　怒るに決まってるでしょ！　人が真剣に頑張っているのに子豚って何よっ!!」

あーもう！　こいつを信じた私がバカだったわ!!

背中をバシバシと力任せに叩いてやる。

「だいたいね、人にものを教える時の原則って習ったでしょ？　まずお手本をやってみせるの。それから方法を説明して、その後に晴れて実践なのよ。分かる？　あなたは教師としてその姿勢から」

叩く手を不意に掴まれて、そのままぐっと引き寄せられたと思ったら、唇が、何かで塞がれた。

一瞬で離れた時に見えたのは、今までにないくらい近い距離で私を見る、甘く整った顔。

「どう？」

自分の下唇を、ちろり、と舐めてレイが言った。じっとこっちを見る。

私は座ったまま、じりじり……と後ろに下がった。

唇に当たったもの。

柔らかくて、少し冷たくて……あれ、は。もしかして。

「きゃっ……」

後退していた手を更に後ろに突いたはずが、もうそこにはベッドがなかった。

ガクンと後ろに倒れかけた身体が、二の腕を掴まれて引き寄せられる。

そのまま、もう一度唇を塞がれた。

さっきよりも、少しだけ長く。

ぷっ、と唇を離してレイが私を……一瞬、真剣な目で見た、気がして。

そのまま下を向いてしまったので、サラサラの髪が顔にかかって、表情が見えない。

「――今日は、こんなもんかな。明日も早いんでしょ？」

「え！　う、うん。そう、そうなの。確かにその通り！　も、もう寝ないと!!」

ガクンガクンとぎこちなく動きながら、ベッドから下りて入り口に向かう。

ドアのノブにかけた自分の手が細かく震えていた。

右の指先を左手で押さえ、震えを止めながら息を吸い込む。

「あ、ありがとう、レイ」

声の震えを抑えながら、振り向かずに言う。

「協力してくれてありがとう……こんなこと、まで、してくれて、感謝してる」

子豚でもなんでもいいではないか。

「私、頑張って……夜這いの達人になって、オスカー様に立派に夜這い、してみせる。私、レイのこと、ナルシストで裏表のある嫌味な男って思ってたけど……思っていたより、いい人なのね」

恥ずかしくなってしまったので、そのままドアを開けて外に出た。

「おやすみ、レイ」

扉が閉まる直前、俯(うつむ)いたレイの表情は、やっぱり見ることができなかったけれど。


「おはようございます、クロエお嬢様。いい林檎(りんご)が入っていますよ。そのままでも焼いても美味(おい)しいし、いい匂いだ」

昨夜もなかなか眠れなかった。

あくびを噛み殺しながらお客様の朝食の後片付けをしていると、裏口から声がかけられる。

「おはようエグバート。そうね、ちょうどグレイさんも果物が欲しいって言っていたから、二十個くらいもらえるかしら」

林檎なら料理にもデザートにも使えるし、匂いがいいならヨハンの枕元に置いてもいい。

はいよ、と明るい返事をして馬が引く荷台から木箱を下ろすのは、丘を下りた先にある農園から野菜や果物を運んできてくれる青年、エグバートだ。私と年もそう変わらない、明るい笑顔の働き者で、人懐っこくいろんな話をしてくれる。

「そういえばここに来る時、シュレマー伯爵家のコンラート様が入り口を覗いていましたけど」

「そう？　何の用かしらね。ありがとう」

コンラート・シュレマー。

古くからこの周辺を治める伯爵家の長男で、私と同い年。

子供の頃から「労働貴族、見た目が田舎臭い、地味、ちび」と私を揶揄い続けてきた。

このあたりは高齢化が進んでいて子供が少ない。数少ない同世代から毎日罵倒されるのは結構堪えて、王立学園に進学して離れられた時にはホッとしたものだ。

それなのに、まさか、あんな提案をされるだなんて。

この北の町で代々宿屋を営んできた我が家は、おじいさまの代で急成長した。

その頃起きた北の隣国との戦争で、前線に物資を送ったり負傷兵を受け入れたりしたことが評価され、宿屋周辺の小さな領地と男爵の爵位を授けられたのだ。

宿屋の規模は少し大きくなり、中央の要人の御用達と言われることも増えた。

平和で悩みのない私の生活が変わったのは、今年の二月のこと。

家族三人の乗った馬車が崖から落ちたという報せを受けて、私は卒業間際だった学園からすぐに家に戻った。

お父様とお母様の最期には、間に合わなかった。

二人に抱きしめられるように庇われた八歳の弟・ヨハンは一命をとりとめたけれど、事故から十か月が経つ今も、意識が戻らないでいる。

悲しみから必死に立ち上がり、宿の営業を再開した私に突き付けられたのは、意識のない状態では弟はお父様の爵位を継承できないという国の規則だった。

この国では女性は爵位を継げないため、私が中継ぎになることもできない。私は必死で法律や先例を調べた。

そして見つけた、爵位を守る唯一の手段。

それは、伯爵以上の爵位を持つ貴族に、我が家の爵位を一時預かってもらうというものだった。

でも、それにには条件があった。

手続きはその年のうちに済ませること、そしてその貴族は、親族でなくてはならないということ。

私たちの親戚には、もちろん伯爵なんていない。

いざとなれば爵位なんて手放せばいいと思ったけれど、この宿の建つ土地は今や男爵家の領地で、宿自体も爵位に紐付いてしまっていることが判明した。このまま弟の意識が戻らずに今年を終えてしまったら、爵位を手放すことで領地はおろか、宿の権利までも失うことになってしまうのだ。

途方に暮れた私に声をかけてきたのが、コンラート・シュレマーだった。

彼は、こう言ったのだ。

——あるだろう、伯爵家の親戚になる唯一の手段。クロエ、俺がおまえと結婚してやるよ。


昼過ぎ、街へ出た。

ファミールが建つ丘が私たちマリネル男爵家の領地。丘を下ると、シュレマー伯爵の屋敷の裏手に出る。

伯爵の屋敷を中心に広がる街には、街道沿いに商店も建ち並んでいる。

私が宿のことを引き受けるようになってから、食材は全て地元のものにした。

その方が安く早く手に入るし、作っている人に会いに行くことで、数や質の相談もできるからだ。

そういった商店で各種の支払いを済ませて、置かせてもらっている宿のチラシを新しいものに入れ替えてもらった。

郵便局から、以前泊まってくださった方や、近隣の主立った貴族の方へと手紙を出す。

冬のメニューや宿から見える景色の様子などを書いたものだ。読んでくださっているかは分からないけれど、たまに、手紙を見たのよと言って訪れてくれる方もいる。

届いた荷物や書類を確認していると、学園から、休学の期限が来年の二月までだという通知が来ているのを見つけた。宿のみんなに見られないように、くしゃりと握り潰す。

王都から取り寄せた新しい絵本が届いていた。戻ったらヨハンに読んであげよう。

事故以来、ずっと眠り続けているヨハン。

週に二回お医者様に診ていただき、かつ三人の看護師さんに交代で常駐をお願いしている。

お父様の残してくれたお金と、宿のみんなの協力のお陰だ。

ヨハンはまだ八歳。お母様譲りの綺麗なグレイの目をして、いたずら好きだけど優しい子だ。私の、たった一人の弟。どんなに怖かったことだろう。

絶対にヨハンは目を覚ましてくれると、私は信じている。

その時に、両親の死を伝えるだけでも辛いのに。その上爵位も、さらに私たちの宿屋までをも失っているなんて。そんなわけにはいかないのだ、絶対に。

「アルノルト侯爵だわ！　なんて素敵なのかしら」

「一緒にいるのは弟のレイ様ね」

「アルノルト侯爵家はこの北の地の誉れだわ」

郵便局を出たところで、女性たちの浮き立った声が聞こえた。

伯爵邸の門の前、二頭立ての馬車に乗り込もうとしているオスカー様とレイの姿が見える。

揃いのマントを身につけて、堂々とした体躯のオスカー様と、その隣にすっと立つレイ。

今朝、朝食をサーブした時も、レイはいつもと全く変わらない顔で私を無視していた。今だって、彼の標準装備である外ヅラ全開の笑顔を見ていると、昨日の夜の出来事は全て夢だったのではないかという気すらしてくる。

「わざわざあんな宿に泊まらずとも、我が屋敷に滞在していただければいいものを！」

兄弟に隠れて見えていなかった小柄なシュレマー伯爵の、甲高い声が聞こえてきた。

コンラートの父親で、昔から私たちのことをやたらと目の敵にしてくる人物だ。

「男爵が事故死したのは不幸なことですがね、今は何の実績もない小娘が仕切っているそうじゃないですか。ままごとじゃないんだ。あの宿ももうおしまいだと、もっぱらの噂ですよ」

唇を噛んだ私の耳に、爽やかな声が聞こえてきた。

「おかしいですね。私は変わらず、とてもいい宿だと思いましたが。クロエのアイディアは面白いし、サービスも行き届いている。私たちはファミールを、これからも利用しようと思います」

オスカー様の声はよく通り、様子を見守る街の人たちにも届く。

伯爵によって貶められかけたファミールの名前は、あっという間に「素敵な侯爵から褒められた素敵な宿」という名声を手にする。

胸がきゅっと熱くなる。

なんて素晴らしい方だろう。こんな方の寝室に、私は夜這いを仕掛けようとしているのだ。せめて夜這いをされてよかったと思っていただくために、今夜もレイに教えを乞うて、できることはなんでもするしかない。私はそう、決意を新たにするのだった。

「んっ……」

目をきつく閉じて、レイの唇に自分のそれをそっと押し当てる。

昨日の夜も感じた感触。ふ、触れた！　できた!!

達成感を抱きしめてぱっと唇を離そうとしたら、両腕をぐっと掴まれた。

目を閉じたままのレイが、私の両腕をしっかりと掴んで、唇を逃がさない。

やっと離れた、と思ったら、ふに、と下唇を甘噛みされた。

「ぴぁっ！」

変な声。誰の声？　わ、私ですか……？

「自分からできたじゃない」

恐るおそる目を開くと、レイがおかしそうに笑っていた。

文句を言おうとしたらその唇に目が行ってしまい、頬が熱くなって下を向く。


夜、私はまたレイの寝室に来ていた。

今日は最初からマントの下に例のナイティを着てきて、やる気をアピールしたつもりだった。

「じゃ、昨日のおさらいからね」と言われ、ベッドの上で挑戦すること十二回目で、ついに自分から唇を付けることができたのだ。

「なんだか私、キスを極めてきたような気がするわ」

「極めてきたって、今ので？」

くくっと笑う。

「言っとくけどクロエ、キスは奥が深いからね。そのうち、脳みその奥の一番深いところがとろけてこぼれるようなキスを教えてあげるよ」

「なにそれ、そんな風に暗殺されることもあるの？」

貴族世界の恐ろしさを垣間(かいま)見た気がして真剣に聞いたのだが、レイは笑顔を消してため息をついた。

「まあいいや。今夜は次の段階に進んであげる」

「はい、お願いします！」

いい返事を心がけながら、背筋を伸ばしてベッドに座り直した私を、レイは片手を後ろに突いた姿勢で見た。

「部屋に入ってきて、ベッドに潜り込んで、キスをする。とりあえずそこまではできたと仮定するよ」

青い瞳に、いたずらっぽい色が光る。

「次は、何をすると思う？」

「夜這いの目的を明確に提示する、などでしょうか！」

「どうして夜這いしに来た人にプレゼンテーション聞かされなきゃいけないのさ」

冷めた目で肩を竦めた。

「夜這いってのは、女の方がいくらやる気で鼻息荒くしてても、成り立たないんだ。結局は、男をその気にさせなきゃ」

「だ、だから、そのためにキスを極めて……」

「だからその先だよ。男は視覚で興奮するって、知ってる？」

レイがゆっくりと言う。暖炉とランプだけの灯り。窓の外に白い雪がまた降り始めた。

「クロエ、服の前開いて、胸、見せてみて？」

レイに贈られたナイティは、胸の下でキュッと絞られて胸のサイズを強調した作りになっていて、絞られた上の部分には、小さなボタンが三つ並んでいた。

今、私はその一番上に両手の指をかけた姿勢でかなり長いこと固まっている。

「――生きてる？」

呆れたようにレイが言う。

「だ、大丈夫。ちょっと待って。ボタンの構造について考えていたの。よく考えると不思議よね。最初に考えた人はどうしてこういう形にしたのかしら」

早口にまくし立てると、レイは片膝を胸に抱えながら、私を見た。

「普通の性交渉なら、男から服を脱がせてもらえるだろうけどね。でも、今回は自分で脱いでみせないとおかしいでしょ」

分かる。

夜這いにやってきて、戸惑うオスカー様に「服を脱がせてください」と言っている自分を想像すると、我ながら首をかしげたくもなる。

でも。でもでも……。

「クロエ、息が浅くなってる。深く深呼吸して。ゆっくり」

レイが両方の掌をゆっくりと上下させた。

「ご、ごめ……なんだか、気が遠くなってきて」

くく、とレイが笑う。

「やっぱりここが限界なんじゃない？　恋人でもない相手に自分から胸見せるとか、君にはハードルが高すぎたかもしれないね。夜這いとか無茶しないで、何か他の方法を」

「そんなことない！」

レイがこの船から降りようとしている。

元々、乗る理由が全くない船なのだ。

船頭である私が乗るか乗らないかでうじうじしていたら、そりゃ降りようとも思うだろう。

「今、レイに見せておけば、本番ではきっとスムーズにいけると思うの」

だから、大丈夫だからもう少し待って、という気持ちを込めて伝える。

「本番、ね」

レイは唇を動かさないでつぶやくと、なぜか少し機嫌が悪くなったように首の後ろを触った。

「じゃ、練習なんだから気楽にやってみてよ。言っとくけど僕に対してそんなに恥じらっても不毛だよ。僕にとっては君の胸を見ることなんて、子豚がひっくり返ってお腹(なか)を見せてくれる程度の感慨しかない。分かってるよね」

「わ、分かった。そうだよね、恥じらいという気持ちを抽象化していけばいいのよね。一体どういう概念なのかしら。私は先入観にとらわれすぎているのかもしれないわ」

ボタンの一つめを、ぷつ、と外せた。

こういうことは、勢いが大事だ。二つめもぷつりと外す。

三つめも……！　と思ったけれど、そこで指が止まってしまった。

大きく開いた胸元を見下ろすと、谷間が覗いている。

ボタンの間隔は広い。そして、実はこのナイティの胸元は、最初から結構キツキツだったのだ。

三つめのボタンを外したら、それだけで、もう胸が出てきてしまうかもしれない。

ちらりと片目を上げる。つまらなそうな顔をしたレイが、立てた膝に片肘(ひじ)を突いて、片手の指先をいじっているのが見えた。

まったく興味関心がなさそうだ。

そりゃあそうだろう。レイにとって、女の子の胸を見るなんてきっと日常茶飯事なのだ。レイが一言「胸」と言えば反射的に服の前を開くような美女が、アルノルト侯爵城の前に列をなしているのに違いない。

一体私は何を守って何と戦っているのか。夜這いが失敗したら、コンラートに体を捧(ささ)げることになるかもしれないのだ。

三つめのボタンを外した。

案の定、窮屈な締め付けから解放された両方の胸が、喜ぶように、こぼれた。

物心ついてから、男の人に見られたことなんてない。ヨハンとは学校に上がる前までは一緒にお風呂に入っていたけれど、それ以来だ。目をきゅっとつぶって、すぐにでも隠そうとする両手を握りしめ、膝の上に乗せた。

気が遠くなるような沈黙。

もしかしてレイは、私が決死の覚悟でボタンを外したことに気付いていないのではないか。

恐るおそる目を開くと、レイが、口元を片手で押さえて俯いているのが見えた。

その目線は、私から逸れている。手元に隠れて見えにくいけれど、なんだか……顔が、赤い……？

「──ほんとに脱いだの、君」

「ええっ……ダメだった⁉」

今の一連の流れって、脱いだら不正解ってことだったの？　どういう謎かけなの？　夜這いの隠語的な？　難問すぎるよ……‼

泣きたくなって両手を胸元に当てようとすると、

「駄目じゃない」

びくっとして手を止める。

こちらを見るレイの綺麗な青い目と目が合ってしまい、息が止まる。

「よく見せて」

レイの視線を胸先に感じる。耐えられなくて再び目をつぶった。

「……やっぱり、思っていたより大きいね。色とか、形も悪くない」

喉がカラカラになってきた。震える唇をゆっくり噛む。

「僕と図書館で真面目に勉強している時も、君はこういう胸してたんだって思うと、なんだか面白い」

「な、なにが面白いのよ、変態みたいなこと言わないで……」

「駄目だよそんな恥ずかしがったら。自分から見せることに慣れないと」

また、沈黙が流れる。胸元がスースーして、心もとない。

「あれ、なんだか……先端が少し硬くなってきていない？　もしかして、僕に見られて感じちゃった？」

揶揄うような声に反射的に目を開くと、レイは少し身を乗り出して私の胸を見ていた。

「硬くなんか、なってないよ」

「なってるよ。見られただけで反応するとか、敏感なんだね、君」

「なってなんか、ないもの……」

「じゃ、触って確かめてみてもいい？」

レイが、綺麗な人差し指を立てる。

「え」

その指が、だんだん私の胸の先に近付いてきた。

「ま、待ってレイ、ちょっと、え、あ、あの」

ぷに。

指先が、胸の先端を垂直に押し込む。

「ふきゃっ……」

そのまま、くりくり、と指先が胸の先端を、埋めるようにしながら軽く円を描く。

「ひゃ、あぁんっ、ま、まって……」

つぷっと指が離れると、それに付いていくかのように、胸の先が、つくん、と尖ったのが見えた。

触られていない左の胸の先との落差が私の浅ましさを表しているようで、顔が熱くなる。

「――すごく、反応いいね」

絶対笑ってる。そう思って見上げたレイの表情は、見たことがないくらい真剣だった。

あ、と思った時にはもう、両腕を掴まれて……それはまるで、昨日キスをされた時みたいな動きだったのだけれど、今日レイの唇が落ちたのは、それよりずっと下の角度。

レイの唇が、私の胸の先端に触れて。まるで小さな果実でも吸い込むように、ちゅくる、と口の中に含んだのだ。

「え、あ、んんんっ……!!」

大きな声が出たことに自分で驚いて慌てて口を閉じたら、喉の奥から声が漏れる。

レイの右手は私の腰を抱き寄せて、そのまま、胸の先を熱く濡れた口の中で転がした。

「ま、待ってレイ、あ、んっ、ふ、ふぁんっ……」

「君のここに、こういうことするの、僕が初めてだからね」

胸元から視線を上げたレイと、目が合った。熱い息が胸の先にかかる。

レイも、いつもより呼吸が浅くて、早めになっている……気がするのは、やっぱり気のせい？

その時、口に含んだそれを……レイが、甘く噛んだ。

――――っ……!?

とろり、とした感触が、ありえないところからあふれる。

思わずレイの胸をぐいっと押し返した。

なに、今の。

なんなの、今の。

レイが、目を見張って私を見た。

「クロエ」

「ご、ごめんなさい、私、あの……今日はもう、帰る！　おやすみなさい‼」

ベッドから滑り下りて部屋を飛び出そうとして、慌ててガウンを取りに戻ると羽織って、混乱してレイにぺこりと頭を下げてから、私は部屋を飛び出した。

泣きそうだ。

私……今、レイのベッドの上で……おもらし、しそうになっていなかった？


「クロエ、ちょっといい」

翌朝。朝食をサーブする係をマドロラたちにお願いして厨房に籠(こも)っていたけれど、食器を洗い終わって洗濯室に向かう途中で、廊下の壁にもたれるレイに見つかってしまった。

「っ……」

目を見ることができなくて、ぎこちなく俯いてしまう。レイの声を聞いただけで、昨夜のことをまざまざと思い出して、顔が熱くなる。気が遠くなりそうだ。

「昨夜のことだけど」

「クロエ、ここにいたか。レイ、もう伝えたのか？」

レイの背中から大きな声がした。

「オスカー様」

ホッとして顔を上げた私を見て、レイが短く息を吐きだす。

「今言おうとしていたところだよ」

「そうか。クロエ、今日はレイを含めた五人が俺とは別行動になるんだ。リデスの村は知っているか」

リデス。ここから更に馬で二時間ほど北に行った、隣国との国境付近にある村だ。

「はい、この付近で唯一、アルノルト家が直接治めている領地ですよね」

オスカー様は楽しそうな笑顔を浮かべる。

「さすが詳しいな。北部視察の際にはいつもリデスの様子も見に行ってるんだが、それを今回はレイに任せることにした。日帰りは難しい距離だから、今夜はレイたちはあちらに宿をとることになる」

だから夕食の支度は五人分減らしてくれ、というオスカー様の言葉に頷きながら、私は緊張がほぐれるのを感じていた。一晩でいいから、冷静になって頭の中を整理する時間が欲しかったのだ。

「分かりました。教えてくださってありがとうございます。レイ様、重要な任務、お気を付けて」

安心して、やっと笑顔になることができた私を見て、レイは片眉を軽く上げ、微かに唇を開いて、そして閉じた。

「ところで、夜会のメニューは決まったのか？」

「はい、よろしければ今夜のディナーに少し出しましょうか」

「いいな。試食させてくれ」

オスカー様から話題を振ってくださるのをいいことに、レイから目を逸らす。

やっぱり今日は、レイの顔をまともに見ることができそうにないと思いながら。

「夜会のメニューをオスカー様に試食していただけるんですか。それは心強い」

グレイさんが、何度も検討してきたメニュー表を広げながら言う。

「そうね、せっかくだから、試食会も兼ねて本番通りに盛り付けてみない？」

アルノルト侯爵の視察に合わせた盛大な夜会が、来週に迫っていた。

毎回シュレマー伯爵邸で開催されるその夜会は伯爵が全てを取り仕切っているが、今回はオスカー様の提案により、料理の一部を私たちファミールが提供できることになったのだ。

「シュレマー伯爵のメニューは豪勢なんだけれど、どこでも食べられるものだからね。この地方ならではの食材を使ったものをお願いしたいんだ」

オスカー様はそうおっしゃったけれど、きっと大口の注文をファミーユに落とすために提案してくれたのだろう。その気持ちに応(こた)えたくて、私たちも知恵を出し合ったメニューを考えてきた。

「魚も肉も旬の地のものですし、俺の自信作はこの町でしか食べられないチーズのリゾットですね。伯爵のところは王都から食材や料理人を集めているみたいですが、負けませんよ俺たちは。なあ！」

グレイさんが言うと、厨房の料理人たちも給仕係の女性たちも、そうだそうだ！　と拳(こぶし)を突き上げた。

「俺も一番いい野菜と果物はここに持ってきますよー！」

いつの間にかすっかり馴染(なじ)んでいるエグバートも、一緒に肩を叩きあっている。

「――本当はお嬢様は、夜会に招待される側のはずなんですけどね」

隣に立ったマドロラがつぶやくのが聞こえた。

夜会には近隣の貴族がすべからく招待されるため、前回まではお父様も招かれていた。

でも今年は、ヨハンがまだ爵位を正式に受け継いでいないということを理由に、シュレマー伯爵から我が家に招待状が届くことはなかったのだ。

「お嬢様はここしばらくで、さらにお綺麗になったんだもの。夜会デビューにもいい頃合いです」

「いいのよ、みんなと働けるのが嬉しいもの。綺麗な盛り付けを考えましょう」

笑顔でマドロラを見ると、彼女はため息をついて頷いた。

この宿の置かれた状況やコンラートの提案。

みんなには詳細を話していないけれど、それぞれ何となく、不安と閉塞感を感じているんだろう。

申し訳なく思うと共に、そんな私たちが一丸となって取り組める機会を与えてくれたオスカー様に、改めて感謝するのだった。

ひたすらに動き続けて夜になった。

カーテンを洗って、新しいチラシを作り、先月の帳簿の決算も終わらせた。

昼間は数時間、ヨハンの付き添いを引き受けることもできた。

余計なことを考えないで済むために、たくさんたくさん動き回る。やるべきことはいくらでもある。

「お嬢様、代わりますよ」

ヨハンのベッドの脇に座って本を読み聞かせていたら、気付くとすっかり夜になっていた。

夜当番の看護師さんがいらしてくれたので、ヨハンの頭をそっと撫でて、点滴交換の確認をして引き継ぎを済ませると、冷たい空気の廊下に出た。

長い廊下の窓の錠を、確認しながら歩いていく。外はだいぶ、吹雪いているようだ。

「クロエ」

　錠を下ろす手がぴくりと震えた。

　廊下の向こうに、茶色い髪の男が立っている。

「コンラート……。どうして、こんなところにいるの？」

「ここの使用人はなってないな。ちっともおまえに取り次ぎやしない。だからわざわざ、奴らが引っ込むのを待って入ってきたのさ」

　呆れた。そんなのまるで、泥棒みたいではないか。

「俺が何度も来てやってたのを知ってるだろ。なんでおまえから会いに来ないんだよ」

　ズボンのポケットに両手を入れて、ゆっくりと近付いてくる。

　重心を下げた歩き方は、他人を威圧するために彼が子供の頃から好むやり方だ。

「だって、会いに行く理由がないわ」

「あるだろう。おまえと結婚する相手だぞ？」

「まだ、決まってない」

　コンラートは私の言葉を鼻で笑った。

「俺と結婚する以外に、爵位継承のことをどう解決するつもりだよ。何の策もないだろ」

　私の前で立ち止まる。見下ろしてくる視線は、私の唇や胸元で、いちいち値踏みするように止まる。

　そのたびにぞわぞわした嫌悪感が喉の奥にせり上がった。

「侯爵が、ここに泊まってるんだろう」

「それが？」

「おまえ、あの弟と同級生だったんだろ。近しい存在になったとでも勘違いしているんじゃないだろうな。うちみたいな伯爵家ならともかく、おまえみたいな末端貴族とは住む世界が違うんだよ」

「そんなこと」

言い返そうとしたけれど、コンラートの言葉は私の心の一番触れてほしくないところに冷たく突き刺さってしまった。

突き刺さり、そして、かえしが付いているように抜けない棘になる。

「身のほどを知れって話。それを言ったら伯爵家の俺がおまえを嫁にもらってやるっていうことが既に身に余る話なわけだけどな」

動けないでいる私の頬に、コンラートが笑いながら触れた。

やめて。触らないで。

「俺とおまえはすでに婚約者同士って言ってもいいわけだ――どこか空いてる部屋の一つくらいあるだろ？　用意させろよ。ゆっくり今後の話とか……いろいろ、しようぜ」

「伯爵家のご令息は、随分せっかちなんだね」

冷たい空気をさらに凍らせるような静かな声が、廊下の奥からした。

びくっとして振り返ったコンラートの向こう、玄関の壁にもたれるようにして立つシルエット。

薄暗がりの中、青い瞳と、シルバーアッシュの綺麗な髪が見えた。

「レイ……？」

こちらに向かって歩いてくるレイの乗馬ブーツがガシュ、と音を立てた。見るとひどく濡れている。

いつも隙なく整えられている髪も今は乱れて、額に汗を滲ませていた。

私たちのところまで来ると、にっこりと微笑む。

この微笑みを知っている。外ヅラ大魔王のレイが、特に嫌いな相手に対して見せる、マックス外ヅラ笑顔だ。

「お父上にはお世話になっているよ、コンラートくん。でも、こんな夜更けに女性を脅すように話をするなんて、あまり感心しないね。それも君たちは、婚約はおろか、まだ恋人同士でもないんだろう？」

「レイ・アルノルト卿、これは」

「それと……僕が彼女とどう付き合うかということを、君からジャッジされるいわれはないよ。コンラート・シュレマー」

コンラートの耳元で、低い声で囁いた。冷たく底光りする、ぞくりとするほど美しい切れ長の青い目に射竦められて、コンラートはぎこちなく笑った。

「そんな、大それたことは言っていませんよ、レイ・アルノルト卿。――ただ幼馴染として、こいつは昔から私が面倒を見てやっていたんで、その延長線上で」

臆しながらも挑発の色を乗せて返すコンラートに、レイは軽く眉を上げた。

「ああ、もうこんな時間でしたか。それでは失礼いたします。じゃ、クロエ、またな」

足早に去る後ろ姿を見ながら、「意外と肝が据わってるね、あいつ」とレイが言った。

玄関の扉が閉まる。静まった廊下に佇んだまま、私は、ほぅと息を吐きだした。

「あいつ、君を狙っているんだね。奇特な奴もいるもんだ。……邪魔しておいて何だけど、悪くないんじゃないの？　一応伯爵令息だし、見た目も……僕には全くかなわないけど、別に悪くはない」

ああ、やっぱり聞かれていた。

「そうよ。よくある政略結婚よね。それも、かなりうちにとって美味しい話。仮にも貴族の娘なら、受け入れるべき条件が揃っていると思う。でも……やっぱり、できることなら避けたいの」

　廊下に沈黙が落ちた。

「……我儘だって分かってる。受け入れたら、きっと宿のみんなも安心するわ。だから、オスカー様への夜這いが失敗したら、コンラートの申し出をちゃんと受けるつもり」

「ふーん」

　興味なさそうな声。私も顔を上げないし、レイは窓の方を見ているので、互いの表情は分からなかった。

　やっぱり、知られたくなかったな。

　家を守りたいなんて偉そうに言いながら、往生際悪く手段や相手を選り好みしているだなんて。

「レイ、そもそも何でここにいるの？　今日は泊まってくるんじゃなかった？」

　空気を変えようと、ずっと気になっていたことを聞いた。

　身だしなみをとても気にするレイにしては珍しいほど、服装も髪も乱れている。

「なにかあった？　まさか、盗賊に襲われたとか？」

　昔ほどではないが、山の奥に入ると治安が悪い場所もある。にわかに心配になって顔を覗き込んで、さらに驚く。

　吹雪の中をずっと走ってきたのか、全身が濡れて唇の色が失われているではないか。

「気付かなくてごめん。すぐに暖炉に火を入れるから、服を着替えて。従者の人たちに何かあった？　今、オスカー様に知らせてくるから」

　踵を返そうとした私の手首を、レイが掴んだ。

「いいから。別に襲われたとかじゃない。従者たちは予定通り村に泊まってる。僕だけが勝手に戻ってきたんだ。途中で雪に降られて濡れただけ」

「え、なんでそんな危ないこと」

村からここまでは、山を二つ越えなくてはいけないのだ。そんな距離を、土地勘もないのにこんな吹雪の中、一人で馬を走らせてくるだなんて。

「レイらしくない。どうしてそんな無茶をしたの？」

レイが俯いていた顔を上げる。視線がまっすぐにぶつかった。

「……だって、僕が今日ここにいなかったら、君、兄さんに夜這いしちゃうかもしれないって思ったから」

切れ長の目の奥、綺麗な青い瞳。真冬の月みたいだ、と思った。

「……なんで？　そんなことしないよ。まだ補習中なのに」

「でも君、昨日僕のところから逃げたじゃないか。もう僕との補習なんて嫌になったんじゃないの？」

「あれは……違うの、そういうわけじゃなくて」

「何だったのさ」

「な、なんでもない」

「だめ、ちゃんと言って。僕がしたことが嫌だった？」

レイの手が、私の両肩を掴む。顔を見られたくなくて俯いて後ずさると、壁に押し付けられるような体勢になった。

「あそこまでするつもりじゃなかった。怖がらせたなら謝るから」

「そ、そうだよ。いきなりく、口で、あ、あんなところとか……」

レイは唇をゆっくり噛んで、首を振った。

「分かってる。あれは……僕の暴走だ」

ため息をつくように、忌々しそうにつぶやく。

「もう、あれ以上のことはしないから」

レイが自分の非をこんなに繰り返し認めているなんて、信じられなかった。

最初は暇潰し扱いされていると思ったけれど、彼は私の補習に真剣に付き合ってくれていた。

夜這い補習の内容としては、ごく普通のことをしただけなのかもしれないのに、いきなり逃げ出したりしたのは私の方だ。それなのにレイが責任を感じているなんて、ちょっと、いや、かなり申し訳ないかもしれない……。

「ち、違うの。びっくりしたけど、逃げたのはそれだけが理由なわけじゃ」

「他にどんな理由があるの？　君、泣きそうな顔をしていた」

誤魔化す言葉を必死で探して視線を彷徨わせたけれど、本気で心配そうにこっちを見ているレイと目が合ってしまい、罪悪感が加速すると共に、あの時のことを思い出して耳たぶの先まで血が集まる。

「本当に、そういうことじゃなくて……」

「じゃあ何だよ。どうして、あんな顔をして」

「それは……え、えっと……」

まっすぐな目で見つめられて、頭が茹って混乱して、思わず言葉が口をついた。

「……もらしちゃったのっ……!!」

「………」

虚を衝かれたような顔をしたレイが、ゆっくりと、眉を寄せながら私を見た。

「…………は？」

改めて口にした単語の圧力に気が遠くなったけれど、でももう、口が止まらない。

「レ、レイに胸舐められたら、ぞくぞくしたものが身体の奥に来て、そうしたら、なんだか……変なところから、とろってしたものが出てきて……も、漏らしちゃったって思って……」

「……」

「わ、分かってるよ？　夜這いに来て漏らすとかびっくりだよね？　女としてどうとかじゃなくて、人としてだめだよね？　それもお客様のベッドの上で従業員が漏らす……とか、前代未聞だよね……もう、どうしたらいいか分からなくなって、思わず逃げちゃったの、ごめんなさい!!」

肩を押さえる両手から力が抜けたのを感じて涙目を開くと、俯いたままずるずる、としゃがみ込んでいく姿が見えた。

「……レイ？」

恐るおそる、私も屈み込んで顔を覗き込む。

口元に片手を当てて斜め下を見るレイの耳が、確実に赤い。

「ど、どうしたの？　さすがに引いた？　そりゃ引くよね、ごめんね……？」

不意に手首がぐっと掴まれた。

「君って本当に……」

掠れた声が聞こえたと思ったら、次の瞬間、唇が塞がれた。

く、と押し付けられた冷たい唇。あまりの勢いに、私はそのままお尻を廊下の床につけてしまう。

それでもレイはやめることなく、壁に私の体を押し付けるようにして唇を押し当ててくる。

ぬるり。

冷たい唇の間から、温かく濡れたものが口の中に入ってきた。

それがレイの舌だと分かった私は動揺して、彼の肩を押し返そうとしたけれど、両方の手首を掴まれて壁に押し当てられてしまう。

上向かされた口の中を、レイの舌が貪（むさぼ）るように辿（たど）ってくる。

「脳みその奥の一番深いところがとろけてこぼれるようなキス」と昨日レイが言っていたのを思い出した。

いつ息継ぎをしていいのかも分からなくて、どうにか唇を開くと、その隙すら逃さないというように、更に奥へと入ってくる。舌同士が触れ合って反射的に奥に逃げた私の舌を、レイのそれが執拗（しつよう）に絡め取る。

どれくらいそうしていただろう。ぷっ、と唇が離れた。

糸みたいなものが二人の間を繋ぐ。それが、二人の唾液（だえき）が混ざって粘度が増したものだと理解すると、羞恥（しゅうち）に息が止まりそうになる。

「さっきの撤回」

「え……」

「あれ以上のことしないっての。もっとすごいこと教えてあげるから。僕の部屋に行くよ」

切れぎれに言いながら私を見るレイの、今まで見たことがない夜色な瞳。

彼が通常運転でまとっている「余裕」という名前の空気が、すごく薄くなっている気がする。

「え、で、でも」

動揺と混乱、そしてさっきのキスのために腰が抜けたように動けない私に焦（じ）れたのか、レイが両手を差し出した、と思ったら、いきなり体がふわっと持ち上がる感覚にびっくりする。

まるで童話のお姫様のように、体が横向きに抱き上げられていた。

「きゃっ⁉」

「行くよ」

細い体、繊細さすら感じさせる腕のどこに、こんな力があったのか。

一段飛ばしで階段を上がり始めたレイの首に、慌てて両手を回してしがみつく。

密着した胸の奥、ドクンドクン、と聞こえる心臓の音は、一体どっちのものなんだろう。


ちゅ……くちゅ……。

唇が絡み合う音が、冷たい部屋の中に響いている。

ベッドに腰をかけたレイに向かい合い、彼の両足を跨ぐように膝立ちになった私。

私の耳元に片手を添えて髪をかき上げ、反対の手で腰を引き寄せながら、レイは私の唇を、下から掬い上げるようにしてキスを繰り返している。

この部屋に抱き上げて連れてこられてからずっと、レイは私にキスを繰り返していた。

「レイ……よ、夜這いなら、私の方から……」

「ん。いいよ。これは別のパターンだから」

冷たい唇が、私の上唇を挟んで、次は下唇。

そして、口の中を少し乱暴にまさぐる、熱く濡れた舌。

腰をぐっと引き寄せられて、どうしたらいいのか分からないまま。震える両手の指先を、そっと彼の首筋に添えた。

長くて深いキスから唇を離すと、ぷちゅ、と驚くほど大きな液体の音が部屋に響いて、胸がドキンとした。

いや、もうずっと、私の胸はドキドキし続けているのだけれど。

戸惑いつつレイを見る。夜を閉じ込めたような青い目と目が合うと、胸がきゅっとした。

また、唇を塞がれる。

貪るように舌を絡ませながら、レイがワンピースの胸元のボタンを、ぷつりぷつりと外し始めた。

開いた胸元から手が滑り込んで、胸当てを上にずらされた。両方の胸が、ふるりとこぼれる。

暖炉に火も入っていない部屋の中は、ひんやりと冷え込んでいる。

冷気に触れた胸の先端が、きゅ、と勝手に尖ってしまって。……ううん、レイの視線を感じただけで、私の胸の先はあさましく反応してしまっているのかもしれない。

冷たい空気の部屋の底、私たちだけがどうしようもない熱を発しているのだ。

レイの両手が、胸を下から持ち上げて、たゆたゆと手の中で弾むように揺らしてくる。

「いいね。君の胸」

揶揄うような声に反射的に言い返そうとしたら、両方の胸の先端を、左右にくりり、と弾かれた。

「ひゃ、ぁあんっ……」

身体がぴくっと跳ねて反ってしまう。

「声、我慢しないで」

もう一度、くに、くにに、と、少し押し込むように弾く。

ぴりぴりした甘い刺激に、いちいち体が反応してしまう。

「ふ、ひぁぁ、あ、んっ……」

甘えるような、ねだるような声が漏れてしまうのが恥ずかしくて、唇に手の甲を当てて抑えようとしたら、その手を掴まれて意地悪に目を覗き込まれ、文句を言おうとしたらキスされた。

キスされたまま、両方の乳首をくりくりと弾かれると、思わずレイにしがみついてしまう。

一体これは、何なんだろう。

夜這いの補習のはずなのに、私ばかり一方的に、受け入れているだけでいいのだろうか。

戸惑いと混乱、だけどそれらを覆いつくす圧倒的な刺激により、思考が全然まとまらない。

「レイ……い、いいの……？　ふ、ぁっ……これ、補習……？」

「そうだよ……君、敏感すぎるから。ちょっとは刺激に慣れないと、夜這いなんてできないでしょ」

耳元で掠れた声で囁かれて、ぞくぞくする。

唇が、そのまま私の耳たぶを舐めて、首筋から鎖骨へとゆっくり下がっていく。

その間も、両手の指は胸の先を弄(いじ)っていて、そして……下からたぷりと持ち上げた右の胸、その先端に、ちゅうぅ、と吸い付かれた。

レイの温かい口の中。

尖らせた舌先が、ちろちろ、と左右に、私の乳首を弾くように転がす。

「だ、だめ……あっ……んっ……レイ……」

「ん、声出して。君のそういう声、悪くない」

抗議の声をそんな風に言われたら、もうどうしていいのか分からない。

ちゅぷ、と音を立ててレイの唇から解放された右の乳首は濃いピンク色になっていて、てらてら濡れて光っていて。

「やらしい」

ニヤリと言われて、ぞくりとした瞬間に今度は左の乳首を口に含まれる。

甘く噛まれて、舌先で先端をなぞられた。

痺れるみたいな感覚が、胸の先から体の芯にまで届く。背骨がぞくぞくして、溶けてしまう。

あ、と思った時。またあの感覚。

思わず、レイの肩を両手で押した。

「……どうしたの？」

それでもちゅぷちゅぷと胸の先端を舐ったまま見上げてくるレイに、私は必死で息を整えながら頭を振って。

「……ま、また……とろって……で、出ちゃいそうだから……」

昨日と同じだ。

レイの膝の上で漏らしたりしたら、私はもう二度と立ち直れない。

ちゅぷんと音を立てて、レイは唇から乳首を解放した。

ほっとした瞬間、太ももの内側を、彼の指先がつぅっと這い上がる。

「ひゃぁっ!?　え、だ、だめだよ、レイ……！」

とっさに足を閉じようとしたけれど、もともとレイの両膝を挟んで広めにひろげて膝立ちにさせられていた私の足は、動くことすらできないまま。

左手で私の腰をくっと固定したまま、レイの右手の指先が、私の両足の奥……終着点に辿り着いて、そこを……私の、一番恥ずかしい場所、それも今……お漏らしをしそうになっているところを、下着の上から、前後になぞったのだ。

ぴりっとした刺激。

「んんっ……！」

無意識に腰が跳ねた。

レイの指は、それでもやめることなく、そこをくりくりとひっかくようになぞり続ける。

ちゅく。音がした。

ちゅくちゅく、くちゅちゅ、ちゅく……。

スカートの中、レイの弄るそこから明らかな水音がして。

泣きそうになって、でも痺れるような刺激に膝が震えて。レイの首にしがみつく。

「ふ、ぁ、あんっ……だ、だめ、とろとろ、出ちゃう……漏らしちゃう……」

「いいよ、出していい」

全然コントロールできないその液体は、私の知っているものよりずっと粘度が高くて、身体の中の熱を伴ってあふれてくるみたいで。

ちゅく、ちゅくちゅくっ……。

「だ、だめ、そんなの……あっ……あんっ……」

「いいから。これ、お漏らしとかじゃないから。クロエの体が、気持ちいいって言ってるってことだから」

指先でそこをなぞりながらレイが言う。私の顔を見て、おでこに張り付いた髪を優しく撫でて。

「僕の指で、君が気持ちよくなってるってことだから」

キスをする。

そのままレイの指先が、下着の隙間（すきま）から……中に入ってきた。

驚いて体を離そうとする私の背中に片手を回して、強い力で逃げることを許さないで。

指先が下着の中を探るように動いたかと思うと、あろうことか更にその奥へ、ちゅぷんっと侵入してくる。

「ふぁっ……!?」

「っ……すご、君の中、とろっとろで……キツ……」

レイの指が、私の体の内側にある。

私だって、そこがどういうところか、知ってる。だって生物学も一生懸命勉強したから。

だけど、そこに指を入れられただけでっ……こん……な、に……。

「ひぁ、っ……あんっ……！」

「痛い？」

乳首を舐めながら、レイが見上げてくる。

必死で頭を振りながら見下ろすと、切れぎれに答えた。

「レイ、の、指、が、中にあるの、分かって……うずうず、て、する……」

「っ……」

は、と息をついて、レイが不意に立ち上がる。指がそこからちゅぽんと抜けて、刺激で声が出た。

力が入らないままベッドに仰向けに倒された私を、レイはベッドサイドに立って見下ろしている。

「君はさ、もう、本当に」

見下ろしてくるレイの顔、初めて見る表情。

余裕が少しもない。目元が赤い。

カチャカチャ、と金属音。ズボンのベルトを乱暴に外しているレイを見上げた。

赤い顔。すごく赤い……レイの、顔。

「レイ……？」

「なに。待ってて」

私の体の左右に両手を突いて、身を乗り出してくる。

唇を合わせようとするその動きに逆らうように、思わず身体を起こしていた。

「なに。君ってさ、雰囲気とかそういうのを……」

「レイ……顔、赤すぎない……？」

額に伸ばした私の手を、レイが頭を乱暴に振って避ける。

頭をぶんと右に振って、左に振って……また右に……そのまま、くらりと大きく旋回して、私の上に、倒れ込んだ。身体が燃えるように熱い。

「レ……レイ!!」

悲鳴が、部屋に響き渡った。

第二話「処女のまま夜這いってできますか」

翌朝。知らせを受けてレイの部屋にやってきたオスカー様は、高熱を出してベッドに横たわっているレイを見て鷹揚に首を振った。

「全く。何をしているんだ、おまえは」

「ね、びっくりだよ僕も」

「びっくりしたのは従者たちだろう。朝起きておまえが滞在先にいないことに気付いた時の彼らの気持ちになってみろ」

腕を組んでため息をつくオスカー様に、レイはふやりと笑った。

「あんな雪の中一人で帰ってくるなんて、どうしてそんな無茶をしたんだ」

暖炉の火の調節をしながら二人の会話を聞いていた私はドキリとする。

「ん……なんとなく。ここに置いてある本を、急に読みたくなっちゃって」

レイの答えは端から聞いていても嘘としか思えないものだったけれど、オスカー様はしばらく黙ってから、そうか、と返した。

「とにかく今日はゆっくり休め。明日、二日分の仕事をしろよ」

「了解」

オスカー様の後に続いて、私も廊下に出る。

「申し訳ないが、一日様子を見ておいてもらえるか」

「はい、もちろんです。ヨハンの主治医がもうすぐ来ますので、レイ様も診ていただいていいでしょうか」

「ありがとう、頼む。あいつ、この視察に来る前にも王都でありえない量の仕事を片付けているんだ。ここしばらくなぜか無茶をしがちで……それが祟ったのかもしれないな」

そうだったのか。更にその上、毎晩私の補習にも付き合ってくれているわけで……。

「だとしても、昨夜は何でまたあんな無茶をしたんだか」

誤魔化せる気がしなくて、思わず目を逸らしてしまう。

「レイ……様、らしくない、ですよね？」

「いや、あいつは元々はヤンチャで無鉄砲な奴だったんだけどな」

意外な言葉がオスカー様の口から出たので、後を付いて歩きながら思わず続きを待った。

学園で、皆に対して平等ににこやかに接していた彼の姿からそのイメージはない。私に対しても、「ナルシストで嫌味」だとは思っていたけれども「ヤンチャで無鉄砲」という印象はなかった。

「俺とレイは母親が違うのは知っているよな。俺の母が死んで、後妻が産んだのがレイでね」

「冬の王」アルノルト侯爵家は北部で最も有名な一族だ。うちのような田舎にも、噂話は入ってくる。

とはいえ、レイ自身から何かを話してくれたことはなかったので、私もそれ以上のことは知らないままだった。

「レイの母親は俺にも優しかったし、五歳も年が離れているからな。俺とレイはずっと信頼しあって育ってきた。だけど周りはそうもいかない。成長するにつれて、レイを当主にするべきだと主張する一派も出てきた。一方で俺の母親の実家側も、過敏に反応して対立するようになった」

廊下の窓が、風でガタガタと音を立てる。

「命を狙われたことは数知れないし、レイは誘拐されたこともある。そうしているうちに、レイは段々、元々の無邪気さや屈託のなさを心に閉じ込めるようになっていった。他人を警戒して、斜に構えるようになったんだ」

――誰に言われたの。どこの家の差し金？

図書館で最初に話をした時の、レイの緊迫した声を思い出した。

学園でうたた寝する時も、とっさにあんな言葉が出るくらい彼は緊張をまとっていたのか。

「悪いな、いきなりこんな話をして」

「い、いえ！　私なんかがお聞きしていい話でもないのに、申し訳ありません！」

「いや……」

オスカー様が立ち止まって私を見た。

「君には、聞いておいてもらいたいと思った」

「え……」

優しく微笑んだオスカー様の目元はレイにそっくりだ、と改めて思った。

「君といる時のレイは、なんだか昔のあいつに戻っているみたいだよ」

午前の仕事を終えてそっとドアを開くと、レイはさっきと同じ姿勢で横になって目を閉じていた。

起こさないように近付いて、ベッドサイドのテーブルに、お粥が載ったトレイを置く。

「兄さんと何話してたの」

いきなり声をかけられて、トレイをひっくり返しそうになった。

「やだもう、起きてたの？」

「君の抜き足差し足な気配がうるさいんだよ」

高熱は続いているのに、減らず口が全く減らない……。

「で、兄さんと何話してたの」

「え、いや、別にそんな大したことは」

目を泳がせる私を見て、レイはふっと笑った。

「なんだ、僕の昔の話とかか」

「！　どうしてそんなことが分かるの？」

「言ってたでしょ、君は全部顔に出る」

顔に出るって言っても、いくらなんでも鋭すぎるような気がする。怖い。

「そんなことなら別にいいよ。隠してたわけでもないし。それより、夜這(よば)いしてるんじゃないかと思った」

「するわけないでしょ！　人を何だと思ってるのよ、大体あんな時間にしたら夜這いじゃなくて朝這いだわ」

「バッカだね君は」

くく、と笑う。

「だめだよ、まだ補習中なんだから、勝手に朝這いしたら」

レイがいつものように笑うのを見てホッとしながら、小鍋(こなべ)のお粥を器に取り分ける。

「熱は高いけれど普通の風邪(かぜ)だって。先生がお薬置いていってくれたから、お粥食べたら飲もうね？」

「食べたくない」

「そんなこと言わないでよ、せっかく作ったんだから」

「君が作ったの？」

「そうよ。グレイさんが忙しそうだったから」

「じゃ、食べる」

「え……」

それって……。

「僕が食べないせいで他の人に食べさせることになったら、その人に申し訳ないからね」

やはりレイだった。

ベッドに半身を起こしたレイの髪は寝癖でくしゃりとなっていて、青い目は潤み、いつもよりとろんとしている。

「食べさせてよ」

無防備に開いた口に、スプーンで掬ったお粥を運んであげた。

湯気が立つそれを見て不満そうに唇を尖らせるので、ふーふーと息をかけて冷ましてあげる。

ぱくり、と口に入れて、もぐもぐするレイ。

「美味しい？」

「味分かんない……」

ため息交じりに言うレイに、思わず笑ってしまった。

「なんだよ」

「ううん。なんだか、可愛い」

拗ねたように横を向く。

「可愛いってなんだよ。かっこいいとかセクシーとか王国の至宝とか、僕を形容するなら他にいくらでもあるだろ」

「可愛いは不満？」

「不満。君は、可愛いって言われただけで夜這いを決めちゃうくらい嬉しいのかもしれないけどね」

「もう、その話蒸し返さないでよ！」

「ちょろすぎだろ」

「うるさいなあ。嬉しかったの!!」

お粥を口に突っ込むと、レイは何だか不満そうにもごもごと口を動かしていたけど、それ以上何も言わなかった。

お粥を半分くらい食べて、お薬を飲んで。

体を拭いて着替えさせてあげると申し出たけれど、自分でやると言い張るので、その間はパーラールームの片付けをした。

脱いだ服を集めて、ベッドに潜り込むレイの首元に毛布を引き上げて「おやすみ」と囁いた時、

「……もう少しいてよ」

立ち去ろうとする私の手が、ベッドの中から伸びた手にくっと掴まれた。

「え……」

「眠るまで話をして。何でもいいから。聞いてあげるから」

少し唇を尖らせて、熱で赤い顔をしたレイが、拗ねたように私を見上げている。

私はベッドサイドの椅子に座った。

「いいよ。ここにいる。ゆっくり寝て」

遠くで馬の嘶く声がする。薪がぱちりと爆ぜる。窓の外は冬晴れで、昨日の吹雪が嘘みたいな、と

ても静かな昼下がりだ。

私は心に浮かびゆくままに、話をした。

この町はどんなものが美味しくて、どんなワクワクする場所があるのか。

お父様とお母様がどれだけ愛情をもって、私とヨハンを見守ってくれていたか。

従業員のみんなが、どれほど頼もしくて、この宿のことを大切にしてくれているのか。

冬以外の季節、このあたりがどんな風景になるのか。私の大好きなこの町のことを。

レイは目を閉じたまま聞いていて、その間ずっと、私の手を自分の左手で包んでいた。

つややかで繊細で、レイは指先まで綺麗(きれい)。荒れてひび割れた自分の指が急に恥ずかしくなって、そっと手を解こうとしたけれど、微(かす)かに力を込めて握り直されてしまう。

「いいね……。今度は春にも来たいな。夏も秋も、来てみたい」

目を閉じたまま、レイが独(ひと)り言みたいにつぶやいた。半分夢を見ているのかもしれない。

学園一の人気者で、私に対しては嫌味で意地悪な外ヅラ大魔王。

だけど、レイには私が想像もできないような、抱える思いや越えてきたものがあるのだろうか。

「いつだって大歓迎だよ。待ってるから」

レイの手は大きくて熱くて、綺麗だけれどやっぱり男の人のものだと思った。

手を繋(つな)いだまま、私もそっと目を閉じる。

温かい時間が、ゆっくりと流れていた。


翌朝、レイの熱は完全に下がった。

通常通りに朝食をとり、オスカー様や側近の方々と慌ただしく打ち合わせをしつつ出かける準備をしている姿は、昨日甘えた子供みたいにお粥を食べていた彼とは別の人みたいだ。

「いってらっしゃいませ」

オスカー様を先頭に出発する一行を、玄関先でお見送りする。

一番最後に出ていこうとしたレイが、ふと足を止めた。

何だろうと顔を上げる。ちょっとこっちに体を傾けたと思ったら、唇に軽くキスをされた。

一瞬で離れる。

玄関の扉の陰になって先に出たオスカー様たちには見えなかっただろうけれど、あまりに大胆な行動にびっくりして、固まってしまった。

そんな私の顔を満足そうに見ると、「また夜ね」と囁いて、レイは出ていった。

また、夜……。

夜になったら、レイの部屋のあのベッドの上で、私はまた、たくさん深いキスをされるのだろうか。

昨日、ベッドで繋いだあの綺麗な指先で、体中を優しく触られて。そして、おとといは途中で終わった、レイが私を見下ろしたその先も……。

玄関から外を見る。馬留(うまとどめ)に向かう一行の中、レイは何事もなかったかのようにオスカー様と何かを話している。濃紺のマントを羽織った、すらりと立つ後ろ姿。

ドクドクと鳴る胸を押さえて、逃げるようにその場から離れ、廊下を進む。

つき当たりの洗濯室に入って扉に寄りかかり、息を整えた。

一生懸命、学園時代の意地悪で皮肉屋でナルシストなレイを思い出そうとしても、さっきキスした後のニヤリとした顔、熱を出した時の子供みたいな顔、そして夜のベッドで私を見下ろす、余裕のない表情……に全てが集約されていき、顔がどんどん熱くなってしまう。

さっきのキスは、補習の一環なんだわ。

ああやって不意打ちの行為にも動揺しないようにする、小テストみたいなもの。

そう思わないと、何も分からなくなってしまう。

「落ち着いて、私」

——また夜ね。

今夜、レイがまた、おとといの夜の続きのように私に触れたとして。

私にだってあの先にあることとくらいは分かる。

多分、補習の最終段階として、レイの身体の一部を、私の体の、奥の奥に……。

胸が鳴る。息ができないくらい血が逆流して、クラクラしてじっとしていられない。

「……お嬢様？」

足踏みをしながらその場をぐるぐる回る私を、扉から入ってきた部屋係のアンネが怯えた顔で見ていた。客室のシーツと回収したゴミを載せたワゴンを押している。

「ご、ごめんアンネ!!」

慌てて雑念を振り払い、ワゴンから荷物を下ろすのを手伝う。

ゴミとして出された紙の束を見て、思わず手が止まった。


その夜レイの部屋に行くと、彼はソファに座って書類を読んでいた。

昨日片付けたはずのパーラールームのテーブルの上には、もう書類や資料が山積みになっている。

「忙しい？」

昨日休んでいた分も働いていたはずだということを思い出して、少し遠慮がちに聞いたけれど、

「全然？　僕を誰だと思ってるの」

表情も変えずにパサリと書類をテーブルに置いた。

「でも、昼の仕事で疲れてるのに、夜は私の補習にまで付き合ってもらうなんて申し訳なくて。それにこの間、オスカー様が」

言葉を最後まで発する前に、レイに手首を引き寄せられた。

腰を抱かれて、顎を持ち上げられてキスされて、気付けばベッドに横たえられている。

「仕事の後って言うなら君も同じだし、兄さんが何を言ったか知らないけど、僕は頭脳と見た目だけじゃなくて、体力にも自信がある」

横たわる私の両脇に手を突いて、見下ろしてくるレイ。そのまま上半身を屈めてキスをする。

何度もついばむキスを繰り返して、ゆっくりと唇をなぞった舌が、中へと割り入ってくる。

唇を塞がれたまま、ナイティの上から両手で胸をふにゅりと柔らかく掴まれた。手の中でたゆたゆされたと思ったら、先端を指先で探る。

胸の先をかすめられると、ぴくっと肩が跳ねた。

「ほんと、君は敏感だ」

唇を離して体を起こすと、私を見下ろして満足げに笑い、濡れた自分の唇をゆっくりと舐める。

指先はぷつっ、と私の胸のボタンを外していく。

恥ずかしくて、目を逸らした。

「……敏感だと、夜這いの時……不利？」

「女の子が敏感で嫌だなんて言う男は死んだ方がいい。でも、夜這いの時こんなにいちいち反応して

いたら、主導権は握れないかもね」

レイがすっと笑みを消す。

そのまま顔を伏せたと思ったら、こぼれた胸の先、小さく反応したところをちろりと舐められた。

「ひぁっ……んっ」

胸の先を舐りながら、手が太ももの内側を滑り上がる。

それだけで、今まで与えられた感覚を身体が思い出していき、一気に窓が開くようにぞくぞくっとした疼きが体の奥に火を灯した。

「ま、待って!」

これ以上進んだら、ちゃんと喋れなくなりそうで、焦って声を上げる。

「なに」

ちゅぽん、と音を立てて乳首から口を離して、レイは少し不服そうに私を見た。

「最後までするのは、ちょっと待ってほしいの」

私の言葉にレイは目を見開いて、身体を起こす。

……明らかに、不満そうな顔になっている。

「なんで。こないだは、ほぼ直前まで行ったじゃないか。僕が……ほんのちょっと体調を崩しただけで。君の体は刺激に慣れていなさすぎだから、本気で夜這いを考えているならひと通り全てを体験しておいた方がいいんだよ」

「だ……だって、初めては一回しかないんだよ?」

必死で冷静さを装いながら私は続けた。

「――はあ?」

　レイが、ちょっと聞いたことがないような低い声で返してくる。

「わ、私、いろいろ勉強したんだけれど、女の人の初めてを、貴重なものとしてありがたいって思う男の人も一定数いるんだって！」

「……また二十年前の本読んだんでしょ」

「それが違うの。最近の本。……レイの護衛の方々がゴミに出していた、王都で売られているような新聞紙に書いてあったの」

「君、そんなもの漁ったの？」

「か、回収されたゴミの一番上にあったから……お客様の出したゴミについて言及するなんて、あってはならないことだけれども！　あまりにも魅力的なテキストに見えたから……つい……ご、ごめんなさい……」

　レイは、苦いものを奥歯で無理やり噛み潰すような顔をした。

「あいつら……覚えとけ」

「え？」

「なんでもない。ああそうだな。そういう男もある程度いるだろうね。でも兄さんはそうじゃない」

「でも、レイ、オスカー様は保守的だって言ってたじゃない」

　唇を尖らせて言うと、レイは一瞬言葉を探すように上を向いて、ふう、と息を吐きだした。

「……あれだよ、昼は淑女、夜は娼婦ってやつ。兄さんはそういう子が好きなんだ」

「……本当？」

「何だよその目。この僕が君の処女欲しさに詭弁を弄しているとでも？」

「そ、そんなつもりじゃないけど！」

慌てて、居住まいを正してレイを見る。

「でも、私……ちゃんと、オスカー様の夜這いを成功させたいから……だから、万が一オスカー様が初めてを重視する人だった時のために、少しでも夜這いの成功率が上がるのなら、それは取っておこうかなって……」

詭弁を弄しているのは、確実に私の方だ。でも、弄しきるしかない。

「……」

「だって、これは、私だけの問題じゃないの。この宿のみんなの」

「分かったよ」

私の声を遮るように、レイが自分のシルバーアッシュの髪をわしわしとしながら言った。

いつも綺麗にセットしている髪にそんなことをするレイは初めて見て、ちょっと驚く。

「ありがとう……」

「別に。君が嫌だって言うんなら、僕が無理強いすることじゃないだろ。それに僕は」

目が合ったレイは、くしゃくしゃの頭でムスッとしたまま忌々しそうに小さく舌を打った。

あーもう、とつぶやいてベッドに勢いよく倒れ込み、私に背を向ける。

「ご、ごめん」

「本当だよ、君は我儘すぎる。こんな茶番に付き合えるのは僕くらいだ」

決してレイには言えない気持ちがある。

このまま、レイと一線を越えてしまうのが怖い。

嫌ではない。嫌ではないから、怖いのだ。

補習だと、どんなに自分に言い聞かせても、なんだか自分が取り返しがつかないことになってしまいそうなのだ。

それに、そもそもレイにはずっと好きな人がいるって言ってたし……相手はいったい誰なんだろう
……ああ、やっぱりだめだ、これ以上考えたら……。

「何難しい顔してるの」

いつの間にか、ベッドの上に倒れ込んだまま、レイは私の方を向いていた。

「え？　いや、そんなこと」

「言っとくけど、処女のまま夜這いするって相当無謀だからね。まず失敗するよ。分かってる？」

不機嫌そうに細めていた目が、何かを思いついたようにきらりと光る。

嫌な……予感……。

「分かった。一線は越えない。そんなに嫌なら僕だって――今夜は君のこと、指一本でしか触れてあげない」

起き上がって、右の人差し指をすっと立てる。

「そんな、別にそこまで」

「その代わり」

私の言葉を遮って、ニヤリとした。

「何があっても僕の言うことを聞くって、約束して？」

くちくち、と、部屋の中に粘ったような水音が響いている。

ベッドの上。柔らかなスプリングは、膝（ひざ）立ちではどうにも安定が悪い。必死で太ももの内側に力を込めて倒れないように頑張っているけれど、もう限界かもしれない。

だって、そんな私の少し開いた両足の間を、下着の上からレイが、人差し指一本でずっとなぞり続けているのだ。

下着は既に、私の体からあふれた液体でとろとろになっていて、ぷちゅぷちゅと音を立てていた。

「っ……んっ……」

めくり上げたナイティの裾を胸に抱えて、私はきゅっと目をつぶる。

部屋に響く音が、恥ずかしくて恥ずかしくてたまらない。

下着の上を、お尻からおへその方にかけてなぞり上げた時、レイの指先が途中で引っかかった小さくぷくりとしたところ、そこをくりくりと指先で回すように弄られて、じゅくん、としたものが身体の芯に走る。

「っ……ふあ!?」

声が出て、反射的に足を閉じそうになった。

「だめ。閉じないでって言ったよね」

レイがちらっと私を見上げた。

冷たい目で見て、だけど、口の端がちょっと上がる。

もう……ぜ、絶対にさっきの話で怒ってるんでしょう。我儘のお仕置き、しようとしてるんでしょう……。

「君はさ、ここも敏感すぎるんだよね。あと、すごく濡れやすい。下着の上からなのに、こんなにくちょくちょになってさ」

耳元で揶揄うように囁いて、耳たぶを軽く噛んだ。熱い息が、耳の中に入る。

「それで、ここをぷっくりさせてる」

更に下着の上から、小さな膨らみをコリリと弾(はじ)いた。

「んんんっ……！」

「仮に夜這いしたとして、自分ばっかりこんなに感じてたらだめだよ。もうちょっと我慢しないと」

「無理、そんなの……」

「だから僕が慣れさせてあげてるんだろ。ほら、足閉じちゃだめだ」

見上げたレイの顔が涙で滲(にじ)む。こくんこくんと必死で頷(うなず)いて唇を噛んだ。

「声は出していいってば」

唇を合わされる。レイの舌が、私の閉じた唇を開くようにえぐる。

そちらに気を取られていると、ナイティをめくって剥(む)き出しになったおへその下から、下着の中にレイの手が入ってきた。

「ひぁっ!!　ま、待って待って」

「大丈夫、指一本だよ」

だから、何をもってして大丈夫だって言っているの??

下着の中。指先が、私のまだ閉じたところを数回ふにふにと直接なぞって、そしてつぷり、と埋められる。

「……っ……!!」

刺激に震えた時、胸に抱きしめていたナイティの裾が腕からこぼれる。すがるものを失った手が彷徨(さまよ)って、目の前のレイの腕にしがみついてしまった。

抱きついたままのレイの腕が、私のそこを、くちゅくちゅと弄る。

「ほら……きゅってなる。必死で吸い付いてくる……指一本で。こんなんで、いきなり夜這いなんてできるの？」

「で……でき……る……」

「言っとくけど、男のは指よりずっと太いからね？」

くちゅ、くちゅ、と中を擦（こす）って。指がゆっくりと円を描く。

「ひぁっ……オ、オスカー様の、これより、ずっと……大きい……？」

そんな、大きいの、やっぱり、いきなりは、無謀すぎる……かもしれな……い……。

「なに言ってるのさ、君」

苛（いら）ついたような声。

指が、くぷ、と少し抜かれた。入口あたりを弄るように動く。

くりゅくりゅくりゅっ……て、怒ってる？　怒らないで。どうして……。

「そんなに知りたきゃ教えてあげるけど……兄さんのは……そりゃ僕の指よりは太いよ。でも、そのもののサイズなら僕のだって……別にそこまで、そんなには遜色（そんしょく）ない」

レイは、何の話をしているの……？

もう私は、レイの指が与えてくる刺激をやり過ごすのに必死で、その言葉の理解すら覚束ない。

「やっぱり君はまだ、中よりこっちかな」

つぶやいて一度指を引き抜くと、今まで挿れていた場所の、その上のところをしゅっと擦った。

「ひゃっ⁉」

腰が跳ねて、必死で腕にすがりつく。

レイはお構いなしに、その、私の体の小さな熱い膨らみの先端を指先で丸く転がした。

「ま、待って、そこだめ……だめ、レイ……！」

「今日はこれ以上『だめ』は禁句って言っただろ」

「で、でも、ちょっと、ちょっと待って、それ、それは、そこは本当に」

腰が震える。そこに血が集まる。切羽詰まった疼きが込み上がるのに、行き場がない。

「や、な、なんだか変になるから、レイ、や、待って」

「クロエ……イくのって初めて？」

レイの反対の腕が、私の腰を抱いた。強く引き寄せる。

耳の中に熱く息を吹きかけるように囁かれた。

「大丈夫、僕に体を預けて。怖くないから」

「や、ま、待って、んっ、や、っ……はぁっ……!!」

レイの夜着にしがみついて、胸に顔をうずめる。

細く見えるけれどゆるがない筋肉。私が全身の重さを委ねても、びくともしない。

「ぁっ……んっ……レイ……は、ぁ、っ……～っ……!!」

その瞬間、目の裏が真っ白になるような感覚。体がぴくんっと痙攣して、そして一気に脱力した。

とろとろしたものがじんわりとあふれていく。

レイ、レイ、と繰り返す私の身体をレイはギュッと強く抱きしめてくれて、そして貪るように、唇を塞いだ。

カーテンの隙間から、光が差し込んできて目を打った。

ぼんやりと見上げた天井は……なんだろう、とても見覚えがあるのだけれど、すごく違和感が……。

というか、胸の上に乗っているものが重たいんだけど……。

乱暴に押しのけようとして、それが人間の腕であることに気付いた。

え……!?

恐るおそる視線を横に送ると。

私を抱きしめるようにして眠る、長いまつ毛。彫刻みたいに美しく削り出された鼻梁と唇。

「ふぁっ!?」

思わず声が出て、飛び起きた。

「ん……」

レイが、眉を顰めてゆっくりと目を開く。

「あれ、朝?」

目を擦りながらこっちを見た。

「……え、なに、私……」

「あー、君、イったあと寝ちゃったんだよね。起きないからそのまま僕も寝たんだけどさ」

「イった……」

ぽぽぽと頬が熱くなる私を見て、レイはニヤリとした。

「君、寝てる顔は子供みたいだよね。起きてる時も相当子供っぽいけど」

「ひぁぁぁあ……」

「寝ながらすごく僕にくっついてくるからさ。仕方ないから腕枕してあげたんだけど、覚えてる?」

「そんな、はずない!」

「どうだか」

すごく面白そうに笑うレイを見ながら赤くなったり青くなったりしていたけれど、差し込む光にハッとした。

「どうしよう！　お客様の部屋に朝までいたなんて、前代未聞の大失態だわ!!」

ベッドから転がるように下りて、慌てて髪と服を整える。

皆が起きてくる前に、誰にも見られないように部屋に戻らないと!!

「待って、クロエ」

「なに!!」

振り返った瞬間に腕を引かれてキスされた。

「おはようのキス」

ニヤリとする。

「～～っ……レイの、バカ!!」

近くのクッションを投げつけて、赤くなる耳を必死で引っ張りながら廊下に出る。

あーもう、私のバカバカ、信じられない大失態。

息を止めて姿勢を低くし、小走りに自分の部屋を目指す。幸いにして時間が早かったことと、レイの部屋から階段が近かったこともあり、誰にも見られずに自室に辿り着くことができた。

部屋に飛び込み、扉にもたれて大きく息をつく。

止まらない鼓動を刻む胸を押さえながら、ふと思った。

あんなにぐっすり眠れたのは、一体、いつぶりだっただろう、と。

どうにか気持ちを立て直して身支度をして、普段通りの朝の仕事についた。

レイは時間通りに食堂に来て、余裕の顔で私をちらりと見ると、何事もなかったようにオスカー様や他の人たちと話をしている。

クールな表情で、相手がずっと年上でも全く臆さず反対意見を述べる、いつも通りのレイ・アルノルトだ。

彼にとっては昨夜のことも、動じる必要なんてない、よくあること、なんだろうか……。

「お嬢様」

ため息を押し殺して朝食をサーブしていると、戸口から小さな声で呼ばれた。

見ると、ヨハンを診てくれている看護師さんの一人、カミラさんだ。

胸に、薬や体温について記録したファイルを抱いている。

「ちょっとヨハン様のことで……」

心臓がどくん、と跳ねた。


「クロエ」

急遽往診してくれた主治医を玄関で見送って扉を閉めたところで、背中から声をかけられた。

「大丈夫？」

振り向くと、レイが立っていた。

「うん。少し体温が低かったから、先生に診ていただいただけ。問題ないって。時々あることなの」

自分に言い聞かせるように答える。大丈夫ではあったけれど、ヨハンのことで呼び出されるたびに、最悪を想像して心臓が震えてしまうのだ。

レイは、そうかと小さく答えた。

「レイこそ、どうしてこんなところにいるの？　仕事は？」

「ああ、午前の会談が終わったから一旦戻ってきたんだ。侯爵は会食に出ているけど、僕は夕方から合流すればいいから」

「そうなんだ、珍しいね」

よく考えたら、いつもレイは仕事に出ているので、こんな風に昼間顔を合わせることは今までほとんどなかった。

私たちはまるで、夜にしか会えない爛れた関係みたいだ。

「もう落ち着いているから大丈夫。今からちょうど、本でも読み聞かせようかなって思っていたところよ」

それなら、とレイが言った。

「僕も会えないかな」

思いがけない言葉に、一瞬きょとんとしてしまう。

「差し支えなければ、見舞いたい」


レイを連れてヨハンの部屋に戻ると、カミラさんは驚いた様子だったけれど気を利かせて席を外してくれた。

ヨハンはいつものように、ベッドの上に仰向けに横たわって眠っている。

胸にかけたブランケットが微かに上下する他は、時折反射で手足の指先を動かすくらいだ。

レイは、ベッドサイドの椅子に座った。

「こんにちは、ヨハン。初めまして、僕はレイ。レイ・アルノルトって言います。君のお姉さんと、同じ学校だったんだ」

私は黙って隣に立ち、静かに話しかけるレイの横顔を見た。

事故の後、ヨハンが目を覚まさないことが町で噂になった頃、なぜかやたらとコンラートがヨハンの部屋に入りたがった時期があった。

その時彼は「ヨハンを見せろ」と繰り返していたのだ。

――僕も会えないかな。

さっき、レイはそう言った。

それは、私にとって……私たち姉弟にとって、なんて大きな違いだろう、と思う。

「君のお姉さんはすごく優秀でね。僕はこう見えて、今までの人生で誰かと競って負けたことがなかったんだけれど、一、二年の経営学と二年の前期の生物学、あとは古代アルソット語の首席だけはお姉さんにもぎとられたんだ。あれは忘れられないな……お姉さんは鬼気迫った顔で、一体どれくらい寝ていないのかなって感じで試験会場に現れるんだ。まるで古代闘技場の歴戦の猛者みたいな迫力だよ。ああ、負けてあげないとこの人爆発しちゃうんじゃないかなって僕思って」

「ちょっと」

肘で肩を突くと、レイはくすくすと笑った。

「ごめんごめん――ね、僕さ、君の目が覚めたら、お願いしたいことがあるんだ」

「お願いしたいこと？　なに？」

「男同士の秘密だから、クロエには言えない。じゃあね、ヨハン。また来るよ」

レイは立ち上がって、私を見た。

「ありがとう。また時々来てもいいかな」

「もちろん。ヨハンもきっと喜ぶし」

ヨハンのブランケットを整えて、髪をそっと撫でた。

「これ、ヨハンの？　渋い趣味だね」

ベッドサイドの棚にポツンと置いてある銀色のカフスボタンをレイが指さす。

「ああ。……事故の時、ヨハンが握っていたの。お父様のではないし、なんだか分からなかったんだけど、ヨハンが大事に持っていたからそこに飾ってるんだ」

ふうん、とそのボタンを眺めるレイの横顔を見ていると、自然と言葉が口からこぼれた。

「ヨハンね、お兄さんが欲しいってよく言ってたから、元気になったら遊んであげてもらえたら嬉しいな。私たちじゃ、剣術とかは全然教えてあげられなくて。ヨハンは習いたがっていたんだけれど、お父様もお母様も仕事で忙しいし、私がどうにかしてあげられたら良かったんだけれど」

「うん、いいよ」

「あと馬も。私たち、自己流でしか乗れなくて。レイやオスカー様みたいにかっこよく乗る方法、ヨハンに教えてあげてほしいの」

「了解、お安い御用」

「だってこの子だって、年頃になったら女の子を乗せてあげたり、したいでしょう？　もしかしたら貴族の令嬢かもしれない。その時に、恥をかかないで済むように……」

笑顔で話しているつもりだったのに、頬にぽろりと何かがこぼれてびっくりした。

だけど、口をつく言葉は止まらない。

「だって、ヨハンだって、楽しいこと、いっぱいあるでしょう？　そういうことを、全部ちゃんと経験する権利、ヨハンにだって、あるでしょう？」

「あるよ。当たり前」

レイがそっと、私の頭を抱き寄せた。

抱きしめるわけじゃなくて、私の顔を自分の胸に当てるように。

こぼれる涙と嗚咽を、レイの綺麗な白いシャツに押し付けた。

ヨハンに聞かれないように。

でも、次から次へと涙はあふれてきて。

いい匂いのするシャツをぐしゃぐしゃにしながら、私は思い切り泣いた。

こんなに泣いたのは、お父様とお母様の死を理解した時以来だった。


その夜レイの部屋に行くかどうか、私はものすごく迷っていた。

昨夜、「初めては取っておく」と偉そうに宣言しておきながら指先一本でいとも簡単に果ててしまったこと、そこから無様に朝まで爆睡してしまったこと。これだけでも十分恥ずかしい。

更に昼間、レイの高級なシャツをぐしゃぐしゃにするほど胸で泣きじゃくってしまったのだ。

そんな一日を経て、今夜もまた「どうもどうも、夜這いの補習してください」とひょこひょこ部屋に顔を出すのは、いくらなんでも面の皮が厚すぎる気がした。

だけど、いつもの時間が近付いてくると、結局私はソワソワとしてしまって。

もしかしたらレイは待っているかもしれない。

待っていない可能性も十分あるけれど、もしかして万が一寝ないで待っていたら申し訳ないから、「今日はやめておきましょう」と言うだけは言わないといけないのではないだろうか、とか、そんな言い訳を、無意識に積み上げていく自分に驚いた。

そして結局私は今夜も同じように、レイの部屋の扉をそっとノックしてしまったのだ。

「遅かったね」

レイは今日も、書類をたくさん部屋に広げていた。

テーブルの上からソファの上、床にまであふれている。ものすごい量だ。

ベッドの端に片足を立てて行儀悪く座り、広げた書類に何かを書きつけていた。

ちらりと私を見て、眉を上げる。

今日の私は、レイからもらった菫色のナイティではなくて、普段使いのシンプルな夜着、その上に前開きのニットを羽織った格好だったからだ。

「あの、今日はいつもの補習は、お休みした方がいいかなって思って」

「なんで？」

羽根ペンの端で軽く顎を撫でながら私を見る。

「だって、昨日今日といっぱい迷惑かけちゃったし、レイも忙しそうだなって……」

「君に迷惑かけられてるかどうかってのは今更の話だし、忙しいかどうかっていうのを僕に聞くのは愚問だよね。僕を誰だと思ってるのさ」

あーもう、可愛くない！

「でも、ものすごい量の書類だし、仕事がたくさんあるのは事実でしょう？」

んー、とレイは書類に目を落として、こっちに手招きをした。

「じゃぁちょっと手伝ってよ、クロエ」

「え、私が見てもいいの？」

「構わない。こういうものは、分かる人が見るべきだ」

レイが広げているのは、メールの町を中心としたリンドレーナ王国最北地域の地図だった。

「シュレマー伯爵の領地がここ。伯爵領にしては広いよね」

地図の中心に赤く丸を付ける。

「うん。ずっと前からこの地方を治めているって。ここでは小学校の授業で習うのよ」

「そりゃ、息子があれだけ尊大に育つわけだ」

鼻で笑ってその周辺に小さな丸を付けていく。

「ここは、二年前までは別の男爵の領地だったけれど、今はシュレマー伯爵の領地に名義が変わっているね。理由知ってる？」

「キンケル男爵領ね。お父様に聞いたことがあるわ。確か、親族の借金を返すために負債が嵩（かさ）んでしまって、立て替えたシュレマー伯爵が利子の代わりにもらい受けたと」

ペンの羽で軽く顎を触る。レイが考えごとをする時の癖だ。

学生時代から変わらないそれを見られて、なんだか嬉しくなる。

「こっちの領地も、あとそこもそうだ。似たような理由でシュレマー伯爵の領地に取り込まれている。この周辺で残ってるのは……この丘、君のところの領地だけ」

「シュレマー伯爵は、私たちの領地を馬鹿（ばか）にしているから。丘の上なんて上がるのも大変で、そんなところに宿を作るなんて愚かだって言うの」

「分かってないね。だから見晴らしが良くて最高なのに」

「でしょう？　結局、自分の屋敷より高い位置にあるのが気に入らないだけなんじゃないかしら。いばりんぼうだから。それ以外にも色々難癖付けてきたし」

「なるほどね」

「ファミールの知名度が上がっていくのが羨(うらや)ましいんだろうってお父様は言ってたけど」

ふうん、とレイはつぶやく。

「でも、アルノルト侯爵は北部全体を統括する権限を王から賜(たまわ)っている『冬の王』なのに、把握できていないことなんてあるの？」

「シュレマー伯爵は、王都のバーレ公爵の遠縁なんだ。祖母の代が従姉妹(いとこ)同士とかいう、かなり遠い縁戚(えんせき)だけど。だから、シュレマー伯爵のことはバーレ公爵の預かりみたいな暗黙の了解がずっとあるらしい」

「バーレ公爵って、北部にも広い領地を持っている名門よね。宰相を輩出したこともある。なるほど、そんなところが親族についていると厄介ね」

個人的には、そんな後ろ盾まであるコンラートがなぜ私を嫁にしたいのかますます分からなくなったけれど。

「でも、そんな特例、オスカー様とレイが見過ごせるの？」

レイは、視線を上げてニヤリとした。

「いいね、会話がスムーズで気持ちいい。なんだか懐かしいな」

言われて、私も嬉しくなる。

あの頃私たちは、毎日のようにこんな風に様々な課題について意見を交わしていた。

「うん。楽しい。あの頃に戻りたい」

ぽつりと、何も考えずに言葉が唇からこぼれた。

レイが私をちらりと見る。

そのまま、私の頭を引き寄せた。唇が塞がれる。

「そんな月並みなセリフを言っちゃだめだよクロエ。時間は決して戻らない。だけど、ここから辿り着く場所は、これからの自分次第でいくらでも変えていけるんだ」

昼間、ヨハンの部屋で泣いたことを思い出して、きゅっとレイのシャツを掴む。

「君は何でも一人で抱え込もうとするよね、本当に」

私の目を見る青い瞳はとても真剣で、何か言いたそうに唇を開いたけどそれ以上言葉にはしなかった。代わりにまた深く、口づける。

そのまま、私の体をベッドに仰向けに倒した。

バサバサと、ベッドの上の書類や地図が床に落ちるのも構わないで、唇を割って舌と舌とを絡ませていく。

「きょ、今日は、しないって……」

「そんなこと、僕は一度も了承していない」

「でも」

「最後まで、しなければいいんだろ」

私の顔を挟むように両腕を突いて、見下ろしてくるレイ。

ちょっと追い立てられたような、なにか切羽詰まっているような。

そんな表情で見られたら、私は何も、言えなくなる。

「……最後まで、しないなら」

レイはニヤリとした。

「君がしてって言わない限りは」

その数式の解法は三パターンあると、先生は言った。

一つ目は基礎的なものだったのでその場で先生が提示。

二つ目はレイがさっと挙手して黒板にスラスラと板書したところで、その日の授業は終了した。

ちなみに書き終わった時にレイがこっちを見てニヤリとしたのを私は見逃（みのが）さなかった。

だから絶対に、三つ目は私が見つけ出すと決めたのだ。

その夜、消灯後も寮の部屋のカーテンを細く開いて、月明かりを頼りに何枚も紙に書いては丸めを繰り返し、夜が明ける頃、ついにこれだと思える解法を導き出した時には、ベッドの上で飛び上がりそうになったものだ。

すぐにレイに教えたい。すごいねって、かなわないよって言わせてやりたい。

なにより、この解法の答え合わせを一緒にやりたい。

そういう経緯があったので、翌日の昼休み、回廊にレイの姿を見つけた私は嬉しくなって、いつもなら図書館以外では近付かないはずなのに、思わず彼に駆け寄ろうとしてしまって。

そして、足を止めた。

片手に本を持ったレイは、数人の先輩や同級生と談笑していた。

皆、上位貴族の子息令嬢で、学内でも特別な存在と見なされている人たちだった。

特にレイの隣で美しい金色の髪をなびかせて笑っている令嬢と、彼女に向けたレイの優しい笑顔に、足が動かなくなった。

そのまま踵（きびす）を返して回廊を戻り、曲がったところの屑籠（くずかご）に、ポケットに入れていた解法の紙を丸めて捨てた。

その日の授業でレイは私が考えたものと同じ解法を発表し、皆に称賛されていたけれど、私は教科書から目を上げられないままだった。そして、その日は図書館にも行かなかった。

あの日、レイとは住む世界が違うことを思い知らされたはずだった。なのに今、仰向けにベッドに横たわった私の唇に、彼は何度も何度も、角度を変えてキスを繰り返してくる。

深く舌でまさぐって、苦しくなると一瞬離れ、そしてまた、軽く唇を舐めて深く口づける。

唇をはみ合わせたまま、夜着の上から私の胸を揉み、もう片方の手は、足首まである裾をめくり上げていく。剥き出しになった太ももが空気に触れて、心もとなく擦り合わせた両膝にレイの手がかかったと思ったら、そのまま左右に開かれた。

「っ……え、ま、待って」

レイは唇を離してすっと身体を起こす。

そして、ベッドサイドの床に足をつけて、開いた私の両足の間に視線を向けたのだ。

「え、何してるの、レイ……や、めて!!」

反射的に両膝を立てたら、今度はぐいっとはしたない角度で余計に大きく開かされてしまった。

「もう何度も触ってるんだから、いいだろ」

「え、でも、触るのと見るのは」

全然違う恥ずかしさが……。

動揺している間に、レイは私の足と足の間を覗き込む。

ふっと口の端を上げた。

「下着、取っていい?」

「え、だ、だめだよ、そ、んな、え……」

はなから私の答えを待つ気がないのか、レイの指が、そこを守る最後の薄い砦の端にかかる。

「恥ずかしいのも見られるのも、慣れなきゃだめだろ」

するっと途中まで下ろしたところで手を止めて、私の目を覗き込んだ。

「ほら、腰上げて」

「……っ……」

震える腰をそっと持ち上げると、いとも簡単に下着が足から抜かれてしまった。

う、嘘……。

立てた膝がまたも右に開かれたので、私は口元に片手の拳を押し当てて目をきゅっとつぶった。

沈黙。

「レ、レイ……？」

耐えられなくて震える声を漏らした時、そこがふちょり、と左右に開かれて、濡れたものが下から上にゆっくりと……なぞ、り上げて……。

「んっ……は、ぁんっ……！」

大きな声が上がってしまう。

混乱して震えながら、腰を跳ねさせながら視線を下に向けて見えた景色。

レイが、私のその場所を両手で開いて、丁寧に優しく……舐めて、いた。

ちゅ、ぷちゅ、くちゅっ……。

水音がだんだん大きくなる。指よりもずっと優しく、熱く密着する濡れた感触、そしてなによりあのレイが、あの、あの時回廊で光を受けて笑っていたあのレイ・アルノルトが私の……そんなところに、丁寧にその唇を当てているという事実に、もう、頭が付いていかない。

「だめ、だめっ……だ、よ、レイ……そんな、と、こ……ひっぁっ……！」

「なんで？」

レイが唇を少し離す。息がかかるだけで、剥き出しになった私の内側が敏感に震えているみたいだ。

「だって、そんなところ」

「処女のままで夜這いするんだろ？　できるだけほぐしておかないと無謀すぎる」

また、ぷちゅっと舌先がくすぐるようにそこをなぞる。

「ひぁっ……！　だ、だって、汚いよ……っ……！」

ちゅぅっ……とレイの唇がそこを吸ったので、私の声はついに悲鳴のようになる。

「全然、汚くなんかない」

ぷちゅくっ……。

ひときわ高い水音と共に、ずりゅ、と圧力を持って私の中に入ってきたのは、レイの、指だ。

「んっ……は、はぁっ……」

指をゆっくりと抜き差ししながらもう片方の手でその上をめくり上げて、レイの舌の先が、小さく熱を集めるその一点をちろちろとくすぐった。

「!!」

足がびくっと伸びてしまう。

背中を反らして、シーツを掴んだ。

「今、すごく中が締まった。どんどんあふれてきてるよ。どれだけ敏感なの」

レイが唇を離して私を見る。息が早くなっている。

濡れた唇を、ゆっくりと舐めるのが見えた。

「レイ、だめ、また、前みたいに、なっちゃう。気絶しちゃう」

涙で滲んだ目でレイを見て、必死で訴えた。

「前みたいにって、こういうこと、されると？」

レイが中の壁を擦りながら、私の一番弱いところを口に含んで、舌先でちろちろと転がした。

「ひぁっ……あ、だ、だめ……ま、また……っ……」

腰が浮く。頭を振って、灯された熱が逃げ場を探して……あっ……。

ぷちゅっ……白くなるその瞬間のまさに寸前で、唇を離して、指の動きも止めてしまう。

「え……？」

頂上の寸前で、ぱっと放り出された感じだ。

腰がはしたなく、まるでねだるみたいに揺れてしまう。

「レイ……？」

身体を起こして私を見るレイ。目元が赤い。息をついて、ニヤリとした。

「せつないんだろ、クロエ。でも今夜は簡単にはイかせてあげないよ」

「な……」

額を私の額につけて、頬に手を添えて軽くキスをした。

「イかせてほしかったら、挿れてくださいって言ってみて」

っ……最初から、そのつもりで……。

唇を必死で舐めて湿らせて、一生懸命レイを睨む。

「いじわる……」

「うん、意地悪。それいいね、もっと言って」

また、指が中に入ってくる。

中を散々溶かされて、もう片方の手の指で入り口を押し広げ、そして、また舌先で敏感なところをとろとろに吸い上げられて。今度はさっきより早いタイミングで高みに追い上げられる。

でも、気をやる寸前で、またもぷちゅりと抜かれてしまった。

私は哀願して、泣きじゃくって、バカ、バカ、嫌い、意地悪、と繰り返しながら。

それが何度繰り返されたのだろう。

三回くらいかもしれないけれど、永遠にも感じられた頃。

泣きながら伸ばした私の手を、指を絡めるように握りしめて。

「いいよ。全部忘れて――今だけ全てを僕に委ねて、気持ちよくなってごらん」

くいっと私の最奥、熱を帯びて膨らんだように感じる一点を擦りながら、刺激を逃さないとでもいうように、レイは私の唇を塞ぐ。

その瞬間、私は果てた。

何度も何度も、体の奥の芯から熱く溶けていく。

レイの手を握りしめたまま、泣きじゃくるように息をして。

そしてその嵐（あらし）が過ぎた後、生ぬるい倦怠感（けんたいかん）に包まれて、すうっと意識を飛ばしていった。

レイが、私の頭を撫でた気がした。

とっても優しい手で、でもそれは、夢だったのかもしれないけれども。


「クロエ、頼みがあるんだが」

オスカー様がそう言ったのは、朝食をひと通り召し上がった彼のカップに、私が紅茶を注ぎ足している時だった。

「今日の昼、一緒に来てくれないか。商店の様子を見て回りたいんだが、クロエはこの町の産業にとても詳しいと聞いた。案内してほしい」

忙しいところに急な頼みで申し訳ない、なんて続けるものだから、慌ててしまう。

「私でよければ、もちろん協力させていただきます、オスカー様」

シュレマー伯爵邸での夜会は、いよいよ明日に迫っていた。確かに厨房はいつもより慌ただしいけれど、私自身が特別に何かをする必要があるわけではない。

「兄さ……侯爵、クロエ以外にも適任はいると思いますが」

カチャリと音がして見ると、オスカー様の向かいに座ったレイがナイフを置いたところだった。

「この地域の農産物にも畜産物にも一番詳しいのはクロエだと、おまえが言ったんじゃないか」

「雪も降っていますし。こいつはとろいので、転んだりして足手まといになるかと」

「そんなの、この町で生まれ育った私には愚問極まれり、です。行かせてください、オスカー様」

少し高い位置からレイのカップに紅茶を注ぎ込んでやる。

私は少し、怒っているのだ。

昨夜、私が泣いても懇願しても焦らされて焦らされて弄られぬかれてしまったことに。

怒ってる、絶対断固として怒っているのだ。だからレイの目を見ないようにしている。

決して、目を見るとドキドキして顔が真っ赤になってしまうからではない。絶対にそれだけは違う。

オスカー様は、私たちのやり取りに微かに笑みを浮かべた。

「レイは今日、部屋で資料を作ると言っていただろう。俺とクロエで行ってくるから心配するな。

少々転んでも俺が抱き止めてやるさ」

オスカー様の「抱き止める」という言葉に、昨夜さんざんレイにしがみついて声を上げ続けてしまったことを思い出して、反射的に頬が熱くなる。

レイが冷めた目で私を見ているのに気付いて、小さく睨んだ。それだけでまた胸がドキドキする。

ああ、私は本当に、どうかしてしまったのかもしれない。


「なんでレイも付いてきているの？」

雪がちらつく中、先を歩くオスカー様と従者の方。

少し遅れてその後を歩きながら、私は隣を歩くレイに小さな声で言った。

「悪い？　何か問題ある？　僕がいると邪魔？」

ムスっとした顔で矢継ぎ早に返してくる。

「だってさっきオスカー様が、レイは今日は部屋で資料を作るって」

「あんなの食事の後に速攻でまとめた。僕を誰だと思ってるのさ」

「言っておくけど、こんな昼間から街の中で夜這いしたりしないから安心して戻っていいわよ」

「昼這いね」

「もう、バカ」

ふいっと反対を向く。

反対を向かないと、レイのマントから覗く手の甲が視界に入ってしまうのだ。

そして私は、それだけで勝手にいろいろなことを思い出して一人で鼓動を速めてしまう。

もう泣きそうだ。私は確実に、おかしくなっている。

「その髪型」

「え？」

「いつもと違うね」

ああ、と自分の髪の毛先に触れた。

ジンジャーレッドの髪はくせっ毛で、なかなかまっすぐにはならないし、全てを綺麗に巻くには時間がかかる。それを気にする私にお母様が教えてくれた髪型だ。

一束だけゆるりと巻いて垂らして、他を少し高い位置でまとめて櫛（くし）を挿している。

「宿の仕事がある時は全部ひっ詰めてるものね。学校ではもっと短かったし」

「初めて見た」

「そう？　似合ってる？」

何気なく聞いたのに、

「別に、全然」

と返されてちょっと悲しくなった。

「もう。レイの周りにいる綺麗な令嬢たちと比べないでよね」

「別にそんなこと。そんなお洒落（しゃれ）しなくてもいいだろって」

「はいはい、お洒落なんかしても意味ないよね。ほんと意地悪」

「だから、そういう意味じゃ」

「クロエ、ちょっといいか？」

オスカー様が商店の前に立ち止まってこちらに手を上げる。

私は慌てて足を速めた。

「ホフマンさんのお店のチーズは絶品なんです。牛乳のフレッシュチーズも美味しいけれど、特にお薦めは山羊のお乳のチーズです。ね、ホフマンさん」

様々な種類のチーズが並んだお店の中。

突然のアルノルト侯爵の訪問に固まっていたホフマンさんも、チーズの話題を振られると嬉しそうに大きなお腹を揺らした。

「ホエイをよく煮込んで作っているんですよ。クロエがファミールでチーズケーキにしてくれて評判になりましてね。よかったら味見してください」

「ホフマンさんは、うちの領地の北側に牧場を持っているんですよ。そこでチーズを作って、このお店で販売しているんです。牧場で飲む絞りたてのミルクも最高なんだけれど」

「クロエがね、こうやって乗せてくれるから。あ、よかったら侯爵もいつでも牧場にいらしてくださいね」

ホフマンさんは嬉しそうに笑い、奥様が切ってトレイに載せてきた茶色いチーズをオスカー様に差し出した。

「確かに美味いな。生産量はどれくらいなんですか」

「本当はもっと増やしたいんですがね。クロエのお陰で新しい販路も開けたし、設備も充実させたい」

ホフマンさんが少し声を落とす。

「でも、シュレマー伯爵から許可が下りないのですよ。こういった地場産業に力を入れても限界があると。キンケル男爵が領主だった時代には奨励してもらっていたんですがねぇ」

「勿体ないわ。この国で一番美味しいチーズだと思うのに。だから明日の夜会でここのチーズを使ったリゾットを出すんです。町の外の人にも知ってもらいたくて」

「そうか、この間食べさせてもらったあのリゾットだな。とても美味しかったよ」

「ありがとうございます！　本当に助かりますよ。ここだけの話ですが、シュレマー伯爵は領地から人を追い出そうとしているとしか思えない」

オスカー様は何かを考えるように少し黙ってから、隣のチーズを指さす。

「こっちのチーズは葡萄酒にも合いそうだ。いくつか買っていこう。クロエ、今夜のディナーに出してくれるか」

「もちろんです、オスカー様」

その時、下ろしていた私の左手に何かがとん、と触れた。

見ると、いつの間にそこにいたのか、私のすぐ左隣にレイが立っている。

その少し冷たい手が、私の手を包み込むように握る。

そんなに広くないお店の中に、たくさんの商品が並んでいる。

私のすぐ右側ではオスカー様がホフマンさんと話をしていて、反対側にレイ。互いに肩が触れ合う距離に立っているのだ。

レイの右手が私の手を握っていることに、気付く人はいないけれど。

手を引いた。

放れない。

もう一度少し強めに引く。

きゅっと握られた手の中、掌を指先でくすぐるようになぞられた。

「他にお薦めはあるか？　クロエ」

オスカー様の声にハッとして顔を上げる。

「あ、はい。このナッツの匂いのチーズも大好きです」

レイの指先が、ゆっくりと私の掌の窪みをなぞる。

「グ、グラタンスープにすると美味しいんです」

そっとレイを見上げて、軽く睨む。

ちらりと私を見るレイの青い目。表情はまったく変わらないけれど。

チーズをつまむのと反対側のレイの指が、私の薬指の付け根に優しく爪を立てた。

レイの指。昨夜、私の体の奥の奥まで探るようになぞった、あの綺麗な指先が……。

身体の奥が仄かに熱くなる。

だめ、そんなの、だめなのに……振りほどくことが、できないでいる。

「こんなところにいらっしゃったのですか、アルノルト侯爵!!」

突然、背後から大きな声がした。

振り向くと、店の入り口にはシュレマー伯爵。

その後ろにはコンラート・シュレマーが立っていて、私を見てニヤリとする。

「これはこれは、我が婚約者殿。こんなところでお会いするとは」

「婚約者？」

オスカー様が私を見る。

「ああ、お恥ずかしい。息子のたっての希望でね。もっと名家の令嬢との縁談も無論あったのだが。この地を盛り上げていこうという、息子なりの自覚の表れでしょうな」

シュレマー伯爵が、私の方を冷たい目で見た。

「それに、彼女も親を亡くした哀れな身の上だ。我が家に嫁いだ暁には、あの貧相な宿屋の処遇について私たちが知恵を貸すこともできるでしょう。慈善事業のようなものですよ」

「……まだ、正式にお受けしたわけではありません」

抑えた声で答える私をオスカー様はちらりと見て、口を開く。

「これからは貴族間の結婚も、本人たちの意志を尊重していくべきだと私は思っていますよ。長い目で見れば、目先の些細な損得を優先した政略結婚よりも意味を持つでしょう。それよりシュレマー卿、ここのチーズはいいですね。王都でも販売しては？」

さらりと話題を変えてくれたのでほっとしたけれど、まだ心臓がドキドキしている。

伯爵はふんと鼻を鳴らした。

「一つひとつを手間暇かけて作っていくなんて商売は時代錯誤ですよ。王都にはもっと効率的に乳製品を作る工房もありますしな。そんなことよりアルノルト卿、これからぜひ屋敷にいらしてください。明日の夜会に向けて続々来賓が集まっているのですが、あなたに会わせろと皆うるさいのですよ」

オスカー様は小さく息を吐いたけれど、これ以上伯爵をここに留め置いて好きなことを言わせておくのも得策ではないと思ったのだろう、レイに目配せをして、分かりました、と進み出た。

「クロエ、案内してくれてありがとう。また今度ゆっくり頼む」

伯爵にいざなわれて去っていくオスカー様の背中を見送りながらそっとため息をつく。

気が付けば、スカートの陰でしっかりとレイの手を握りしめ続けていた。慌ててぱっと放す。

「コンラート、私はまだ了承していないのに、みんなの前であんなことを言うなんて。こんなやり方、公正じゃないわ」

唇を引き結んで、目の前で冷笑を浮かべる男を睨みつけた。

「なんでだ？　おまえらが爵位を失うまであとひと月もない。何の策も打ってないんだろう？　ここら辺に住んでいる若い女なら皆、俺に見初められたくてソワソワしてるんだぜ」

「みんながそうでも、私も同じとは限らない」

「意地を張るなよクロエ、妻にしたらちゃんと可愛がってやるさ。俺の言うことを聞いている限りはな」

一歩踏み出して、私の髪に手を伸ばす。

びくりと両肩を竦めた時、横から伸びた手が、コンラートの手をパシッと払った。

「了承を得ず女性に触るのはマナー違反だよ、コンラートくん」

レイが、冷たい目でコンラートを見ていた。

「それに、婚約者を決めるにあたって外堀を埋めていくようなやり方は卑怯だ」

コンラートがレイに胡乱な目を向けた。

「レイ・アルノルト卿。あなたは、随分と私たちの関係に口を挟まれますね。まさかと思いますが……クロエを、妾にでもしようと思っていらっしゃるのですか？」

レイがピクリと眉を上げる。唇を微かに舐めた。本気で口撃を応酬する準備だ。

「友達です！」

横から、思わず大きな声で遮っていた。

「……ただの、学生時代の、同級生よ」

コンラートが勝ち誇ったような笑みを浮かべる。

「コンラート、あなたにはきっと、私と結婚するメリットがあるのよね。それが何なのか分からないけれど、話がまとまった暁には、私はそれに従います。でもそれまでは勝手なことをしないで」

一礼をして背中を向ける。

雪を踏みしめて歩き出した背中から、

「クロエ、ドレスがなかったらいつでも俺を頼ってこい」

コンラートの声が聞こえたけれど、この時点ではまだ意味が分からなかった。


雪はもう止んでいた。

どんよりとした空の下、私とレイはファミールに向かって丘を上る。

歩き慣れた道なのに、やけに勾配がきつく感じた。

「恋人だ、くらい言ってやれば、しばらくは大人しくなったんじゃないの」

「レイは、この地域の視察に来ているんでしょう。有力貴族の子息と喧嘩してどうするの」

私はずるい。

レイに「ただの同級生だ」とも、その場しのぎに「恋人だ」とも言ってほしくなくて、言葉を奪ったのだ。心の中にあるその理由を見つめることが、ひどく怖かった。

「君はまだ、あんな奴と婚約する選択肢を捨てないつもり？　対案を考えないの？」

「だから、オスカー様に夜這いするって言ってるじゃない」

「君は」

「お嬢様大変です!!　こんなものが!!」

前方に見えてきたファミールの正面玄関にマドロラが立っている。

私たちを待っていたのか、手にした何かをこちらにブンブンと振ってみせる彼女らしからぬ大声で、私たちの会話はいったん途切れた。

マドロラに差し出された封筒を開けた時、さっきのコンラートの言葉の意味が分かった。

「明日の夜会の招待状です。前日に出してくるだなんて馬鹿にするにもほどがありますわっ！」

マドロラの声に、他の従業員たちも集まってきた。

それにしても分からない。お父様がいなくてヨハンも出席できない状態の我が家には招待状は出せないと、コンラート自身が笑いながら言っていたではないか。どうして今になって、こんなものが届くのか。

「お嬢様を、自分の婚約者として紹介するつもりなんですよあのドラ息子は」

マドロラが歯ぎしりしながら言ったので、私は驚いて顔を上げた。

「前日に招待状を出せばドレスの準備もできない。それで頼ってきたら自分にエスコートさせるならドレスを貸す、などと言うつもりなんだろう。お嬢様、あんな奴にエスコートさせちゃだめですよ！」

グレイさんが唸（うな）ると、厨房の従業員たちも憤懣（ふんまん）やるかたない様子で頷いた。

「みんな、知っていたの？　コンラートが、何を言ってきているか……」

「お嬢様が言わないから聞かなかったですけどね、あの男がしょっちゅう会いに来ては、いやらしい目でお嬢様を見ていること、私たちは全員、我慢の限界だったんですよ」

「おおかた、爵位かこの宿の権利と引き換えに婚約を迫ってきているんでしょう、虫唾（むしず）が走る！　いいですかお嬢様、絶対にあんな奴のところに嫁に行ったりしちゃだめですよ！　俺ぁ旦那（だんな）様に申し訳が立たない!!」

グレイさんがドンとテーブルを叩いた。

「お嬢様、こんな招待状無視して、明日は予定通り私たちと給仕係をしましょうよ」

皆が口々に言う。食堂に従業員がどんどん集まってきた。

「お嬢様」

二十年以上部屋係をしてくれているマドロラが、改まったように口を開く。

忙しいお母様に代わって、私とヨハンに礼儀作法を躾けてくれたのも、この人だ。

「お嬢様がこの宿を守ろうと頑張っていらっしゃるのは分かっています。だけど、あんな男の言いなりになることを、旦那様と奥様が望むと思われますか。皆で立ち向かう方法を考えましょう」

「マドロラ……」

みんなの顔が、涙で滲んだ。

「ありがとう……。心配かけて、ごめんね、みんな……」

お父様とお母様を失って、私にはもう何もないなんて思っていたことが、恥ずかしい。

まだ、ここには幸せがあった。私を見守ってくれている人たちが、こんなにいたのに。

ありがとう。みんなのお陰で、私はまだ戦うことができる。

両手で目元を拭って、みんなを見回した。

「せっかく招待状をもらったんですもの、私、マリネル男爵代理として堂々と行ってくるわ。来賓の方々にファミールを紹介する大チャンスですもの」

「でもお嬢様、今からではドレスも」

「お母様が昔着ていたものがあるわ。あれをできるだけ手直ししてみる。手伝ってくれる？」

「でもそれでは間に合うかどうか……」

「あの～、ちょっといいですか？」

マドロラの背後、食堂の入り口から遠慮がちに声がした。

皆が振り向くと、いつも野菜を運んでくれる青年・エグバートが立っている。

その手には、見たことがないほど綺麗な青いドレス。

細身のシルエットだけれどドレープが美しく、オフショルダーの胸元には繊細な細工の施されたビジューがついている。

あまり詳しくない私にも、流行を押さえて、かつ質がいいものだと分かった。

「今、アルノルト様……レイ・アルノルト様が、これをクロエお嬢様にお渡しするようにって」


「レイ！」

追いついたのは、宿の裏庭、小さな厩舎（きゅうしゃ）だった。

自分の白い馬に、レイはブラシをかけている。

「あのドレス、どうしたの？　あんなに素敵なもの」

「君に着せようと思って用意していた」

「え」

「君が夜会に招待されていないのはどう考えてもおかしいと思ったから。それなら僕のパートナーとしてエスコートしようかなと。君の言う通り、人脈を作るのには適した場所だから」

ブラシを桶（おけ）に投げ込むと、布で手を拭いながら私を見る。

「急遽取り寄せていて、ちょうど今朝届いたところ。間に合ってよかった」

「でも、あんな素敵なドレス、高かったんじゃないの？　私、そこまでしてもらうわけには」

「……いい加減にしてくれないかな」

めくり上げていたシャツの袖を直しながら、無表情に私に近付く。真剣な目の奥、押し殺したような――怒りが、見える。

後ずさると、厩舎の壁に背中が付いた。

とん、と横の壁に片手を突き、私の顔を覗き込む。

「どうして君は、僕を頼ろうとしないのさ」

「頼ってるわ。毎晩補習に付き合ってくれて、感謝してる」

「もっと根本的なことに決まってるだろ。僕だって侯爵家の人間だ。君が抱えている問題を解決する手段だって、僕にならあるかもしれない。そんなことに気付かない君じゃないだろう」

「だって」

大きく息を吸って、止めた。ゆっくり吐き出して、レイを見上げる。

「だって、そんなの、嫌だもの。私、レイとは対等でいたいんだもの」

レイの青い目がふわっと開かれる。

私とレイは、住む世界が違う。学生時代の経験から、それは十分わかっていた。

だからこそ、レイは私には思いつかないような鍵を持っているのではないか、と思ったことはある。

正直に言って、何度もある。

だけど、それだけはしたくなかった。

それをしてしまうと、もう二度と対等な位置になんて戻れない気がしたから。

「私は……レイと、あの図書館で一緒に問題を解いていた時の関係のままでいたかったの。だけど、夜這いをする方法でもなんでも、教えを請うだけなら、その延長線上だと思うことができた。だけど、ただ助けを乞うようなこと……憐れまれながら慈悲を乞うようなことは、したくなかった。それだけはどうしても、守りたかったの」

たとえ、学生時代限定のかりそめのものだとしても、対等だと思える位置にい続けたかった。

レイが私の両手を掴んで、左右に開く。

厩舎の壁に縫い綴じるように押し当てて、押さえつけるようにキスをした。

ぷっと唇を離して、息を吐き捨てるように笑う。

「僕が、君を憐れむと？　君に頼られて迷惑だと思うと？　……本気でそんな風に思ってるの？」

掠れた声で言って、また唇を塞ぐ。

スカートがめくり上げられる。押し返そうとしたけれど、レイの身体はぴくりとも動かない。

「無駄だよ。僕は今までも、いつだって君をこうして好きにできたんだ。でもしなかった。君の茶番に付き合ってきた理由も分からないほどに、君は馬鹿なの？」

厩舎の窓からセピア色の長い光が差し込んで、私を見下ろすレイの端正な顔を映し出していた。

そのキスは、更に長さと深さを増していく。

一瞬息継ぎで唇が離れても、また塞がれる。

まるでそこが唯一の酸素口であるかのように。

水面から離れると死んでしまう、魚のように。

胸のボタンは外されて、間からこぼれた先端は、レイの指先で執拗に弄られてピンと尖りきっている。レイの右膝は私の足と足の間に割り入って、下着のクロッチの隙間から入り込んだもう片方の手の指は、くちゅくちゅと中を出入りしていた。

レイの肩の向こう、厩舎の窓越しに宿の本館が見えて、私は必死で訴えた。

「レイ、だめ。こんなところ、誰が来るか分からない」

「別に、誰に見られても構わないけど」

中からこぼれた水分が、下着の隙間から太ももの方にまであふれそうだ。

私の中が、レイの指と溶けて混ざってしまう。

「なに言って……っ……」

「そうだな、君のこんな姿は誰にも見られたくない。だけど、僕たちがこういうことをしているってことは、コンラートにも兄さんにも見せてやりたいね」

その言葉に、ドキッと心臓が音を立てた。

「何今の反応。中がキュッと締まったんだけど。どっちに反応したの？　兄さん？　まさかコンラートじゃないよね」

「バ、バカなこと言わないで……ふ、きゃんっ……」

一度指を引き抜いて、息を継ぐ暇もない勢いで、二本に増やした指をぐぽっと私の中に押し込む。

「ひぁっ！」

「今日だって、兄さんに抱き止められたかった？　僕と会う時はそんな髪型したことなかったのに」

ぐぐっと入ってきた指が、お腹の内側を探るように擦る。ぐちゅぐちゅ、と卑猥(ひわい)な音が響いた。

「ひゃ、く、あっ……んっ……んぁっん……!!」

ひどくいやらしい大きな声が厩舎の中に響いてしまい、泣きそうになって口元に手を当てた。

その手首はレイに掴まれ、簡単に口からはがされる。

「言っただろ、君の抵抗なんて僕には何の意味もない。僕はいつだって、こんな風に君を抱くことができたんだ」

カチャカチャと音がする。

レイが片手で、自分のベルトを外している。え、と思った時には私の下着は下ろされて、太ももと太ももの間に、ずるりと……硬いものが割り入ってきた。

「っ!!」

足の間に入れられたものが何なのか分かって、密着してくるレイの身体にしがみつく。

「ふ……ぁんっ……!」

ずるり、とそれが、ふちゅふちゅに柔らかくなった私の秘部に擦れる。

「だめ、レイ!!」

は、とレイが息を吐く。彼が手を添えたそこの先が、濡れた入り口にぴとりと当てられた。

「ほら、君のここ、もうとろとろに溶けて、せつなそうにしてる。僕のを挿れてほしいんじゃないの?」

真っ赤になって伏せた私の顔を上向かせて、見下ろしてくるレイ。

くちゅくちゅっと、身体の一部が擦れあう場所から音がして、そのたびに体がびくんと跳ねるような刺激が走る。

ちゅぷっとほんの少し分け入るような感覚。

「だめ……!!」

「また、最後まではだめとか言うの? じゃあ誰だったらいいんだよっ……」

顎を掴まれて上を向かされ、乱暴に唇を塞がれる。

レイが腰を引いた。私の入り口とレイのものが擦れる。

レイが腰を動かすたびに、ずりゅずりゅと二人のとろけた場所が擦れあう音が響く。

指とは違う圧力に、じんじんしたものが込み上げて、必死でレイの腕に爪を立てた。

「レイ、だめ、そ、そこ……擦らない、で」

「なんで？　気持ちいいんだろ？」

ずりゅずりゅ、と前後に腰を動かす。押し付けるような動きに、私の一番敏感な粒も、レイのものに擦れてしまう。

「ひぁっ……!!」

「クロエ、君はさ、身体はすごく素直で敏感なのに、性格はものすごく意地っ張りで……鈍感だよね」

ずりゅ、くちゅっ……でっぱったところが引っかかって擦れる。そのたびに力が抜けそうになる。

目の裏がチカチカする。

「そんなこと……」

「ほら、また言い訳。ほんっとうに素直じゃなくて、可愛くない」

レイの言葉に胸がきゅっとなる。思わず顔を伏せた。

「なんで、そんな意地悪」

「意地悪はどっちだよ」

私の身体を押さえつけて、くちゅくちゅと入り口に硬いものを擦りつけながら。

「ほら、顔見せて」

顎に指をかけて、私の顔を上向かせた。

「やだ、見ないで」

私今、すごくいやらしい顔をしている。その上、涙でぐちゃぐちゃになっている。

だけど、やっぱりレイの力にはかなわない。レイの青い目と、私の目が合ってしまった。

レイが、ふっと息をついて笑った。

「ほらね――可愛い」

もう何度目か分からないキスをして、私の額に張り付いた髪をそっと撫でて。

「可愛い、クロエ。すごく可愛い」

「なに……レイ、やだ、やめてよ、そんな風に揶揄わないで……」

「揶揄ってなんかない。ずっとずっと、そう思ってた」

真剣な目。青い切れ長の目が私をとらえる。

レイに「可愛い」って言われるたびに心臓の鼓動が速くなる。

ドキドキが耳元で鳴っているみたい。涙があふれる私にレイがまたキスをした。

その間も入り口はレイのもので擦られて。

そこはすっかりとろけて、挿れられてもいないのに、溶けてあふれてしまいそうで。

そして、

「可愛い」

レイが囁く。

そのたびに、どんな物理的な刺激よりも強い震えが私の身体の芯を揺らして、奥がじんわりととろけていく。

レイの首に両手を回して、しがみついた。

驚いたように目を開いたレイが、すぐに私の後頭部をかき抱き、深くふかくキスをしてくれる。

絡み合う場所の角度が変わって、すっかり溶けた入り口に、ずっ、と圧力を感じた。

レイの先が、埋まり、そうに。

「だめ、レイ……はいっ……ちゃう……」

唇を離したレイが耳元で、熱い吐息を搦めながら早口に囁いた。

「……っ……もう、これ以上我慢するとか、無理……っ……」

入り口にレイのものが押し入ろうとするその瞬間、甘く切羽詰まったその声に、ぴくぴくっ……と身体が震えた。

身体の芯がきゅぅぅうっと締まって、逃げ場をなくして、とろけていく。

あの、感覚。レイに教えてもらったあの高まり。

腰がはしたなくうごめいて、息が苦しくなって、必死でしがみついて。

だめ、だめ、声を堪えなきゃ……息ができない、あ、で、でも。

頭の中が白く弾ける。

「ちょっ……クロエ……嘘だろ……」

レイがつぶやくのが遠く聞こえて。

静かに雪が降り始める。冷たく沈んだ厩舎の片隅で、そこだけが熱く灯っている。

私は、今までで一番大きなその波に、飲まれるままに身を委ねて。

レイにしっかりと、力の限りしがみついて、そして、全身から力が、抜けて……。

意識が、ひと瞬きで、遠くなる。


ぬるま湯につかっているような心地よい気だるさから覚醒したのは、自分の部屋のベッドの上だった。

窓の外には黒い闇が落ちていて、一瞬自分がどうしてここにいるのだか分からなくなる。

あれ？　うそ、夢……？

手の中に何かを握っている。メモ……？　開いて「ふあっ」と声が出た。

『マドロラさんがいたから預けとく。君、すぐ気を失いすぎ。鉄分摂って』

え、嘘。なに？　マドロラに、レイが私を預けたの？

気を失っている私を抱えたレイを見て、マドロラはどう思ったのかしら……なんて説明したのかしら……そして私は、夕方から仕事もしないで今までぐっすり眠ってしまっていたわけで……。

――可愛い。

厩舎で私にキスをしながら、レイが熱の籠った目で見つめて囁いた言葉が耳の奥に蘇る。

ブランケットをかき抱いて顔に押し当てた。

耳が熱い。心臓のドキドキが止まらない。叫び出しそうになる。

どうしよう、私、私は……。

雪は更に降り続けている。パチッと暖炉の薪が爆ぜた。


「いいですか、これは私たちファミール女性陣のプライドを懸けた戦いなのですよ！」

翌日は朝から宿中が大忙しだった。

厨房では早朝から最終仕上げの作業に追われ、盛り付けに移る昼過ぎからは私はほとんど拉致されるようにマドロラたちに別室へと連れていかれ、お風呂に入れられ身体を磨かれ髪をセットされて化粧を施されていく。

マドロラが檄を飛ばし、「打倒シュレマー伯爵！」とアンネたちが拳を突き上げた。

みんなの勢いが……ものすごい……。

密かに心配していたマドロラの態度に、不自然なものは何もなかった。

ただ、お風呂の準備をしている時、昨日はすみませんでしたと言った私に、

「驚きましたよ、裏口からレイ・アルノルト様がお嬢様を抱えて入ってくるものですからね」

首を竦めたマドロラは、

「アルノルト様の、お嬢様を抱える手つきがとっても優しくて、私は何も言うまいと決めたのです」

驚いて顔を上げる私の頭を、子供の頃のようにぽんぽんと撫でて。

「さ、準備に入りましょう！」

と掌をパンっと打ち合わせたのだった。


そして夕方。

全ての準備を整えて、私は部屋の姿見の前に立っていた。

レイから贈られた青いドレスは、身体の線を拾いすぎないシルエットで、とても動きやすくまるであつらえたように私にぴったりだった。

胸元も、開いているけれど決して下品ではなくて、マドロラが出してきてくれたお母様のネックレスがちょうどよく納まる。

ちょっとコンプレックスなジンジャーレッドの髪も、コテで丁寧に巻いた後に細かい編み込みを施して、さらに高い位置に結い上げてくれた。

「お嬢様は肌が白くてとても綺麗だから、青が映(は)えます。分かってますね、選んだ方は」

マドロラが、意味ありげに姿見越しの私を見て囁いた。

「髪にも青が欲しくないですか？」

横からアンネが言う。こんな真剣な顔の彼女を見るのは初めてだ。

「髪飾りに青いものはないの？」

「探してみます！」

皆が楽しそうに大騒ぎをしている中、ドアがノックされた。

「用意できた？」

レイが入ってくる。

白を基調とした上質のセットアップに、裏地が深い青のマントを纏(まと)っている。

襟(えり)元にはアルノルト家の紋章が刺繍(ししゅう)され、肩には金色の肩章(けんしょう)が光る。腰には剣を下げていた。

その華やかで堂々としたいでたちに、女性陣の口から、ほうっとため息が漏れる。

レイは私の前に立ち、ふっと微笑むと、

「いいね、似合ってる」

さらりと言ってのけ、私の耳の上に何かを挿した。

姿見に映る、青いクリスマスローズの花。

「ありがとう、レイ。こんな素敵なドレスを着たの初めてよ。すごく緊張するけど、嬉しい」

レイは今朝、早朝から仕事に出ていたので、きちんと顔を合わせるのは昨日の厩舎以来だ。

恥ずかしくなって、ちょっと俯き気味に見上げた私に、彼は両眉を微かに上げて、

「僕の方こそ、君をエスコートできるなんて光栄さ」

そんなことを言うものだから、私の頬はまた熱くなってしまうのだった。


昨夜からの雪がまだ降り続いていた。風も強い。

大所帯で移動する私たちのために、レイとオスカー様が大きなソリを用意してくれていた。

馬に引かせるソリは赤く磨かれた美しいもので、幌まで付いていて、マドロラたちから布でぐるぐる巻きにされた私は、その乗り心地のいい席に腰を下ろす。

ソリはもう一つ用意されていて、そちらには料理のための材料や道具類が積み込まれ、乗りきらない分は馬に乗ったレイとオスカー様やお付きの方々が、手分けして持ってくださった。

「こんなに色々していただいて、本当に申し訳ありません。その上、私だけこんなにいい席に座らせていただくなんて」

過ぎた厚意に恐縮して、ソリから身を乗り出すようにしてオスカー様に伝えると、レイと同じ正装を見にまとったオスカー様は馬を繰りながら笑った。

「一番大事な宝物を一番丁寧に運ぶのは当たり前だろう？　とても綺麗だよ、クロエ」

「侯爵、準備できたので先頭行ってください」

白い馬に跨ったレイがオスカー様の後ろから無表情に言う。

苦笑して前に進むオスカー様の代わりにソリに並んだレイは、「油断も隙もない」と小さくつぶやいてから、私を見て。まるで、「今日は寒いな」というような口調でさらりと言った。

「今夜、君を抱くから」

一瞬何のことか分からなくて、理解すると驚いてあたりを見る。風の音が大きいのと、手伝いに来てくれたエグバートが鍋を持ったまま盛大に尻もちをついて悲鳴を上げたので、私たちの会話を聞いている人はいなかった。

とはいえ、だ。

「な、なに言ってるの、こんなところで……」

青い切れ長の目を一瞬真剣に煌めかせて、レイはマントの首元を押さえて私を見た。

それ以上何も言わないままに前を向くと「前後の間隔を空けた方がいい」と周りに指示を出す。

「お嬢様、もう一枚ブランケットを……なんだか顔がすごく赤いですが、大丈夫ですか？」

ソリに身を乗り出してきたアンネが怪訝な顔をする。

その時、バサバサッ……羽音が聞こえて顔を上げると、近くの木立が揺れて、鳥の群れが飛び立っていくのが見えた。粉雪が舞い散る灰色の空に向かって羽を広げる、無数の白い影。

「ライチョウか？　珍しいな」

隣を歩くグレイさんが怪訝そうにつぶやく声が、なんでだろう、やけに耳に残った。


シュレマー伯爵邸の前には、たくさんの馬や馬車、ソリが並んでいた。

近隣の貴族たちが降り立ち、言葉を交わしながら優雅に門をくぐっていく。

「クロエ、行こう」

私を見て、微笑んでくれるレイの手に自分の手を重ね、光の中に踏み出していく。

長いながい夜の、それが始まりだった。

第三話「レイ」

煌めくシャンデリア、荘厳な音楽を奏でる楽隊。

床は鏡のように光り、豪奢な服をまとった貴族たちが笑いさざめいている。

伯爵邸の大広間は、入念に磨き上げられていた。

この規模は、伯爵家が主催する夜会としては国内最大規模なのではないかしら。よく分からないけれど。

「かなり気合が入っているな、シュレマー伯」

オスカー様が感心したようにつぶやく。

「どこから金が出てるんだか」

レイがボソッと返した。

こういう場所に来るのは、初めてのことだ。

強いて言うなら、学園の卒業パーティーに雰囲気がほんの少し似ているかもしれないけれど、一、二年生の時は遠くから見ているだけだったし、後半は図書館に籠ってしまった。ちなみに自分の卒業パーティーには参加もしていない。というか卒業できていない。

「クロエ、ほら」

ぽかんと口を開けてきょろきょろしていると、レイが私の腰に手を添えた。

勝手に壁際に寄っていこうとする私の身体を、ごく自然にフロアの中央へといざなっていく。

オスカー様とレイの姿を見ると、思いおもいに会話をしていた来賓が互いを牽制するように目線を送りあうのを感じた。二人はやはり、この夜会の主賓なのだ。

　そんな中、品のいい婦人を伴った紳士が、にこやかに歩み出る。

「これはこれはレイ・アルノルト卿。お会いできるのを楽しみにしておりました」

「リーネルト卿、ご無沙汰しております」

「いや立派になられた。お父上はお元気ですかな」

「引退してからは猟に夢中ですね。今頃は鹿を狩っていると思いますよ」

　リーネルト侯爵。ここから東に位置する国境沿いに、領地を持っている名門貴族だ。

「奥様は旅行がお好きだったかと。以前、私どもの領地にもいらしてくださいましたよね」

「ま、そんなことを覚えていてくださったなんて光栄ですわ。旅先で花を見るのが唯一の趣味ですのよ」

　奥様がふくふくと嬉しそうに笑う。

「今回はシュレマー伯爵邸にご滞在で？」

「そうね、このあたりにはあまり詳しくないの。今度は春にでもゆっくり来たいわ」

　それでしたら、とレイが私の背中に手を添えた。

「彼女はクロエ・マリネル。この町で唯一にして最高の宿屋の女主人です」

「まあ」

「ファ、ファミールという宿をしております。このすぐ裏の丘の上で、春先にはアルピヌムの花が窓の下一面に咲きます。青い絨毯が広がるようで、とても綺麗です」

「あら素敵。でも、こんなにお若い女性が切り盛りを？」

「彼女は男爵家の令嬢です。僕の学生時代の友人で優秀な方です。僕なんか、とてもかなわなかった」

　レイの言葉に驚いて、思わず彼を見上げてしまう。

　リーネルト侯爵が目を丸くした。

「アルノルト家始まって以来の秀才と名高いあなたがかなわなかった、ですか。それはすごい。そもそもあの優秀な王立学園に通っていた女性が宿を経営しているとは、なかなか興味深い話ですな」

「あ、改めてご案内をお送りさせていただいてもよろしいでしょうか！」

　その後も、レイは何人もの来賓にさりげなく私とファミールを紹介してくれた。

　ある婦人には料理の話題から、ある老伯爵には北の隣国とのかつての戦争の話題から、そして王立学園の卒業生だという方々には、私の学校での話を面白おかしく披露して。

　それぞれが興味を持つように、自然に話を広げてくれる。

「——レイ、ありがとう。こんなにたくさんの方とお話しできるなんて」

　フロアの中央でダンスが始まった。

　挨拶（あいさつ）と会話が一段落ついて、私はほっと息をついた。

　グラスを差し出してくれながらレイが眉（まゆ）を上げる。

「僕にとっても、今までの夜会の会話で一番意味があるものだった気がする」

　私を見て、ふっと目を細めた。

「君の話題なら、僕はいくらでも楽しめるからね」

　トクン、と心臓が鳴った。

　楽隊が円舞曲（ワルツ）を奏で始める。

「君、踊れる？」

「無理。こんなちゃんとした場所で踊ったことなんてないわ」

「愚問だったね。じゃあ僕に任せて」

私の手からグラスを取って近くの給仕に渡すと、レイは私の腰を引き寄せた。

そのまま、滑るようにフロアの中心に導かれてしまう。

「え、ちょっと待って⁉　レイ‼」

「大丈夫、僕を誰だと思ってるの」

レイのリードは力強く、重心がぶれなくて、ダンスを踊るのがひどく久しぶりな私でもとても踊りやすかった。フロア中の人たちが私たちを見ている。もちろんレイを見ているんだろうけれど、煌めくフロアの中央でレイと一緒に踊るのは、それも、空を舞い滑るように踊るのは……。

「レイ、なんだか私、とても楽しいみたい……」

「僕もだ」

青い瞳(め)が、優しく微笑(ほほえ)んだ。


曲が終わって足を止めると、私たちの周りに色とりどりの美しい花が集まってきた。

「アルノルト様、よろしければ、次は私(わたくし)と踊ってくださいませんか」

「レイ様、あの、私も……」

自信たっぷりに微笑む艶(あで)やかな令嬢、緊張に瞳を潤ませた清楚(せいそ)な令嬢。

みんなみんな、今日この日にレイと踊ることを一族から期待されて、本人も胸をときめかせてきたのだと感じると、私は思わず繋(つな)いでいた手を放してしまう。

「クロエ」

「私、お料理の様子を見てくるわ。レイ、侯爵家の人間としての責務をちゃんと果さなきゃだめ。それに、この地方の貴族を大切にしてほしいの」

囁いて、すっと離れる。レイは小さくため息をつき、でも次に顔を上げた時は、いつもの笑顔を浮かべていて、一人ひとりに対応し始めた。

私はそのまま、そっとそこを離れた。

さっきまで自分が隣に立っていたとは思えないほどにレイの周りはまばゆく輝いていて、別の世界のよう。

別の世界。

学園で何度も感じた、レイと私の住む世界の違い。

私はすぐに、それを忘れてしまうのだ。

壁際に移動した。ずらりと並ぶ料理の中に、ファミール渾身のメニューを見つける。

パッと見の派手さは伯爵家が用意した料理に劣るけれど、食べれば分かる味の違いに、リピーターは確実に多いような気がする。

少し気持ちが明るくなって、その様子を見守っていた時。

「そのドレス、レイ・アルノルト卿に贈られたのか」

背後からの声に振り返ると、果たしてコンラートが立っていた。

「本日は、お招きいただきましてありがとうございました」

ドレスに手を添えて片足を引いて挨拶をする。

コンラートが、ねっとりとした視線を私の体に這わせてくるのを感じた。

「あの男、やはりおまえを愛妾にでもする気なのか。さっきも令嬢を侍らせてたし、あんな顔してるだけあって女好きだな。クロエ、おまえは少し毛並みが珍しいから遊ばれているだけだぞ」

何も答えずに礼をして去ろうとした私に、コンラートは続けた。

「この夜会が終わったら、俺とおまえの式を挙げる」

小さく息をつく。

フロアの中央ではダンスが続き、楽隊の演奏が流れてくる。

私たちが今いるのは壁際の片隅で、様子に気付いているような来賓はいないけれど。

「コンラート、あなたは仮にも今夜の主催側でしょう？　こんな場所でそんな話をすべきではないわ」

冷静に返すと、コンラートはあからさまに苛立った顔をした。

自分の屋敷で開催される盛大な夜会。高揚した気持ちに水を差してしまったのかもしれない。

「俺と結婚したら爵位は預かってやる。でも、あの宿屋は廃業だ」

「え……？」

「仮にも次期伯爵の妻が宿屋の女主人をするなんてことが、許されると思っていたのか」

コンラートが底意地の悪い笑みを浮かべた。

「あとはおまえのところの領地だけなんだよ。あの宿屋を潰して、ここら辺一帯を王都の有力貴族の別荘地にするのさ。国内最北の地だと謳えば、夏には人が集まる。大きな金も動くぞ」

「コンラート」

その時、コンラートの背後から、シュレマー伯爵が現れた。

「おまえはこんなところで何の話をしているのだ。場をわきまえろ」

コンラートに顎をしゃくって立ち去らせようとするシュレマー伯爵に思わず一歩近付いた。

「あの、今の話は本当ですか。ここを別荘地にって」

伯爵は小さく舌打ちをする。

私の方を笑顔で見るが、冷たく底冷えた目は全く笑っていない。

本当なんだ。確信して、胸に手を当てて呼吸を整えた。

「住んでいる人はどうなるんですか？　牧場や畑や、工房を構えて生活している人たちもたくさんいます」

「そんなものにこれ以上の発展はない。王都から資本力のある大きな工房を誘致したり、人気の製品を運んできて売ればいいだけの話だ。王都の人間は、洗練された王都の商品を好むからな」

周囲を意識して抑えた声で、しかし確実にそう答えた。

「待ってください、別荘地なんかにしなくても、ファミールがたくさんお客様を集めます。その方が絶対にこの町の個性も活きるし、将来的な発展に繋がると思います」

チーズを売るホフマンさん、鱒を釣ってくれる漁師たち、野菜を運んでくれるエグバート。

ファミールのみんな、お客様たちの顔が胸に浮かぶ。

お父様が、お母様が――ヨハンが、ファミールの庭で笑っている姿も。

「私、絶対に成功させてみせます。だからそんな計画はやめてください」

「なんの特徴もないこの地に、これ以上の観光地化は無理だ。私はおまえと違って、この地域の将来を考えているんだよ。私のように王都と繋がりがある人間にしかできないやり方でね」

小さな子供に言って聞かせるように伯爵が答える。それまで顔に貼り付いていた笑みをぱっと消して一歩踏み出すと、低い声で言った。

「おまえみたいな奴が一族に入ることは我慢ならんが、私は計画を急いでいるんだ。騒ぎ立てるな」

「でも」

話は終わったというように背を向けた伯爵に、なおも言葉を重ねようとすると、

「クロエ、おまえは生意気なんだよ！」

父親の前に出たコンラートが、私の手を掴(つか)んだ。

大きな声に、周囲の人々が不思議そうに振り返る。

「今までもずっとそうだった。女のくせに何をしても泣かないし、生意気に王都の学校なんかに進学しやがって——女ごときに何ができる。両親は死んで弟は二度と目覚めない。素人(しろうと)の女が切り盛りをする宿なんて、もうとっくに限界が来ているんだよ！」

「逆に言うと」

私の手首を掴み上げたコンラートの腕を、横から伸びた腕が掴んだ。

「逆に言うと、その『素人の女ごとき』が半年以上も宿を切り盛りできているという事実に注目するべきだ。それも、客足は伸び続けている。君は彼女を否定したいがために、貴重な学びの機会を失っているよ」

レイが、氷点下の瞳でコンラートを見据えていた。

「っ……入ってこないでいただけますか、アルノルト卿。これは、この地に住む者同士の話です」

「残念だけど、それを視察するのが僕の任務だ。介入も許されている。このような場での女性を辱(はずかし)めるような言動を見逃(みのが)すわけにはいかないし、それに」

ちらりと私を見た。

「彼女は僕の知る限り、誰よりも優秀な人だ。彼女を侮辱することは、僕が許さない」

「貴様っ……」

コンラートが顔を真っ赤にして唸(うな)るのを、横からシュレマー伯爵が片手で制した。

伯爵とレイの視線がぶつかる。

唇を噛(か)みしめるコンラートを置き去りに、レイは私の手を引いてその場を離れた。

見上げるレイの背中。綺麗に整えられたシルバーアッシュの髪が、華やかな灯(あか)りに鈍く光る。

大広間を出て、広い廊下を足早に進む。絵画の飾られた角を曲がり、中庭に続く回廊に出たところで、レイはやっと立ち止まって私を振り返った。

そのまま、ぐっと引き寄せて抱きしめられる。

「どうしてすぐに僕を呼ばないんだ」

「レイ……」

きつく私を抱きしめ、髪に顔をうずめた。

「君が、あんな扱いを受けるいわれはない」

身体を離して両肩を掴んで見つめてくる。切れ長の目に、もどかしそうな怒りが見える。

「君が抱えているものを、全部僕に請け負わせて」

「そんなの……そんなの、レイに預けるわけにいかないよ」

煌めくフロアの中央で、綺麗な令嬢に囲まれて。レイは本来、あそこにいるべき人なのだ。

侯爵家の参謀としての仕事だって完璧(かんぺき)で、将来を嘱望(しょくぼう)されている。視察先で伯爵と対立するようなこと、本来ならそんな迂闊(うかつ)なことをするはずがない人なのに。

レイが目元をゆがめた。

「どうして」

「だって、レイは侯爵家の人で、皆の期待を集める、未来が約束された人で」

「それがなに」

「レイの力になれる人が、たくさんの物を持っている女の人がたくさんいる。だけど、私は何も持っていないもの」

「君は自分のことを、何も分かっていない」

ぶつけるようにつぶやいて、私の頬に手を当てた。

「レイ」

回廊の入り口に、オスカー様が立っていた。

レイが大きく天を仰いで、盛大なため息をつく。

「なんだよ兄さん!!」

「侯爵、だろう」

肩を竦めたオスカー様は、すぐに真剣な顔になると声を落とした。

「貴賓室に向かうぞ。公爵が到着した」

「公爵？　……まさか」

「そう。バーレ公爵が王都から急遽来訪だ。想定外だ。急げ」

ちっと舌を打ち、レイは私を振り返った。

「ごめん、ちょっと行ってくる。コンラートがまた絡んできたら……」

「大丈夫。一度厨房に下がるわ。皆の様子も気になるし」

私の返事にレイは一瞬思考を巡らせる表情をして、頷いた。

「分かった。厨房から出ないで。すぐ迎えに行く」

足早に去っていくレイとオスカー様の背中を見送り、私はその場でふう、と息を整えた。

私を見つめるレイの真剣な目、かかる熱い吐息を思い出しながら、頬に手を当てる。熱い。

「クロエ」

名前を呼ばれて顔を上げて、一歩後ずさる。

コンラートが、立っていた。

「いい度胸だな。うちの屋敷であいつとあんなことを。俺を馬鹿にするのもいい加減にしろ」

低い声だった。目の奥が、ひどく暗い。

「コンラート……」

普段とは違う様子に気圧されたけれど、それを振り切って私は言った。

「ちゃんと、伝えなきゃいけないって思っていて。――私、あなたとは結婚できない」

コンラートは黙ってじっと私を見ている。

もう一度。はっきりと声を張り上げた。

「爵位のことも、宿のことも。私たちきっと、どうにかする。だから私は、やっぱりあなたとは、結婚できない。ごめんなさい」

表情を変えないまま、コンラートが前に踏み出した。私もつられてまた一歩後ずさった時。

どすっ、と何かに背中が当たった。振り返ろうとした時、口元に何か布のようなものを当てられる。

一瞬で、すうっと闇に……落ちていく。

意識がぷつりと切れる瞬間、その一瞬。私は、心の中で呼んでいた。

――レイ。

大切なひとの、愛おしい名前を。

学校の図書館だった。

日当たりがよくて人気（ひとけ）がない私たちのお気に入りのあの席で、私は課題をしながらうとうとと微睡（まどろ）んでいる。

ふと気が付くと、レイが隣に座っていた。

頬杖（ほおづえ）を突いて私の様子を眺めながら呆（あき）れた顔で……そう、あの時レイは、こう言ったのだ。

——また遅くまで勉強していたんだろ。君さ、集中すると周りが見えなくなるから気を付けて。


唐突に意識が覚醒（かくせい）した。

最初に感じたのは冷たい空気。

目を開くと、一瞬くらりとした。頭の芯（しん）がガンガンとする。

ぼやけた視界が少しずつ焦点を取り戻すにつれ見えてきたのは、木の床。私は床に転がされている。

身体が動かせないのは……両手を背中で、両足首を一つに、それぞれ拘束（こうそく）されているからだ。

「気が付いたか、クロエ」

声がする方へ首を巡らせると、椅子（いす）に座ったコンラートが腕組みをしてこちらを見ている。その後ろには、三人の見知らぬ男たち。

記憶が蘇（よみがえ）る。

夜会の途中、コンラートと話していた時に、後ろから何かをかがされて……。

心臓が、恐ろしい速さで打ち始めた。

落ち着いて。大丈夫。まずは周りを観察するのよ。

狭い小屋だった。壁際に暖炉、一つしかない窓の外は真っ暗。一体あれからどれくらいの時間が経ったのだろう。暖炉の反対の壁際には、硬そうなベッド。

ここは……見覚えが、ある。

なんてことだろう。私たちの領地の丘の数か所にお父様が建てた、山小屋の一つだ。

「おまえが無防備に寝ている姿を見ているのは悪くなかったぞ」

コンラートが椅子から立ち上がる。その目はぎらぎらと光って、血走っていた。

縮こまっている私の身体を、足で乱暴に上向きに返す。

「……あの男の目と同じ色のドレスか」

ゆっくりと舌なめずりをするコンラート。

レイが贈ってくれたドレス。

こんな風に、こんな奴らの視線に晒されるためのものではない。

「コンラート、こんなことをして許されると思っているの？」

「うるさい！　おまえが悪いんだぞクロエ。俺は何度も歩み寄ったんだ。この俺様の方からな！　なのに父上の前で恥をかかせた上に、人の屋敷でいちゃつきやがって」

屈み込んだコンラートが、ドレスの右肩を引き下げた。胸元から下着が見えて、必死に逃げようとするけれど、身体をくねらせることしかできない。

ここは、丘の途中に立った山小屋。うちの領地だ。

ああでも、普段通る道からは、木立の中をかなり分け入ったところにあるはず。

皆が夜会から宿に帰ろうとしても、気付くような場所ではない。

「やめて……」

「いいなその目……。言っとくけど、助けなんか来ないぞ。アルノルト兄弟は王都からいらしたバーレ公爵の相手で忙しい。特にレイ・アルノルトは公爵の孫娘のお気に入りだからな。知っているか？　ヴィオレット・バーレ。レイ・アルノルトの婚約者最有力候補と言われている、当代きっての美女だ」

ヴィオレット・バーレ公爵令嬢。

学園の回廊で、私がレイに話しかけられなかった、あの日。

レイに笑顔を向けていた金色の髪の公爵令嬢と、その名前が結びついた。

そうか、あの方が、いらしているのか……。

「こんな田舎にしちゃ、結構いい女じゃないですか」

「坊ちゃん、俺たちも手伝いましょうか」

後ろからニヤニヤと覗き込んできた男たちに、コンラートは吐き捨てるように言った。

「おまえらは外で見張ってろ」

そして、私の身体を抱え上げる。

手足を縛られたまま、ベッドの上に放り投げられた。

ドレスがめくれてあらわになった太ももに、周囲からのねばつく視線を感じる。

「はいはい、楽しんでください」

「外は雪ですからね。あんまりゆっくりだと、俺たち入ってきちゃいますよ」

笑いながら出ていく男たち。

「安心しろクロエ。ちゃんとおまえを嫁にして、爵位も預かってやるさ。ただ……」

乱暴にタイをほどきながら、コンラートが笑う。

「おまえは一生俺の奴隷だ。地下室に繋いで、毎晩可愛がってやる」

　強い力で、肩を押さえつけられた。

　首を振った私の髪から、青いものがこぼれ落ちた。

　レイが挿してくれた、クリスマスローズの花だった。


ドンッ……!!

「おいっ、暴れるな!!」

ベッドから転がり落ちた私に、コンラートが苛立ったように叫ぶ。

床をごそごそと転がりながら逃げようとする胴が、乱暴に抱え上げられた。

「やだ！　触らないで!!」

ベッドの上に投げ倒されて、全力で暴れる。もうこれで同じことを三度、繰り返している。

両足は一つに、両手も背中に回されて一つに縛られたままだ。

でも、私はそれ以外の動かせる部分の全てをくねらせてばたつかせて、必死で抵抗を繰り返していた。

「クロエ、いい加減に諦めろ！」

嫌だ、嫌だ、触らないで。

コンラートが触れるところ、全てが粟立つ。気持ちが悪い。

レイに触れられるのと、まったく違う。

「痛いってば!!　もうやだ、触らないでっ!!　こんなことして、私は絶対に許さないんだから……絶対に、あなたの言いなりになんか、ならないんだから!!」

力が続く限り、暴れてやると決めていた。

でも、いつまでもつんだろう。体力が切れたらどうしよう。何か、作戦を考えないと。

暴れながら、必死で頭を巡らせる。

ちっと舌打ちをして、コンラートの手が私の首元を掴んだ。

「っ……」

苦しい。指が食い込んで息ができない。

「ぎゃーぎゃーうるさいんだよおまえは‼　黙っていられないのか。すぐに口答えをしやがって……調教にも手間がかかりそうだな」

――まず、すぐに言い返すのがいただけないよね。人が話し終わる前に被せるように持論をぶち上げ始めるのも絶対だめだよね。聞き上手じゃない。だから、色気がない。分かるかい？

酸欠で視界が狭くなる中、頭の中に唐突にレイの言葉が蘇った。

あれは、最初の「夜這い補習」の夜。レイが言っていたことだ。

動揺と恐怖、悔しさと嫌悪感。

そういったものでぐちゃぐちゃになっていた頭の中が、レイを思い出すと、すっと落ち着いてきた。

「ちっ。いちいち痛い目見ないと分からないのか」

コンラートが手を放したので、勢いよく咳き込みながら、酸素を胸いっぱいに吸い込んだ。

レイ。

でもそんなことを言って、あなたは結局いつも私の話を最後まで聞いてくれた。

呆れたように皮肉を言いながら、でもいつだって、楽しそうに聞いていてくれていたじゃない。

レイ。

私、頑張る。あなたがたくさん大切に触ってくれた私の身体を、こんな奴の好きなようにさせたりしない。

「……コンラート」

声色が変わったのを感じたのか、コンラートが私を見る。

ゆっくり、「間」をもって。

「……ごめんなさい、もう、痛いこと……しないで。私、暴れたり、しないから……」

コンラートは少し笑った。

「なんだよ……いきなりしおらしくなりやがって」

再び私の上にのしかかる。唇が、私のそれに当てられた。

奥歯を噛んで必死で耐える。中に入ってきた舌が、ぬるりと口の中で蠢いて吐き気を催した。

固まっている私を怯えていると解釈したのか、コンラートはニヤリとして、今度は首筋に強く吸い付いてくる。ドレスの上から、胸が強く掴まれた。

「時間があまりないからな。とりあえず一度、済ませるぞ」

コンラートの息が上がっている。ドレスの裾が、たくし上げられた。

脚を開かせようとする動きが止まる。小さな舌打ちが聞こえた。

そう、これ以上先に進めるには……。

腰からナイフを抜いたコンラートが、足首のロープを切り始めた。

あるいは私が反抗的な態度のままだったら、奴ももう少し警戒したのかもしれない。

だけど今は、焦る気持ちと欲望と、私の態度からの油断で判断力が鈍っている。

ロープが切れた。その瞬間。

思い切り、渾身の力を込めてコンラートの両脚の間めがけて膝で蹴り上げた。

「触らないでよこの変態!!」

しまった、少しずれて、お腹の下の方に当たってしまった。でも思い切りめり込んだ。

目を剥いたコンラートが前のめりに倒れ込んでくるのを、くるりと回転して避ける。

ベッドから飛び降りて、さっき男たちが出ていった扉とは反対側に走った。

この小屋の造りなら、よく知っている。目立たないけれど、裏側にも扉があるのだ。

肩から思い切り扉にぶつかる。

バン！　と開く。踏み出そうとした足が、竦んだ。

目の前にも、男が立っていた。私の姿を見下ろしてニタリと笑う。

「こっちの方が風下で過ごしやすいんですよね。坊ちゃん、随分苦戦しているんじゃないですか？」

「っ……そ、いつを、捕まえろっ……」

入ってきた男から逃れようと後ずさると、今度は背後から抱きすくめられた。

反対側の扉からも、男たちが入ってきていた……。

「やっぱりお手伝いしますよ。俺たち、こういうの慣れていますからね」

「っ……くそ、まあいい、おまえらそいつを押さえつけておけ」

床に引き倒される。コンラートが燃えたぎるような目で私を睨んだ。

「これ以上暴れたら、脚の腱を切ってやるからな、クロエ」

やだ、やめて。こんなの。絶対に。

切れぎれな思いが交錯して、必死でばたつかせた脚も左右から押さえられてしまう。

「や、やだ……」

――――クロエ。

私を見下ろすレイの目、青い切れ長の瞳、優しく、少しせつなく細められて……。

「レイ………!!」

扉がバァン!!　と吹き飛ぶように蹴破られた。

暗闇の奥から、雪が交ざった激しい風が部屋の中に吹き込んでくる。

入り口に、風を受けて大きくはためく白いマント。金色の肩章。

「……クロエから、離れろよ」

何千年も凍てついた、氷河のような目をしたレイが、そこに立っていた。


背中に雪まじりの強い風を受けながら、レイが小屋の中に足を踏み入れるガシュリと濡れた音。

風に煽られたシルバーアッシュの髪の下、青い瞳が氷点下の色に凍って見えた。

次の瞬間、床を蹴ったレイが剣を抜く。刹那、私の両肩を床に押さえ付けていた男の肩から血しぶきが上がり、男は悲鳴を上げて私の上に倒れ込んだ。

それを合図に我に返ったように他の男たちが立ち上がる。

「レ、レイ・アルノルト!!　どうして」

「ぐえっ!!」

レイが、腹ばいになる男の肩を私の上から蹴り飛ばした。

縮こまる私を抱き起こすと、自分のマントをふわっとかけてくれる。

「クロエ、怪我はない？」

私の頬に、そっと触れる指先が微かに震えている。

言葉が出ないままの私が必死で頷くのを見ると、ほっと息をついて。

「そこにいて。もう大丈夫だから」

私を背中に庇うように、その前に立った。

男たちが剣を抜き、レイに斬りかかった。最初の一人とレイの剣が交わる。

横から襲いかかったもう一人の胴体を、正面の相手と押し合ったままレイが蹴り倒した。

仰向けに倒れた男が暖炉の角にぶつかって、積み上がった薪が崩れ落ちる。

「クロエの手に触るとか、何考えてんの」

切り結んでいた剣が離れ、間合いを取ってまたぶつかり合う。

残った男が一番剣の扱いに慣れているようだ。だけどレイは、表情も変えずに連続で攻撃をいなしていく。

「おまえはクロエの右足を押さえてたよね」

レイが勢いよく剣を突き、一歩下がった男の脚に、右上から斜めに剣を振り下ろした。

男の悲鳴が響く。

「ふ、ふざけるな、ヴィオレット様はどうした。おまえ、こんなことしていいと」

お尻を床につけたまま叫んだコンラートが、レイの目に射竦められて「ぐぅっ」と声を飲み込む。

血の付いた剣を一振りしたレイが、コンラートを見下ろしてゆっくりと近付いていく。

「クロエに何したの」

片膝を突いて、コンラートの襟元をぐっと掴んだ。

「触ったの」

「お、おまえには」

「言って」

「っ……ああ触ったさ、キスだってしてやったから」

「黙って」

無表情に、襟元をぐっと絞め上げた。

「あ～もう！　レイ様、無茶しないで！　殺しちゃだめですよー!!」

入り口からの声に振り返ると、そこには、いつも宿に新鮮な野菜や果物を運んでくれる気のいい青年・エグバートが立っていた。

息を切らせて扉に手をかけている。

「俺を置いていっちゃうとかどんだけですか、勘弁してください。オスカー様にまた怒られますってば!!」

「殺してはいない。うるさいよ早く仕事して」

「おーこわ。あ、クロエお嬢様、ちょっと下がっててね」

なにがなんだか分からなくてぽかんとする私を下がらせると、エグバートは床に転がる男たちの両手両足を手際よく縛り上げていく。

襟元を掴んだままのコンラートの喉元に、レイが剣先をぴたりと当てた。

「ひっ！」

「僕だってものすごく我慢してるのに、おまえ何なの」

「レイ……！」

思わず叫んだ。

「レイ、だめ、それ以上しないで！」

私の声にレイは、横に引こうとしていた剣を止めた。

尻もちをついて広げたコンラートの足の間の床に、ぐさりと剣を刺す。

「……黒幕は父親で、おまえはただの傀儡だと思っていた。だけど違ったみたいだ。おまえは、一番許されないことをした」

「くそっ。ふざけるな、おまえにはヴィオレット様がいるだろうが……こ、こんなことして、ヴィオレット様がなんて言うか」

「なに言ってるの？　そんなの全然構わない」

床から剣を抜いたレイは、コンラートの襟元を掴んで引き寄せると、聞いたことがないほどの低い声で続けた。

「よく覚えていろ。今後指一本でもクロエに触れることがあったら、その指全部切り落として、おまえの汚い尻の穴に順番に突っ込んでってやる」

「だめですよーレイ様ークロエお嬢様がびっくりしてますよー」

私の手を縛るロープを切りながらエグバートが声を飛ばす。

レイは立ち上がると剣を腰に差して、私の身体をマントで包むようにして抱き上げた。

髪に顔をうずめるようにして、きつく抱きしめて、囁く。

「ごめん、クロエ。遅くなった」

なにも言葉にならなくて、ただレイの首にしがみついた。


コンラートたちを縛り上げて、私たちは小屋の外に出た。

外は、視界を真っ白に覆うほどに吹雪(ふぶ)いている。

「クロエとファミールに戻る」

靴を履く私に肩を貸してくれながら、レイが言った。

「ちょっと待っていてください。吹雪(ふぶき)がかなり強くなってきたし、すぐにオスカー様たちも到着しますから」

「それは任せる。早く二人きりにさせて」

「ちょっとレイ様、我儘(わがまま)に歯止めが利かなくなってません？」

レイとエグバートの会話に目を丸くしている私と目が合うと、エグバートは肩を竦めた。

「お嬢様、驚いてますよね。すみません、隠していて。俺は元々」

その時だった。

ドン！！！！　という大きな衝撃。

何かが天から落ちてきて、同時に地面がぐにゃりと質感を変えたような、空気が震える振動。

人生で感じたことのない圧倒的な衝撃に、私たちの身体は一瞬、確実にふわりと宙に浮いた。

次の瞬間、雪の上に着地した私の足元がずるりと滑る。

「クロエ!!」

暗闇の中に投げ出されるように、全身が雪に飲み込まれる。

身体がぐるぐると回転して、どっちが空でどっちが地面なのか分からない。

誰かが私の手を掴んだ。斜めに積もった柔らかい雪の表面を、滑りながら落ちていく。

そして何も、分からなくなる。

誰かが、優しく抱き上げてくれている。

ふわふわと揺れる。あたたかな息遣い……。

──お母様。

幼い私が手を伸ばすと、いつも抱きとめてくれた。それを感じると、どんな怖い夢を見ても安心して眠りにつけた。

お母様、あのね、お話ししたいことがたくさんあるの。私、宿のこともヨハンのことも、爵位のことも大事だけれど、それと同じくらい大切なもの、もう一つ増やしてもいいかなあ……私、そんなに欲張っても、いいのかなあ……。

──クロエ。

ああ、懐かしいお母様の声。

──あなたはもう、大切なものを自分で守ることができるでしょう……？

目が覚めた。揺れる視界、見上げる灰色の空から、風に煽られた雪が舞い散ってくる。

ぐるぐると吸い込まれていくようだ。

私を抱きかかえて、ゆっくりゆっくり、視界の利かない吹雪の中を歩いている人……。

「レイ……!?」

「よかった、クロエ、気が付いた？」

視線を私に寄こして笑う。髪もまつ毛も、雪で真っ白だ。

「レイ、私……さっき……雪崩（なだれ）……？」

「雪崩じゃない。地震だと思う。君は弾みで斜面を滑り落ちたんだ。ここはたぶん、君のところの丘の、中腹のどこかだと思うんだけれど」

視界が悪すぎて、見上げてもさっきの小屋がどこにあるか全く分からない。

はあ、とレイが息を吐く。

「レイ、下ろして、私も歩けるから！」

「だめだ、君はその下、ドレス一枚なんだよ。靴もヒールだしね」

「レイだって！」

私にマントを被せてしまっているのだ。雪の中を歩く格好なんかじゃない。

「嫌だ」

レイが、私を抱く手に力を込めた。

「絶対に、もう二度と君を放さないって決めた」

泣きそうになって必死で周囲を見渡す。

レイの肩越しに、見覚えのあるハートの形の洞が開いた杉の木が見えた。

「レイ、そこ……その杉の木の後ろ、回って！」

ほんの数メートル先の視界も塞ぐ雪交じりの風。真っ白だけれど、木の裏に小屋が見えた。

「お父様の小屋……レイ、ここ、ちょうど宿の裏を下がったところだわ！」

倒れ込むように小屋の中に入る。レイはすぐに暖炉に駆け寄って確認をした。

「今火を熾すから。待ってて」

さっきと同じ木の床なのに、全然違う、温かみを感じる。

コンラートが使った小屋も、この小屋も。

元々これらの山小屋は、宿泊客が万が一遭難した時に避難できるようにと、丘のあちこちにお父様が作った避難小屋だ。馬鹿にするシュレマー伯爵をしり目に、従業員たちと宿の仕事の合間を縫ってひと夏をかけて建てていった。

——北の地にお客様をお招きするからには、絶対に守らないといけない約束があるんだよ。

お父様はよく言っていた。

——山は危険だ。どんなに親しんだ小山だって、牙を剥く時はある。その時にお客様の命を守れるように、できる限りの準備をしておかなくてはいけないんだ。

暖炉の前で動くレイの背中がぼんやり見える。カチカチと火をつける音。

ああ、よかった、お父様……ありがとう……お父様が守ってくれたのね。

レイは、これでもう、きっと大丈夫……。

「火がついた。暖まるまでちょっと時間がかかると思うけど……」

振り向いたレイの声が、やけに遠くから聞こえる気がした。

「クロエっ……!!」

駆け寄ったレイが抱き上げてくれたけれど、もう私、目を開く力が……あんまり残って、ない、みたい。

ただただ、すごく眠たいの。

全身が、水を含んだように重い。

両手も両足も、なんだか遠くにあるみたいに感覚がない。

また、私、気を失ってしまうのかしら……。

でもレイ。

私、全然怖くないの。

「レイ……ありがとう、助けに……きてくれて……」

嬉しかった。レイが来てくれて。

あの人たちに引き倒された時、もうだめだと思ったの。だから、あの時に比べたら、今は全然怖くなんかない。

ああ、でも。

「クロエ、眠っちゃだめだ」

苛立たしげに叫び、レイが自分のシャツの前をはだけさせていく。ボタンをむしるように開いてあらわになったレイの身体……鎖骨からお腹にかけて、痛々しい傷跡が、斜めに走っている。

私、レイに、伝えたいことが、あったんだけど、な……口がもう、動かない……。

「絶対に、死なせない」

意識が闇に落ちる瞬間、レイが低くつぶやく声が、聞こえた、気、がし、た。


キラキラした光が、瞼(まぶた)を打った。

何度か瞬きをして、重い瞼をそっと上げる。

暖かい、しっとりしたものに包まれている。優しくて、とても安心できるもの。

それは——。

「レ……レイ!?」

暖炉の炎の前、マントがかけられた私の身体を、レイが横抱きにして胸の中に抱え込んでいる。問題は、私たち二人ともがほとんど全裸で、素肌を合わせるように絡みあっているということで……。

「おはよう、クロエ」

私の耳元に口を寄せるようにしてレイが囁いた。

「感覚がなかったり、痛いところ、ない？　指先とか」

両手で包み込んだ私の指先をきゅっとする。

「足の先とか」

そっちも……レイの足のつま先に大切なものみたいに挟まれていて。

「だ、大丈夫……です……」

恥ずかしいのとくすぐったいので身をよじらせると、レイの身体からふっと力が抜けた。

「よかった……」

ぎゅう、と私の身体を抱く両腕に力を込める。

「部屋も暖まったし、皮膚が内側から暖かくなってきているのが分かったから大丈夫だとは思ったんだけれど」

裸同士の身体が……密着して………。

「クロエの体、僕の肌で温め続けてたんだけれど、感覚がないところとか、本当にない？」

「だ、大丈夫……。レ、レイの肌で？」

「うん」

「か、からだじゅう、を……？」

「うん、隅から隅まで思いっきりぴったりと密着させて」

「すみから……すみ、まで……」

身体をきゅきゅっと縮こまらせてしまう私を見て、レイは少し唇を尖らせた。

「なに？　まさか、僕がいやらしい気持ちでそういうことをしたとでも思ってるの？」

「そ、そんなことないよ⁉」

「そりゃ、いやらしい気持ちにはなったけど」

「ほら――‼」

くくっとレイが笑い声を上げた。

「その顔やめてよ。もう、ほんっと君ってさ……」

レイが後ろの床に両手を突いて笑うのを、脚の間で膝を抱えて、私は真っ赤な顔で見る。

「本当に、君はさ……」

笑いながら私を見た。目に涙が浮かんでいる。笑いすぎだよレイ……レイ？

「よかった」

私の頬に手を当てて、そっとキスをしながら囁いてくるレイの唇は、微かに震えていた。

「すごく、怖かった」

レイの向こうに見える小窓や扉の隙間から、朝の光が差し込んできている。

吹雪は去って、太陽が昇って……朝が、来たんだ。

私たちは生きていて、また、触れ合うことができている。

レイはもう一度、私にキスをした。

「クロエ、好きだよ。この世界に君より大切なものなんて、僕には何もない」

光が差し込む山小屋の中、レイは何度も私にキスを繰り返す。

最初は触れるだけだったのが、だんだん深く、舌が私の中をまさぐっていくように。

二つの唇を合わせたまま、そっと、床に広げたマントの上に私の身体を倒していく。

明るい光の中、一糸まとわぬ姿を晒すのは恥ずかしい。でもそれよりも、レイのはだけた鎖骨から腰の方まで斜めに走る傷跡に、意識が奪われた。

「ああ、これ？」

肩にかけていた自分の服を背中に落としながら、こともなげに言う。

「兄さんに聞かなかった？　子供の頃僕が誘拐されたって。犯人は兄さんの母親の弟だったんだけど」

右手の指先でつっと傷を上から下へとなぞってみせる。

「でも父さんが取引に応じなかったから、見せしめにザクッて」

凍り付いた私を見て、レイは苦笑する。

「仕方ないんだよ。ちょうどリンドレーナ王の戴冠式の時で……その時を狙ったんだろうけど。先代王と不仲が噂されていた父さんは、絶対に王都に赴かなくちゃいけなかった。で、その時父さんの代わりに兵を引き連れて乗り込んできてくれたのが兄さんだよ。まだ十二歳だった」

レイがそっと、私の頬に触れる。

「だから僕は、兄さんから侯爵の地位はもちろん、何かを奪おうなんて思ったことは一度もない。だけどさ」

私の額に自分の額を付けて、目をじっと見つめて。

「だけど君のことだけは、兄さんにだって絶対に譲れない」

唇をついばんで離すと、ふ、とレイは息をつく。

私を見つめて優しく髪を耳にかけると、そっと耳たぶにもキスを落とした。

「……ヴィオレット・バーレ公爵令嬢……に、会っていたの？」

レイが目を丸くする。自分の発した言葉に、私もびっくりした。

「ご、ごめん。だって、その……学校も同じだったでしょう？」

「コンラートから変な風に聞いたんだろ。あいつ、やっぱり口をそぎ落としてやればよかった」

小さく息を吐きだす。

「バーレ公爵はシュレマー伯爵の後ろ盾だって言っただろ。兄さんと僕が色々調べていることに気付いた伯爵が、公爵を秘密裏に招待していたんだ。それが僕らへの牽制になると考えるとは、ずいぶん甘く見られたものだけど」

それから私を見て、ふっと微笑んだ。

「妬いたんだ？　僕が公爵令嬢と何かあるんじゃないかって」

「そ、れは」

「婚約の話なんてとっくに断ってるさ。僕はずっと君だけだよ、クロエ」

赤くなった私の唇を、レイの唇が優しくついばむ。

それは、唇を辿り顎から首筋まで落ちたところで、止まった。

ハッとする。昨夜コンラートがその場所に強く吸い付いて、痕を付けたのを思い出した。

「あ、そこは」

とっさに隠そうとした私の手を押さえて、レイはその痕に唇を当てた。

「……僕は自分のことを、バカを怒らせるほどバカじゃないと思い上がっていた。でも、君が絡むといつも冷静じゃいられなくなる」

レイの唇が、優しくそっと触れてくれる。まるで、上書きするみたいに。

「でも、『夜這い補習』が役立ったのよ？　『間』と『色気』を意識したの。そうしたら、コンラートに隙ができて……」

あまりに切ない顔をするものだからそう言い添えたけれど、レイは苦しげに眉を寄せて。

「……クロエの色気なんて、この先一生、僕だけにしか見せなくていい」

また、唇を痕に寄せる。

「全部僕のせいだ。僕があいつを逆上させて、君を危険な目に遭わせた。ごめん、クロエ。怖い思いをさせて、本当にごめん」

優しい唇が、私の胸の先をなぞる。壊れ物を扱うような動きに、身体の奥に火が灯っていく。

「ん……」

「クロエ……」

唇を離して、レイが私をじっと見下ろす。

何も身につけていないから、全部、全部レイに見られている。

心も体も、レイの視線の中で溶けていきそうだ。

「ねえ」

「え……？」

「僕、心臓をドキドキさせながら、さっきからずっと待ってるんだけど」

私の頭の両脇に腕を突いて見下ろしながら、レイは目元を赤くして、真剣な顔で言った。

「――君は僕のこと、どう思ってるの？」

「あ――いた――!!　う、うわ――!!　な――にしちゃってるんですかレイ様――!!」

バ――ン!!　と入り口の扉が開き、エグバートの大きな声が、小屋中に響き渡った。

エグバートが背負ってきてくれた服を着て山小屋を出ると、ちょうどオスカー様たちが到着したところだった。

「お嬢様、お嬢様……!!」

転がるようにマドロラが飛び出してきて、私をぎゅっと抱きしめてくれる。

「ごめんなさい、心配かけて」

「一晩中、奥様と旦那様に祈っていましたよ。本当に、本当に良かった……」

「ファミールは……ヨハンは、昨日の地震、大丈夫だった？」

「お皿や花瓶が割れて、あとお嬢様の部屋の本棚が倒れましたけどね、お客様も含めて誰にも怪我はありませんでしたよ。もちろん坊ちゃまにもです。大旦那様が丁寧に建てた建物ですからね！」

ふてくされた顔でエグバートのお尻を蹴っ飛ばしているレイの頭を、オスカー様がパコンと叩いた。

「暴走しすぎるなと言っただろう」

それからぐっと頭を引き寄せる。「無事でよかった」と囁いて一瞬で放した。

「ああそうです、クロエお嬢様!!　すごいものが現れたんですよ!!」

エグバートがお尻をさすりながら、雪で覆われた丘の中腹を指さした。

明るい太陽の光を受けて、一瞬目がくらむ。だんだん目が慣れてきたその先、霧が包んでよく見えない場所。歩み出てみるとその先だけ、雪がない。代わりに湯気を立てる乳白色の……。

「いずみ……？」

「温かい泉ですよお嬢様。昨日の地震で、地中から湧き出したんです。神の怒りですよ横暴な伯爵への！」

マドロラが怯えた声で言った。

「えー、でもこれすごくいい匂いで気持ちいいですよー」

エグバートが手首まで浸けてバシャバシャしている。

「違うわ……」

私は履いていた靴を脱いだ。

「お嬢様⁉」

そのままそっと、片足を浸ける。

一瞬すごく熱いけれど、芯からほどけていくような心地よい温かさ。

「レイ、これ図書館で読んだ、地質学の本にあったよね？」

「ああ。東の国に多く湧き出る温かい泉。本物を見たのは初めてだけど」

レイも屈み込んで手を浸ける。

「マドロラ、これは神様の怒りなんかじゃないわ、恵みよ‼」

これで、ファミールが続けられるかもしれない。この町が、この町のままでいられるかもしれない。

鼓動を速める胸元に、ぎゅっと両手を押し当てた。

第四話「夜這いするなら、あなたがいい」

ファミールに辿り着くと、みんなが駆け出してきて迎えてくれた。

「お嬢様お疲れでしょう。しばらくお休みください」

グレイさん特製の温かいスープをレイと一緒に飲んだ後、マドロラが有無を言わせない口調で言うので自分の部屋に入ったけれど、扉を閉めると同時に倒れた本棚から資料を引っ張り出して、机に駆け寄った。

あの温かい泉が、きっとファミールを、この町を救う鍵になる。頭の中に浮かんだことを、一瞬でも早く書き留めておきたかったのだ。

「――エ」

いや違う、こうじゃないわ。現実的な数字を書けばいいってものじゃない。

「――ロエ」

添付資料がもっと必要だわ。学園の図書館にあった地質学の本、写せたらいいんだけれど。

「クロエ！」

耳元で叫ばれて、椅子の上でビクッと飛び上がってしまった。

振り向くと、呆れた顔をしたレイがこちらを見下ろしている。白いシャツに足にフィットしたズボンという、リラックスした服装になっていた。

「君、全然寝てないだろ。一体何枚書いてるのさ。あれから二時間も経ったんだけど」

「ご、ごめん。でもこれ見て、レイ。私考えたの。あの泉の周辺にね、ファミールの別館を作るのよ。私の記憶では、温かい泉には滋養の効果もあったはず。そこを宣伝したら、王都の貴族やお金持ちの商人がたくさん来てくれると思うの。詳しくは学園の資料を見に行きたいんだけれど……」

レイは小さく頷いて、私の渾身のレポートに目を落とした。

「確かに滋養の効果っていうのは漠然とした言い方だから具体的な数値が欲しいね。あと、これいいんじゃない。宿泊じゃなくて泉に浸かるだけの利用も受け入れるっていうの」

「そうなの！　私、もっといろんな人がファミールに来てくれたらってずっと思っていたの。泊まるってなると、どうしても敷居が高く感じるでしょう？　でも、あの泉に浸かるだけなら、この近くで働いている人とか女の人とか、もっとたくさんの人に利用してもらえる料金が設定できるわ。それでそこにね、この町の生産物が買えるお店を併設するの。収支予想を立てたんだけど……」

計算式とグラフを見せようとバサバサと机の上の紙をめくる。

「そう、これなんだけどね？　季節によってパターンがあって」

レイが私の方を、すごく優しい目で見ているのに気付いて、ドキン、とした。

「ど、どうしたの？」

動揺が顔に出そうになって少し俯いて聞くと、優しい声で返してくれる。

「いや、なんだか懐かしくなって。君、面白いことを見つけるといつもそんな風に話してくれただろ」

机に片手を突いて、私の顔を覗き込む。

「図書館の隅っこでさ、君がこっそり芋を栽培していたことがあったよね」

「ちょっと、いきなりなんの話？」

「環境をちょっとずつ変えて育てて品種改良するとか言い出して。寮の自室と図書館と、僕の部屋にも置いてくれとか言ってさ」

クスクスと笑う。

「そしたら、十日ぐらいで司書の先生に見つかってさ、先生が『どうしてこんなところに腐った芋があるのかしら』とか言って持っていっちゃったよね。僕らが見ている目の前で」

ベッドに座り、お腹を折ってレイが笑う。

「僕さ、今でも時々あの時のこと思い出して笑っちゃうんだよね。君も僕も知らんぷりして本で顔隠してさ。でも君、その後すごく嘆いてた。僕、芋であんなに嘆く人初めて見たよ。――君、今はもう芋の研究はしていないの？」

「もうレイ！　そんなこと蒸し返さないで!!」

思わずレイの肩を叩こうとした、その手をレイがくっと掴んだ。

「君は最高だね。そういうところも大好きだ」

不意打ちでそんなことを言われて、

――クロエ、好きだよ。この世界に君より大切なものなんて、僕には何もない。

山小屋で今朝、レイが言ってくれた言葉が耳の奥に蘇った。

「どうしたの？　クロエ、顔が赤いけど」

「な、なんでもない」

レイが笑って、腕を引き寄せて私の顔を覗き込む。

「なによ……」

「いや、君がそんな風に動揺してくれるんなら、気持ちを伝えた甲斐があったなって。クロエ、もっと僕で動揺して、僕のことたくさん考えてよ」

揶揄うような言葉とは裏腹に、私を見つめるレイの目から真剣な熱が伝わってくる。

レイは私のことを、本当に好きって思ってくれているんだ。そして、あんな風に命を懸けて私を守ってくれたのだ。

そう思うと、泣きそうになる。

私、もう分かってる。レイを見てこんなに胸が苦しくなるのも、甘い笑顔に息ができなくなるのも。

理由が自分の中にちゃんとあることを、分かっている。

だけど、だけど同時に。

学園や昨日の夜会で遠くから見た、光の中心に立つレイの姿を思い出してしまって……。

「……でも、私、今は……まだ、考えなくちゃいけないことがあって……」

とても卑怯な言い訳をして、俯いてしまった。

「うん、ファミールが泉を有効に使うためには、まずは爵位と領地を守らないといけないよね」

それなのにレイはやっぱり優しくて、私の手をそっと握って見上げてくる。

ベッドに座るレイの前に立って、唇を噛んだ。

「で、クロエはそのためにどうしたいの？」

「……」

レイが少し笑った。

「コンラート云々はもうないだろう。今度こそ兄さんに夜這いする？」

「……それ、は……」

「それとも、僕が他のアイディア出してあげようか？」

「私は……」

「僕に迷惑かけたくないっていうのは、もうナシだからね？」

レイのもう片方の手も、私の反対の手を包む。両手の指に自分の指を絡めて、レイは少し下を向いて、それから顔を上げた。笑っているかと思った表情はすごく真剣なもので、心を射抜くようだった。

「クロエ、僕のこと好きって言って」

繋いだままの右手の甲にレイがキスをした。そのまま目線を私に向ける。

「君が僕のこと好きって言ってくれるなら、僕は何もいらない」

レイは、レイは何もかも持っているのに。

「──何もいらないなんて、言わないで」

レイの青い目が、少し開かれるのがぼやけて見えた。

頬にぽろりとしずくがこぼれて、自分が泣いていることに気付く。

ごめん、レイ。困らせてごめんね。

でも私、公爵令嬢が羨ましいって思ってしまった。レイの力になれるものをたくさん持っている、あの令嬢たちみたいな立場に自分もあったらどんなにいいだろうなんて、思ってしまったの。

「私がレイのことを好きって言ったら、レイは何かを諦めなきゃいけないの？　そんなの嫌だよ」

瞬きするたびに涙がこぼれる。唇を噛んでも息を止めても止められない。

「私だって……レイを、幸せにしたいのに」

ぐいぐいと両眼を擦って、やっとそこまで言った。

「……君は、僕を幸せにしたいの？」

「あ、当たり前じゃない。したいに、決まってるじゃない」

一瞬の沈黙の後。

「クロエ、君は本当にバカだね」

えぇ!?　驚いて鼻をすすり上げながら顔を上げると、レイはいつもの不敵な笑顔になっていた。

「今の言葉だけで、君が僕をどれだけ幸せにしたのか分かってる？」

ベッドから立ち上がったレイが、私の頬を両手でそっと包んだ。

目に残る涙を左右の親指で拭いながら、顔を覗き込む。

「僕が欲しいのは君だけだけど、それを証明するためならば、全てを手にしてみせてもいい。そんなことで君の不安を拭えるのなら、僕は何も諦めないよ。僕を誰だと思ってるのさ」

私の顔を上向かせ、赤くなった鼻の頭にキスをした。唇を離してニヤリと微笑む。自信たっぷりの、あの微笑み。

「レイ……」

私の不安なんて、消し去るみたいな。

その時、扉がいきなりバンと開いた。

「お嬢様……!!」

振り向くと、マドロラが肩で息をしながら立っている。

「お嬢様、た、大変です!!　すぐに、すぐにいらしてください……!!」

思わず握りしめた私の手を、レイの手がぎゅっと包んでくれた。

ファミールの玄関先にその二人が到着したのは、その日の夕方、陽が落ちる頃だった。

「いらっしゃいました」

唇を引き結んだアンネが、食堂で待っていた私たちに告げる。

「行こう、クロエ」

上着をばさりと羽織り、レイが椅子から立ち上がる。緊張で顔をこわばらせた私を見て、ふっと不敵に笑った。

「いいかいクロエ。僕と君が一緒なら、何も怖がることなんかない。そうだろう?」

レイに手を取られ、二人で応接室に入る。

椅子に大きく足を開いて腰かけるシュレマー伯爵。そしてその隣には、青ざめたコンラートが座っていた。

「いやあ今回は驚きましたな! しかしコンラートとクロエは、もはや婚約者も同然の関係だ。恋人同士の二人なら、たまには喧嘩をすることもあるだろう。分かるかね、レイ殿」

シュレマー伯爵が立ち上がり、大きく両手を広げた。

会談が始まった時こそ構えた様子だったけれど、オスカー様が所用で外していると知った途端言いたいことを言い始めた伯爵である。

「大事な夜会の途中で抜け出して逢引きをするというのは、ちょっとばかりやりすぎだがね、若い二人には盛り上がってしまうこともあるものだ。私にも覚えがありますよ。そこに踏み込んで邪魔をするなんて、君、ちょっと野暮ではないですかね」

なんということだろう。この人は、あの一連の出来事を痴話喧嘩として片付けようとしているのだ。眩暈を覚える。

「そんな理屈が通ると」

「なるほど」

反論しかけた私を軽く手で制して、レイは静かに言った。

その表情は、とても落ち着いていて涼しげだ。

レイが異を唱えないことに気をよくしたのか、伯爵は更に身を乗り出す。

「こうなれば正式な結婚を急いだほうがいいと我らも思っております。——昨日の地震で、この丘に温かい泉が湧き出したそうではないですか」

両手を揉むように握り合わせる。

「この丘が私のものになるこのタイミングでそんなものが湧き出るなんて、さすが私は持っている。温かい泉には様々な効能があるそうではないですか。そんな貴重なものがあるとなれば、別荘地としての価値がさらに上がるというものです。なあコンラート！」

「そうですね父上……」

目が泳いでいたコンラートだけれど、父親の自信にあふれた様子に謎の勇気を取り戻したのか、徐々に背筋が伸びていく。

「俺とクロエで……この町を盛り上げていかなければならないですしね。何せ俺たちは夫婦に」

「なるほどと言ったのは」

レイの凛とした声が部屋に響いた。

「なるほどと言ったのは、あなたたちに改心の余地はないのですね、という意味ですよ」

両眉を少し上げて続ける。

「まずは確認したい。あなたの息子とその下男たちは僕たちが昨夜拘束し、北部騎士団に引き渡したはずです。なのにどうして彼は何事もなかったかのように、今そこに座っているんでしょう」

「それは冤罪だからですよ。ただの痴話喧嘩をあなたが大ごとにしただけだ。私から申し入れて解放してもらいました」

「この地方では中央管轄の騎士団すらあなたの影響下で腐っているということが分かって何よりです」

　間髪入れず返したレイが、余裕の笑みを浮かべる。伯爵は不愉快そうに顔をゆがめた。

「あの下男たちも解放してあげたんですか？　彼らに聞けば本当のことを話してくれるでしょうか？」

「それが残念なことに、彼らは行方が分からなくなってしまったんだ。私たちも驚いているよ」

「口封じは済んでいるということですね」

　レイが右手を掲げて、パチンと指を鳴らした。

「エグバート」

「はいはいレイ様」

　私たちの背後の扉が開いて、エグバートが入ってきた。

「ほら、あんたらも早く」

　片手に持ったロープを乱暴に引っ張ると、その先から、昨夜あの小屋にいた三人の男たちが、数珠繋ぎになって入ってくる。泥だらけの怪我だらけだ。

　ガタン、と音を立てて伯爵が立ち上がる。

「な、どうして」

「あんたさあ、殺しを依頼するならケチらずにもう少し金積んだ方がいいよ。あんなしょぼい奴じゃ、俺みたいなのに簡単に横取りされるだけだって」

エグバートが紐を乱暴に引くと、三人がもんどりうってひっくり返る。

「彼らは、改めて王都の審議にかけようと思います。元雇い主とは言え、切り捨てて命を奪おうとしたあなたたちに都合のいい証言は、さすがにもうしないでしょう。果たしてどういう話をしてくれるのか楽しみですね」

部屋がシンと静まり返った。

「これを機会に、僕はあなた方の、不適切な領地経営も詳らかにしていこうと思います」

レイの言葉に、伯爵が顔を上げた。ぎらついた目でレイを睨むが、レイは微塵も臆する様子なく続ける。

「元々、この地域では理由が不明瞭な領地の取引が行われていると訴えが上がっていました。随分強引な手で領地を自分のものにして領民を追い出してまで、中央の貴族の別荘地として献上するというのは、『冬の王』としては見過ごせないですよね」

レイが首を振ってみせる。

「今回のクロエの拉致も、彼女と無理やり婚姻関係を結んでマリネル家の領地を手に入れることが真の目的というのなら、彼らの証言の重みも変わってくる」

「そんなものはどうにでもなる！」

コンラートが立ち上がった。こわばった笑みを浮かべて、指を広げた両手を振り下ろす。

「そんなゴミみたいな奴らの証言なんて、結局誰が強要したかということだけで意味なんてない!!　なにかの物証があるわけじゃないんだろう!!」

「物証」

その言葉を待っていたというように、レイも立ち上がった。強い目でコンラートを見やる。

「言ったなコンラート。君がそれを言うとはね」

そして、コンラートを睨みつけたまま、目を逸らさずに声を張る。

「マドロラさん、いいですか」

部屋の扉が再び開く。怪訝そうにそちらを見たコンラートが、目を剥いた。

マドロラが開いた扉から、グレイさんに大切に抱えられて、一人の少年が部屋に入ってくる。

抱えられた少年——私の弟、ヨハンの両眼は眩しげに……でも、しっかりと開かれていた。

「な、なんと……目を覚ましたのか」

伯爵が驚愕の表情でつぶやく隣で、コンラートが力を失ったように椅子に腰を突いた。

私は立ち上がって、ヨハンを抱きかかえたグレイさんのところに駆け寄る。

その後ろからマドロラとアンネが急ごしらえの移動式ベッドを運んできて、応接室の暖炉の前に置くと、その中にそっとヨハンを寝かせた。

「ごめんね、ヨハン。大丈夫？」

頬を撫でると、ヨハンは微かに頷いた。

「ヨハン、目を覚ましていきなりごめん。でも、君はここしばらくは、眠っていても周りの音が聞こえていたんだって？」

レイの声に、ヨハンがそっと視線を動かす。

昼間、ヨハンが目を覚ました時の私たちの驚きをどう表せばいいのだろう。それも、ヨハンは既に周囲の会話から、自分の置かれた状況も、両親の死すらも理解していたのだ。

私はヨハンのベッドの傍らに跪き、その手を両手で握った。

「教えてくれる？　あの日……ご両親と出かける前、君が厩舎で見た人を。馬車の車輪のところで何かしている人を見たんだろう？　その人は……この中にいる？」

レイの問いかけに、ヨハンはゆっくりと瞬きをして部屋の中を見回して……それからそっと人差し指を立てて、レイの後ろに座る人物を指さした。

頭を抱えて俯く……コンラートを。

唇を噛みしめて、私はゆっくりと息を吐き出す。部屋を沈黙が支配する。

「く、くくっ……」

それを破ったのは、シュレマー伯爵の笑い声だった。

「なにかと思えば、死にぞこないの証言ですか。奇跡の生還に浮かれるのはいいですが、そんな病人、それも子供の証言に効力があるとでもお思いかレイ・アルノルト。逆に侮辱罪で訴えますぞ、物証はどうした物証は!!」

レイが冷たい目を向けて、伯爵の鼻先に片手の拳を突き出した。

殴られると思ったのか、のけぞった伯爵の前でくるりとその拳を上向かせ、開く。

手の中にあったものは、銀色のカフスボタン。

「ヨハンは勘がよくて機転も利く。どうしてコンラートがこんなところにいたのだろうと疑問を感じて、その時その場に落ちていたこれをしっかりと握っていた。事故に遭ってもなお、放すことなく」

コンラートが、震える両手を髪の中につっ込んだ。

「調べさせてもらいました。このカフスボタンはこの近郊では北の王都……アルノルト領地にしか店を構えていない名店のものです。ご子息はお洒落に拘りがあるんですね。そこが仇になったんだけど」

伯爵が目を見開いて、息子を見下ろした。

「ボタン裏の製造番号、店にしっかり記録がありました。４０９と４１０……連番で購入したのはコンラート・シュレマー。あなたのご子息です」

「まさかあんな大事故になるとは思わなかったんだ!!」

コンラートが立ち上がって、父親に向かって叫んだ。

「俺はただ、父上に認められたかっただけで……あいつ、クロエと俺の結婚は勝手に決められないとか言いやがって。ちょっと脅せば、他の奴らと同じようにこの領地を譲ると思ったんだ。まさかそのまま崖から落ちるだなんて……」

ヨハンの手を握りしめる。何度も息を吸う。呼吸が浅く早くなりそうなのを必死で抑える。

私の肩に、レイがそっと手を置いた。

大丈夫。顔を上げて頷いてみせる。

「それに、このガキがまた目を覚ますだなんて、そしてまさか、ボタンをこんなところに落としていただなんて俺は」

「喋るなコンラート!!」

低い声でシュレマー伯爵が叫ぶ。

その声は今までの、阿り追従して作りこんだ声色とは明らかに違う。

数多の状況を、その手を黒く染めながらねじ伏せてきた、その老獪さを感じさせる低い声で、未だ状況を巻き返せるとでも言うように、レイを睨み返して笑う。

「とんだ若造ですなレイ・アルノルト！」

「ありがとうございますシュレマー伯爵」

邪悪な表情を隠さずすごんでくるシュレマー伯爵に、しかしレイは一歩も引かない。笑みすら浮かべて顎を上げた。

「下劣な行いに手を染めた男に手加減はできませんよ、あいにく僕は若造なもので」

「だが惜しい。君は大事なことを分かっていない」

伯爵は椅子から身を乗り出した。

「このメール地方を別荘地にする計画は、私たちだけのものではない。リンドレーナ四大名家の一角、バーレ公爵の息が大いにかかった計画なのだよ」

立ち上がって、私とヨハンを指さす。

「その二人の両親は、その計画に逆らった。それはすなわち、いち男爵家ごときがバーレ公爵家に歯向かったということ。我らは公爵家の代わりに逆臣を粛清したまで。おまえは今の話をバーレ公爵の前でもできるのか、レイ・アルノルト!!」

「もう話しましたよ」

私たちを指した指をそのままレイに向けた伯爵は、間髪入れないレイの静かな返しに固まった。

「な」

「正確には、あなたがバーレ公爵と呼んでいるあの爺さんはもう公爵ではありません。今日の夕方六時の時点で、バーレ公爵家当主の座は正式に、彼のご子息に引き継がれました」

「な、にを……」

レイは暖炉に近付いて時計を見る。それはすでに八時を回っていた。

「僕たちはずっと、バーレ卿……バーレ公爵のご令息と、準備を進めていたんです。彼は公爵家を守るため、横暴な父親の不正と癒着を断ち切りたいと願っていた。すなわちあなたたちとの関係をね」

窓の外、屋根からゴソリと雪が落ちた。

「一方僕たちは、この地の不正を正したかった。利害の一致ですね。何も知らない前公爵がのんびりと孫娘を連れてあなたの夜会に来ている間に、王都では息子が当主の座を手に入れました」

ふら、と足をもつれさせた伯爵が椅子に座り込む。

「前公爵は、先ほどその報せを受けて慌てて王都への帰路についたようですね。あなたが所有していた、不正の証拠となる書類を携えて」

レイは、もう一度時計を見た。

「今頃、兄さん……オスカー・アルノルト侯爵が追いついたと思います。あの人の馬、すごく速いですから。ちなみに僕たちが調べたところ、あなたたちが作ろうとしていたのはただの別荘地じゃないですよね。国境近くに別荘地という名の閉鎖空間を作り、北の隣国と不適切な取引をする場所にしようとしていたんだ。そういったことが露見しないように、ここから領民を追い出そうとしていたんですよね。別荘地を購入予定だった貴族たちも仲間でしょうか。前公爵には、その計画の全貌を王都で話してもらう予定です。でもそんなことより」

そこで言葉を一度切る。ガン！　とマントルピースの上に拳を落とし、低い声で言った。

「あんたら謝れよ。マリネル夫妻に、ヨハンに。ファミールの皆と、そして苦しみながら必死で戦ってきたクロエに。償えるもんなら償ってみせろ――たとえ彼女たちが許しても、僕は決して許さないけれど」

くそ、くそっ……と声を漏らして、コンラートが椅子から滑り落ちるように床に膝を突く。

シュレマー伯爵は黙ったまま、歯を食いしばって下を向いた。

「……クロエ、一応聞くけど、本当にこの人たちは王都で裁きを受けさせるのでいいの？　君の望む方法で、アルノルト家が始末をつけるやり方もあるよ」

二人がびくりと震えた。

私はヨハンを見た。疲れたのか、目を閉じて軽く寝息を立てている。

立ち上がって、グレイさんやマドロラ、皆を見た。そして、レイに視線を戻す。

ゆっくりと、首を振った。

「もう、いい。ありがとうレイ。グレイさん、ヨハンを寝室に連れていきたいから手伝ってくれる?」

グレイさんが黙って頷き、マドロラの手も借りながらヨハンを抱き上げて部屋の外に連れいていく。

私もその後に続いて部屋を出た。ヨハンを運ぶグレイさんたちの背中を見送っていると、

「クロエ」

レイが出てくる。部屋の中からは、コンラートたちを拘束するエグバートの声が聞こえた。

私は黙って、レイの胸に顔をうずめた。

レイは何も言わないで、私をぎゅっと抱きしめてくれた。

＊

レイがシュレマー親子を断罪してから数日は、とても慌ただしく過ぎていった。

レイの話では、オスカー様は無事バーレ前公爵に追いつき、書類も破棄される前に手に入れたそうだ。王都へ連行された前公爵はすっかり弱気になっているらしく、不正はじきに明らかにされるだろうということだった。

その証言を受けてシュレマー親子の処遇も決まる。二人は屋敷に謹慎となり、レイが配置したアルノルト兵に見張られながら王都からの沙汰を待つ身となった。

ヨハンは、クッションに寄りかかればベッドの上に座っていられるようになった。

「もう少し回復したら、足を使う訓練に入りましょう。筋力は落ちているけれど、頑張れば春には歩けるようになるかもしれない」

主治医がそう言ってくれるのを、私は夢のような心持ちで聞く。

「姉さん、林檎、美味しいね」

すりおろした林檎をスプーンで口に運ぶと、ヨハンがにっこりと微笑んだ。

「そう？　たくさん食べてね。夕ご飯はグレイさんが鱒のスープを作ってくれるって」

こんな日が来るなんて。ヨハンの笑顔を見ると、今も涙があふれそうになってしまう。

「姉さん」

ヨハンの髪は、お父様と同じダークブラウン。優しげに垂れたグレイの瞳はお母様譲りだ。

「なあに？」

「学校に、戻らないの？」

思いがけないことを言われて、林檎の入ったお皿を取り落としそうになる。

「なに突然！」

「お休みの期限、来年の二月までなんでしょう。せっかく三年近く通ったのに、勿体ないよ」

「そんなこと、どうして」

つぶやいて、大きくため息をつく。

「……レイにお願いされたのね？」

レイは、暇があればヨハンの部屋に来てくれていたけれど、そんなことまで話していたなんて。前に言っていたヨハンにお願いしたいことっていうのは、これだったのかしら。

「レイから、私を説得してって頼まれたんでしょう？」

「うん。でも、姉さんに学校に行ってほしいのは、僕の気持ちだよ」

ヨハンはゆっくりと瞬きをした。

「姉さんが王立学園に行っている間、お父様もお母様も心配していたよ。クロエは、あんな上位貴族ばかりの学園で肩身が狭い思いをしていないかしらって。あの子は一人でしょい込むところがあるから私たちには言わないけれど、苦労していないかしらって」

ヨハンは窓の外に目をやった。冬晴れの、明るい青い空が広がっている。

「レイが、学校での姉さんの様子を話してくれるの、僕、すごく好きなんだ。とっても面白いんだもん。お父様やお母様も、姉さんにレイみたいな友達ができたって知ったら喜んだだろうな。だから僕、姉さんがちゃんと学校を卒業できたらいいなって思ってる」

「ヨハン……」

学期ごとのお休みで帰省する時期は、大抵宿の繁忙期と重なっていて、両親はとても忙しそうだった。だから私はいつも、学校のことを聞かれても、大丈夫よ、と一言で済ませてしまっていた。

でも、もっとちゃんと話せばよかった。

学校で、そりゃあ苦労もしたけれど、楽しいこともたくさんあったことを。レイと競いながら、世界が広がるような面白いことをたくさん勉強できたってことを。図書館の、あの席の話を。

そして、学校に行かせてくれてありがとうって。行かせてもらえてよかったって。

ちゃんと伝えなくちゃ、だめだったのに。言葉にしないと、分からないままになってしまうのに。

「姉さん、泣かないでよ」

心配そうに私を見たヨハンが軽く咳き込んだので、慌てて両眼を拭う。

「ヨハン、もうお昼寝しなさい。ありがとうね」

「うん。レイに、帰る前にまた顔出してって伝えてくれる？」

「え……？」

毛布をかける手を止めた私を、ヨハンが不思議そうに見上げる。

「だって、レイ、明日お城に帰ってしまうんでしょう？」

そんなこと、聞いていなかった。


その日、私がレイの部屋の扉をノックしたのは、夜も更けた頃だった。

「どうしたの」

パーラールームのテーブルの上にトランクが広げられている。

その中に適当な感じで着替えや資料を投げ込んでいたレイは、私を見ると眉を上げた。

「なんだか久しぶりだな、君がこの時間にここに来るの」

確かに、私が毎夜ここに通っていたのはついこの間のことなのに、ものすごく長い時間が過ぎたような気がする。

「別館の計画書の話？」

「ううん、あれはレイのお陰で完璧なものができたと思う。雪が解けたら着工できるように資材を手配しているわ」

「いいと思うよ、楽しみだね。あ、王都から取り寄せている資料もじきに届くよ」

そう、シュレマー伯爵の件を処理する傍ら、レイは私がファミールの新事業計画を立てるのにも知恵を貸してくれていたのだ。

この数日、私たちはやるべきことに追われすぎていて、ゆっくり話をすることもできなかった。

いや、私が甘えていたのだ。レイがいつまでもここにいてくれるような気がしていた。

そんなはず、ないのに。

「レイ、明日帰るのね」

「ああ、直前に知らせることになってしまって悪かった」

枕元に置いてある本を手に取りながら、私を見ずに答えた。

「僕は元々、今回の視察に同行予定じゃなかったしね。兄さんはしばらく王都に滞在しないといけないし、城に兄さんも僕もいないという状況を長引かせすぎると、余計なことを考える奴も出てきかねないから」

ちょっと肩を竦めるレイが、なんだかすごく大人びて見える。

「もちろんシュレマー伯爵邸の見張りは万全にしておくから安心して。沙汰もすぐ出ると思う」

「レイ、ありがとう」

私はレイの目をまっすぐに見て、言った。

「ありがとうなんて言葉じゃ言い尽くせない。何もかもレイのお陰だよ」

レイは苦笑した。

「ヨハンのお陰だよ。ヨハンが目を覚ましてくれたから、爵位も継承できるしこの領地も君たちのもののままだ」

「でも、レイが真相を明らかにしてくれなきゃ、結局同じことの繰り返しだったと思う。お父様たちのことも。きっと、二人ともレイにありがとうって言っているわ。……本当に、ありがとう」

レイは照れ臭そうに笑った。ベッドの端に腰をかけて、足を組む。

「なに。今日は随分素直だね。ていうか、そんな改まって言われるとなんだか……」

羽織っていたニットを脱いでソファにかけた私を、レイが驚いたように見た。

その下に着ているのは、レイが贈ってくれた、あの菫色のナイティだ。

すっと息を吸い込んだ。

「今夜は私、レイに夜這いに来たの」

レイは何も言わない。部屋にいたたまれない沈黙が落ちた。

「レイが帰っちゃうって聞いて、どうしようって思った。だから私」

「――あのね、君、何か勘違いしてない？」

レイがふうっと息をついたので、私は驚いて顔を上げた。

「僕、すぐに戻ってくるよ？　一旦戻って色々片付けて、年明けにはすぐ戻ってくるつもり」

「えっ……そうなの？　また戻ってきてくれるの？」

「は!?　そりゃそうだろ！　僕はずっとここにいたいくらいなのにさ」

「な、なんだあ……」

力が抜けてしゃがみ込みそうになる私を見て、レイは皮肉げに笑う。

「で、君は僕がもう帰っちゃうと思ったから、最後に夜這いしに来てくれたの？　――今までのお礼に？」

驚いて顔を上げる。

「違う、えっと、お礼は本当にそう思ってるんだけど……その、これはそうじゃなくて」

「あのね」

レイはベッドに腰をかけたまま、片膝を胸に抱えた。

「そりゃ僕は君を抱きたくて仕方ないよ？　だけど、あんなにいろいろなことが判明した直後の君を、強引にどうこうなんてできないって思って我慢してるんだ。君が思うより僕は紳士だからさ」

唇を、拗ねた子供のように尖らせる。

「だけど、そんな風に言われたら、その気になってしまうじゃないか。でも、だからってここまで来て、お礼で夜這いしてほしいわけじゃない。——君はちょっと、無神経なんじゃないかな」

話がややこしくなってきた。いつもだったらここで喧嘩して終わりになってしまうのかもしれない。

でも。だけど。

ベッドに座るレイの前に立つ。レイが驚いたように私を見た。

「違うよ、レイ。私は私のために来たの」

私は伝えなくちゃいけない。

レイにはもっと相応しい人が、とか世界が違う、とか。そんなことはこの後、一生懸命考えていけばいいことだ。余計な思いにとらわれて、一番大切なことを伝えないまま後悔するようなことは、もう二度と、したくない。してはいけない。

そんな簡単なことに、やっとやっと、気付いたの。

「攫われた時、レイのことばかり考えてた。レイ、レイ、って心の中でずっと呼んでいた。他の人に触られたくないって思ったの。だから私は」

唇をゆっくりと舐めて湿らせる。胸が、ドキドキと鳴っている。

「これから先、一生、夜這いするならレイがいい。だって、だって私、レイのことが」

私をじっと見るレイを、レイの目を見る。

切れ長の青い目、真冬の月みたい。優しいその瞳で、ずっと私を見守ってくれていた。

そう思ったら、心はすうっと落ち着いて、代わりになんだか泣きそうな気持ちが込み上げてくる。

「レイのことが、好きなの。だから、レイに夜這いしたくて来たの。レイにしか、夜這いしたくない。だって私はレイのことが、大好きだから」

レイが私を見ている。一度俯いて、また見つめる。

そして、ぱたりと仰向けに、ベッドの上に倒れ込んだ。

「あ――――……」

両手を顔の上に当てて、その姿勢のまましばらく動かない。

「……レイ?」

不安になって覗き込むと、レイはゆっくりと手を離して私を見た。

私を見てふっと笑うその青い瞳が、微かに濡れている。

「やっと好きって、言ってくれた」

起き上がったレイは、私の手首を引き寄せて、
まるで初めての時みたいに、優しくそっと、キスをした。

レイはベッドから立ち上がると、トランクの中から小さな細長い棒を出して、部屋の扉の下にしっかりと噛ませた。

「なにそれ？」

「昨日ヨハンに独楽を作った時に一緒に作っておいたんだ。ああしておけば簡単には扉は開かない」

皆いきなり扉を開けるきらいがあるから、と続けながら、今度は小さな袋をベッドまで持ってきた。中から何かを干したものを数粒出す。

「食べて」

「え、やだ。何か変なもの？」

「ブルーベリーだよ。鉄分が豊富だから」

つまんで私の口に押し込む。甘い。

「美味しい」

「君に気絶されてお預けくらうのは、もうこりごりだ」

つぶやいて、袋をベッドサイドに置く。

「全部、レイが用意していたの？」

「悪い？」

「ううん。可愛い」

ふに、とレイが私の頬をつまむ。

「言っとくけど、可愛いのは君のほう」

それから柔らかく微笑んで。

「夜這い、してくれるんでしょ？　せっかくだから復習テストにしようよ」

え？　とレイを見ると、片膝を抱えて柔らかく笑った。

「僕、生まれてきた中で今が一番幸せだから、君の復習に付き合ってあげるよ。夜這いの補習でやったこと、最初から全部おさらいしてみせて。でも、今度は僕は練習台じゃない。これが本番だからね？」

ランプと暖炉の灯りが橙色に照らすベッドの上。レイと向き合って座り、肩に手を乗せて身を乗り出すと、唇に、自分のそれを当てた。

ちゅっ……。

離して、目が合ったのが恥ずかしくて、次は目をつぶって押し当てる。

少し冷たいレイの唇。そっと舌を出して、入り口をちょん、となぞると微かにそこが開いたので、恐るおそる中に舌を入れてみた。

ちゅぷ……。レイの口の中で、私の舌とレイのそれが触れ合って、ゆっくりと絡まっていく。

そっと薄く、目を開いた。

レイが目を閉じている。長いまつ毛、綺麗な顔。私に無防備にそれを晒して。

ぞくぞくする。ドキドキが止まらない。涙が出そうだ。

首に両手を巻き付けて、角度を変えてキスをする私の腰を、くいっとレイが引き寄せた。

「ブルーベリー味のキス」

熱を感じさせる色っぽい目で見つめながら囁かれて、つくりと胸が疼く。

その疼きを知られたくなくて、はむ、と上唇を咥えた。

キスをしながら自分のボタンを外していく。三つ目を外すと、ぷるりと胸がこぼれてしまった。

レイの視線を胸の先に感じる。今までも何度も見られたけれど、なんだか今日は気持ちが違う。

黙って見つめられていると、すごく、熱くなってくる。それだけで反応してしまうくらい。

レイの手を取って、自分の左胸に重ねた。綺麗な指先が触れるだけで、胸の先端がきゅっとする。指がわずかに動いて、人差し指と中指の間で乳首を挟む。だんだん硬くなってきたそこを、人差し指の指先で、ぷるんと弾いた。


「んくっ」

「……痛い？」

レイが私を見上げる。目元が赤くなっている。

「ううん……」

首を振った。

「レイに触られるの、すごく、気持ちいいの……あのね、言っていなかったけど、今までもずっと、気持ちよかったよ？」

は、とレイが息をついた。顔が赤い。

「ごめん、可愛すぎる」

それから私の腰を引き寄せて。

「自分で言っておいてなんだけど、やっぱりずっと受け身でいるのは無理そうだ」

掬い上げるようにキスをした。私を見て、ニヤリとする。

「夜這いは成功だね。君が夜這いに来たら、僕はすぐにその気になっちゃうよ」

両胸を掴んで、ふにゅふにゅと揉む。指先で先端を弾く。

口の中をまさぐるキス。合間に吐息を挟んで、私を熱っぽく見上げる。

胸の先への刺激に声が出そうになっても、レイの喉奥に飲み込まれてしまう。

唇を合わせたまま、ベッドに押し倒された。両手で寄せた胸の先端を、舌がなぞる。ちろちろと舐って口に含むと、ちゅうっと吸い上げて口の中で弾かれて。

「んんっ」

たまらなくなって、シルバーアッシュの髪に顔をうずめた。

「もっともっと、気持ちよくさせたい」

胸の先端に甘く歯を当てて、レイの手が私の両膝を割り開く。ナイティの裾がめくれ上がった。

そのまま身体を下にずらして、太ももの内側に唇を当てる。

ちゅうっと音がするくらいに吸い上げられた。

「はぁっ……」

「君の肌はどこも綺麗だけれど、ここはとりわけ白いよね」

立てた太ももの内側に吸い付いたまま、上目に私を見るレイと目が合って、頬が熱くなる。

「可愛い」

ちゅ、ちゅっとわざと音を立てながら唇を寄せて、だんだん奥に近付いていく……そうしている間に、片方の手が下着の上から、私の、もう熱くなっているところをなぞった。

指先を当てて上下に動かされると、くちくち、と音がして。

「ふぁっ……んっ」

大きな声が出てしまった。は、とレイが息を吐く。

「下着取っていい？　というか、全部脱いでくれる？」

「え……」

「クロエの全部、僕に見せて」

「っ……」

　すごく恥ずかしい。だけど私をじっと見つめるレイの目を見ていると、自然に頷いてしまっていた。

ベッドの上に膝を突いて、下着を足から抜く。さらにナイティを脱いでしまうと、身体を隠すものは何もなくなってしまう。

横たわって足をすり合わせる私を、レイが見下ろしてくる。青い綺麗な目に、私が映っている。

視線が、体の上をゆっくりと辿った。

「寒い？」

「だ、大丈夫」

レイの視線を感じてぞくぞくしているだけ、なんて恥ずかしくてとても言えないけれど。

ベッドに膝立ちになって私を見下ろしたレイが、赤い舌でゆっくりと自分の上唇を舐める。

ばさりとシャツを脱ぎ捨てた。美しい彫刻みたいな身体の、胸からお腹にかけて斜めに走る傷跡。

そこに目を奪われていると、そのままズルっとズボンを下ろす。

ちょっと引っかかりつつ出てきたものに、視線が吸い寄せられて……。

「ひあぁぁ……」

声が出てしまう。

「なんだよ」

「え、それ……そんなの、え……」

「そっか、こないだ厩舎の時も、ちゃんとは見ていないか」

ニヤリ、とした。

「君の特訓に付き合ってる時も、最初からずっとこんな風になってたんだよ。ずっと我慢させられて、どんな修行かと思った」

私の両脇に手を突いて、足の間に体を割り入れた。

「ま、待って、違うの……ちょっと落ち着いて……そんなに……え……そんなの、入らないよ……」

ヨハンのと全然……違う……なんて言ってヨハンごめんなさい……ええ……ちょっと私、混乱してるんですけど!?

「君の、結構ほぐしてきてるから大丈夫じゃないかなとは思うんだけど」

言いながらレイの指が、ぴとっと私のそこに当てられて、背中が勝手に反り返った。

「ひぅっ」

「ほら、もうとろとろしてるし」

指が入り口を撫でて、ちゅぷりと中に埋められる。

「ひぁっ……んんっ……だめ、気持ちよくなりすぎちゃう」

「いいんだってば。ほら、こうしたら奥から順にきゅってなる」

はあ、とレイが息をついて体を下にずらす。

足の間に屈んで覗き込んできたかと思うと、ぷちゅりと濡れた感触。

「ふぁん！」

ぴちゅぴちゅ……と、片手で開いたその場所の入り口をレイの舌がなぞり、小さな膨らみをちろちろと上下に弾いた。

腰が、勝手に浮いてしまう。

濡れた舌が中に入って、くにくにって動く。おへその裏の方がきゅんきゅんして、ふわふわってして……。

「んっんんっ……」

体を起こしたレイが、濡れた唇を舐める。

「本当に、可愛い」

右の足首を掴んで持ち上げて、そこに自分の体の中心の、硬くなったところを押し当てる。

くりゅくりゅと入り口を、こねるように押し付けて回した。

「すごく、欲しかった。身体も心も、君の全部が」

二人からあふれた液体が、混ざって溶けて、境界線が分からなくなる。

「君の中に、ずっと挿れたくて――たまらなかった」

もう片方の指先で、きゅるり、と回すようにその少し上の小さなふくらみを剥いて撫でながら、掠れた声で囁かれて、背中にたまらないゾクゾクしたものが込み上げてくる。

熱い粒を弄られながら、入り口はレイのものでこりゅこりゅと上下になぞられて。

「ふやぁんっ……」

涙目で見上げると、余裕がない表情で私を見下ろしているレイと目が合った。

「恥ずかしい……変な声ばかり……私……」

足首から手を放したレイが、口に当てた私の手をはがして、キスをした。

「変じゃない。可愛くて可愛くて、頭がおかしくなりそうだよ、この僕が」

耳元で囁かれる。熱い息が耳の中に入って力が抜ける。

自然に体が密着した。ぐっと更に押し当てられて。擦れ合う。溶けちゃう。

ずりゅり、と、押し込むように、入ってくる……感覚……っ……。

「あっ……レ、レイ……ま、待って」

「無理」

短く返された言葉と裏腹に、レイの腰がくくっと止まる。先だけ入れた状況で、何度も小刻みに息をして、苦しそうに必死に眉を寄せて。

「……クロエ、痛い……？」

必死に我慢してくれているその表情を見ていたら、思わず頭を振っていた。

「だ、大丈夫……そ、そのまま……」

伸ばした手の先、レイが指を絡めてくれる。

そのまま、身体を引き寄せるようにしながら。奥までぐぐっ……って。

レイが私の中に、深く入ってきた。

「クロエ……大好きだよ」

囁くように、つぶやいた。


パチリと薪が爆ぜる。

窓の外は深い夜闇。静かな真冬の夜の底、温かい部屋のほの暗い灯りの中で、素肌を晒した私たちは、初めて一つに繋がっていた。

はあ、と、私の両側に手を突いたレイが息を漏らす。

「もう少し……進む、よ」

掠れた声で告げて、ずっ……と奥に、じわじわって……進んできて……。

「大丈夫？」

「う……ん……」

そこへの圧迫感。痛みもあって、でも私を見下ろす濡れた瞳と余裕のない表情を見ていると、言葉にできないような疼きが、気持ちが、胸の奥に込み上げてくる。

「レイ……んっ……」

「クロエ、痛い？」

「ううん、だい、じょぶ」

私の頬をそっと撫でてくれた。すごくすごく、気遣ってくれている。

「クロエの中、あったかくて、気持ちい……あーキツ……、とろとろ……」

「き、きつい……？　い、痛いの……？　んっ……」

「違うから、そういうことじゃないから……ん、待って、中締めないで」

眉根を寄せて唇を噛むように息をして、囁いた。

「すごい、夢みたいだ。君のこと、ずっと好きだった。……ずっと、ずっとこんな風にしたかった」

レイが、私の奥まで届く。ぐりぐり、と押し付けるように動かれて、背中が反った。

「ここ、君の身体の、一番深いところ。分かる？」

必死でこくこくと頷く。

「レイのが……あたって、る、の、ふ、ぁん、感じる……」

一生懸命答えたら、レイがはぁ、と息をついた。

「ごめん、ちょっとだけ動いても、いい？」

少し腰を引く。そしてまた、ぱちゅん、と奥を突く。

「ふぁんっ……！」

「あ――……も、溶けそう」

熱い息を吐く。

「わ、私の中……へ、変じゃない……？」

「変なわけないだろ」

「だ、だって……勝手に、ひくひくってなるし、こんな感覚初めてで……ふぁっ……も、ぁんっ……」

「そんなの、最高なだけだよ……ていうか、僕も、初めてだけどね」

え……。

なんだか……今、さらりと……衝撃的なことを……言わな、かった……？

「な、なにが……？」

レイがまた腰を引いて、押し込む。ぱちゅん。

「何がって……こういうこと、するの」

「えっ」

ぱちゅん。

レイがだんだんリズミカルに腰を動かし始める。その度にじゅくじゅくと痺れる疼きと、でも、ちょっと待って。考えようとすると中を擦られて、でも、えっ……？

「レイ、誰とも……した、ことなかったの？」

「当たり前でしょ、十六の時から君しか好きじゃないんだから。その前だって、こういうことしたいと思った相手なんていないし」

「えっちょっとま……ふ、ぁんっ……！」

ぐちゅちゅ、ぷちゅ、と、内側の壁を、レイのものの張り出したところが引っかけるように擦り上

げる。

「いいね、突くたびに、君の胸が揺れてる」

口の端を上げて、私の両手首を胸を寄せるように片手でまとめる。

「だ、だって、経験豊富って」

「僕は一回本を読めば理解するし、大体のことは、初見でうまくできる」

ちゅくちゅく、と奥を削るみたいに動いて。強く奥に押し当てて、指で胸の先をぴんと弾かれた。

「ひぁん！」

「それに、クロエとこういうことするシミュレートなら何回もしたし」

きゅきゅ、と、先端をつまむ。

「んんっ……」

「あー、中も締まる。ごめん、でも、こんなに気持ちいいとか……さすがの僕も驚いてる……」

額を撫でてくれて、ちゅ、とキスをしてくれて。

「クロエ、大好きだ。誰にも君を触らせない。……本当は、他の男に見られるのも嫌なくらい」

くちゅぷちゅぱちゅ、と部屋に音が響く。レイが腰を動かす動きが、だんだん速くなっていく。

「すごくあふれてきてる。君は本当に敏感だね……気持ちいい？」

レイがゆっくりと、探るように腰を動かした。

「奥の方と……上と、こっちの少し膨らんでるところと……どこが気持ちいい？」

「や、めて、レイ……あっちこっちそんな、擦ったら……くぅんっ……」

ちゅくちゅっ……と内側からこぼれてくる感覚。息ができないくらい……。

「きもちい……よぅ……」

半泣きで見上げたら、くっと唇を噛んで、押さえつけるようにキスをしてきた。

「レイ、レイ……手、つないで……」

差し出した私の手を、レイが指を絡めるように繋いでくれる。

「レイ、好き。私、レイと一緒に、ずっと、いられるように頑張るから……だから」

「君は君のままでいい。僕が一生放さないから……」

深いキス。上と下からレイに食べられて、食べ尽くされてとろけていきそうで。

細かい快感が連続で襲ってきて、脳が焼き切れそうだ。

「クロエ、中に、出していい？　クロエの中に、僕の、出したい……出すよ？　いい、よね？」

腰の動きを速めながら、眉を寄せて息をついて、レイが耳元に息を吹き込むように掠れた声で言う。

綺麗な顔。甘くて端整で、最初見た時はお人形みたいって思った。その顔が、今は目元を赤くして、余裕なく私を見下ろして。

「っ……んっ……うん……」

頷くと、私の身体を抱きしめるようにしてキスをした。

裸の二人の身体が擦れる。そのまま肩をベッドに押し付けて動けなくした私の身体を、レイが激しく突き上げた。

レイの身体、甘い顔立ちに不釣り合いな肩から胸、お腹にかけてのしなやかな筋肉。

私の身体を、抱き潰すみたいに擦れて……。

「っ……は、んっ……あっ……ふ、ひゃぁんっ……レイ、レイ……」

「可愛い声、我慢しないで。クロエ、好きだ、愛してる」

咬みつくように、レイがキスをしてくれる。

スピードが速くなる。何も分からない。レイにしがみついて。真っ白な光が見える。

学校の図書館だ。レイがあの席に座って本を読んでいる。

光の中、目を上げて私の姿を見て、いつものちょっぴり皮肉な笑顔。

私は嬉しくて、レイの方へと駆けていくのだ。


ふ、と目を覚ました。

私を抱きしめるレイの腕。私たちは裸のまま、一枚の毛布にくるまって眠っていたみたいだ。窓の外はまだ暗い。部屋の中、暖炉の灯りが揺れている。

目線を上げて、レイを見た。

閉じた瞼の長いまつ毛。微かに動く喉元。そっと頬に、手を当てた。

「……好き」

思わずこぼれた言葉に、レイがくっと眉を寄せる。

え、と思ったらその目が開いた。

「あんまり破壊力強いこと、言わないでくれる」

赤い顔で口元を押さえている。

「起きてたの？」

「君が寝ちゃうからさ、起きたらすぐに二回目に行こうって思って待ってたんだけど。ね、今のもう一回言って」

すりすりと顔を近付けたレイが、ちゅ、ちゅ、と私の額から頬、鼻の頭までキスをしてきて。

「も、もう言わないもん」

「ちぇ。でもいっか。どうせまた繋がったら、君言っちゃうだろうしね」

ふにふにと私の耳たぶを甘噛みしながらレイが答えた。

「ねえ、レイ。あの」

「なに？」

「……こういうこと、するの、本当に……初めて、だったの？」

レイは口を離して、額を私の額に当てて覗き込む。

「うん。なんで？　だめ？」

「だ、だめじゃないけど、そんなこと、補習の時まったく言わなかったじゃない。私、レイはすごく経験豊富でいろんな女の子とこういうことしているのかなって」

「だって、童貞だとか言ったら補習なんてさせてもらえないだろ。僕は君を兄さんの部屋に行かせないために必死で計画を立てていたんだから。そもそも君は僕をまったく男として意識していないしさ」

片手で私の胸をふにゅふにゅと揉みながら、唇を尖らせている。

し……信じられない……。

「僕別に、誰とでもしたいとか全然ないし。君とできないなら別に一生しなくてもいい」

あ、でも、と胸の先端を指先で弄りながら続けた。

「君とだったら何度でもしたい。これからは毎日十回はしようね」

「……もう……バカ……」

「ちなみにキスも胸触るのも君のが初めてだったからね。あ、もちろん知識はあったけど。あと、枕でも練習した」

　ニヤリとする。

「僕ってなんでもできちゃうからさ。でももっとうまくなる。これから一生の間に、数えきれないくらい君を抱くんだから、期待してて」

　首筋に、ちゅうっと吸い付くようにキスをしながら、私の足の間のとろけた場所をなぞって、指がくぷん、と埋められる。

「君がしたいこと、何でもしてあげるよ。ほら、イくのを焦らされるのとか、君結構好きだったでしょ？　あと、中でももっとイけるようになろうね。僕に任せといて」

「っ……んっ……ば、ばかあ……」

「ん。そういう顔も、全部可愛い」

　そして私はそのまままた、レイに体を開かれる。

　夜が明けるまで何度も何度も。

　優しく甘く、とろけるように。


　レイがお城に帰るその朝は、穏やかな冬晴れになった。

「はい、これ。今度来るまでに練習しておいて」

　ベッド脇に片膝を突いて、レイが小さな木の独楽をヨハンの手に握らせる。

「城に、回復訓練の経験が豊富な兵士がいるんだ。今度来る時はその人を連れてくるよ」

　嬉しそうな笑顔で、ヨハンは頷いた。

「うん。レイ、僕待っているから、早く戻ってきてね」

レイはヨハンの頭を撫でて立ち上がる。

「レイ様、準備ができました」

振り向くと、部屋の戸口にエグバートが立っていた。

黒いマントは、フードの襟元にアルノルト家の紋章が入った従者服だ。

「あなた……本当に、アルノルト家の人だったのね……」

「クロエお嬢様、黙っていて本当にごめんなさい。俺、レイ様の側近なんですよね、もう五年目くらい。で、今回は、自分が準備を整えるまでクロエお嬢様が危険な目に遭わないように見張ってろってレイ様に言われてて」

そうは言っても十か月間だ。十か月もの間、近隣の農家で働きながらそんな風に動いてくれていたなんて、まったく気が付かなかった。

「あとね、変な男を近付けたら即クビだから死ぬ気で見張れって。私情丸出しですよ、ひどい主人でしょ」

声を落として真剣な顔で言うエグバートの頭を、立ち上がったレイが肘でゴンっと突く。

「行くよ」

「あーもう、ね？　横暴でしょ？」

騒ぐエグバートを無視してレイは私を見て、ふっと微笑む。

「またすぐ来るから」

「うん、待ってる」

私も笑って、頷いた。

前庭にレイたちの馬が並び、従者の方々が荷物をソリに積み込んでいく。

太陽が眩しく輝いて、冷たく凛とした空気が心地いい。

エグバートが車を付けてくれた特製の移動椅子に、マドロラがヨハンを乗せて押してくる。

続けてグレイさんを始めとした厨房係、そしてアンネたち部屋係も。ファミールの従業員みんなが、前庭と玄関口に集まった。

「なんだか大げさだね。すぐにまた来るよ？」

照れ臭そうにレイが笑うと、エグバードにサンドウィッチが入った巨大なバスケットを手渡していたグレイさんが言った。

「みんなね、レイ様に感謝しているんですよ。本当にありがとうございます。旦那様方も同じ気持ちだと思いますよ」

小さく頷いたレイが、一瞬何かを考えるようにしてから私を見た。

「クロエ、僕はさ」

不意に、ハッと何かに気付いたように後ろを向く。

「レイ様!!　あれ見てください!!」

エグバートが道の向こうを指さして声を上げた。

雪を踏み固めながら丘を駆け上がってくる、一頭の黒い馬の姿。

「――兄さん!?」

レイが眉を顰めて声を上げた。

オスカー様は、そのまま速度を緩めずにファミールの前庭に駆け込んできて、勢いよく馬から飛び降りる。

「よかった、間に合ったな。すれ違いになるかと思った」

明るく笑って額の汗を拭うオスカー様に、慌てて飲み物の手配をした。

「どうしたんだよ兄さん。王都にいるはずだろ？」

「シュレマー伯を王都に連行することになってな。バーレ前公爵の発言に矛盾があるので、これはもう同時に証言を取った方が早いだろうということで」

「それなら使いを出してくれれば、僕が連れていったのに」

「使いを出すより俺が馬を走らせた方が早いだろう」

水差しの水を一気に飲み干して、「従者たちも遅れてやってくるさ」とオスカー様は笑う。

「まったく。本当に兄さんは机上の仕事が嫌いなんだから」

レイが呆れたように言うと、オスカー様はニヤリとした。

「それだけじゃないぞ。おまえに直接伝えたくてな」

そして、マントの内側から、紐で閉じた羊皮紙を出してレイに手渡す。

くるりと開いて目を走らせたレイが、微かに両眉を上げた。

「リンドレーナ王からの勅書だ。メールを中心としたリンドレーナ王国最北端の地……今までシュレマー伯爵領だった領地を全て、アルノルト家管轄の領地とする、と」

オスカー様が高らかに言ったので、皆が目を丸くして顔を見合わせる。

「そうは言ってもこの地は長らくシュレマー伯爵領だったわけだ。知っての通り、北部騎士団を始めとした古参派の腐敗も根深いし、不正に細切れにされた領地の問題も残っている。北の隣国との関係もきな臭いし、そして相変わらず、王都から最も離れたこの国最北端の地だ」

みんなの視線を集めながら、オスカー様は一旦言葉を切る。

「どうする？　レイ」

目を上げたレイが、ニヤリとした。

「愚問だね。僕を誰だと思ってるの」

オスカー様が、破顔する。

「――それならこの地はおまえのものだ。レイ・アルノルト伯爵」

「すげー！　レイ様がこの地の領主になるんですか!!　やった――!!」

エグバートの大きな声に、うわっとみんなが歓声を上げる。

私はひたすら目を見張ってレイを見上げた。

もう、どこから驚いていいか分からない。

「レイ……伯爵って……」

「レイの母親の実家の爵位をアルノルト家で預かっていてな。俺が侯爵家を継いだ二年前、レイも伯爵の爵位を引き継いでいるんだ」

オスカー様の答えにクラッとする。

と、言うことは。レイは最初から、伯爵の爵位を持っていたの？

私が、オスカー様に夜這いだなんだと騒いでいた間もずっと……!?

「それじゃ、レイも一旦王都に行って手続きをしよう。そろそろ発った方がいいな」

従者の方々の馬がやっと到着した様子を見て、オスカー様が馬の鞍に手をかける。

レイも、自分の馬に向かって数歩進んで。

不意に振り向いたと思ったら、早足で私の方に戻ってきた。

驚いたようにオスカー様が、エグバートが、他の従者たちが振り返る中。

グレイさんが、アンネが、ヨハンが、他の従業員のみんながぽかんと口を開けて見守る中。

レイは、私の顎をくいっと持ち上げて——深くふかく、キスをした。

それは、軽く触れるだけじゃなくて、ふちゅりと口の中をまさぐる深いキス。

まるで周りに誰もいないかのような余裕をもって、角度を変えてもう一度唇を合わせて。

そして私の腰を引き寄せて唇をぷっ、と離すと、

「爵位のこと、黙っててごめん。でも、ちゃんと僕のこと好きになって、選んでほしかったから」

真っ赤な顔で固まる私に囁いて、オスカー様を振り返り、高らかに通る声で言った。

「兄さん……いや、アルノルト侯爵。僕はこの地を北部一の、いや、リンドレーナ王国随一の栄えた街にしてみせますよ。——愛する妻、クロエと一緒にね」

静まり返った庭——それが、割れるような歓声や拍手に包まれる。

マドロラがハンカチを目に押し当てて、グレイさんがガッツポーズを取り、アンネが顔を真っ赤にして飛び跳ね、エグバートが指笛を吹き、そして、ヨハンが両手を打ち鳴らして笑っている。

軽く首を振ったオスカー様が、肩を竦めて呆れたような笑顔になる。

「クロエ、僕と結婚して？」

レイが私の腰を引き寄せて、またキスをする。

「も、もう……順番めちゃくちゃ！」

「でも、辿り着く場所は変わらない」

また、頬に手を当ててキスをした。マドロラがハンカチでヨハンの目を隠す。

「だけど、私、宿の改築を終わらせたら、一度学校に戻ってちゃんと卒業しようと思っていて」

「うん。ちょうどいいから一緒に戻ろう」

「え……？」

レイがニッと笑った。

「言ってなかった？　君が休学した翌日に、僕も休学して北部の調査を始めたんだ。だから僕も、まだ卒業していないんだよね」

切れ長の、綺麗な青い目がいたずらっぽく細められて。それからふっと真剣に私を見つめる。

「クロエ、一緒に図書館のあの席に戻ろう？　そしてその後もずっと一緒だ。僕が君を幸せにするよ。

それに、僕を幸せにできるのは、ずっとずっと君だけだ」

ああもう、レイ。あなたは、私を驚かせてばかり。

私が知らないこと、もうないよね？　もう……もう……。

あなたはいつも、私を守って、私のために、何もかも。

ねえ、これからは、私もあなたを驚かせてあげたい。幸せにして、笑顔にさせてあげたいよ。

ずっとずっと……だって、だって私は。

「レイ、愛してる」

レイのマントの胸元を、きゅっと両手で引き寄せて。

背伸びをして、レイの唇に自分の唇を押し当てた。

うわあっとひときわ高い歓声が、冬の青い空に響き渡った。

side. レイ　第一話「僕が今日あそこにいなかったら」

君が好きだよ、クロエ。

君はいつも、僕を僕に引き戻してくれるんだ。


村外れの馬留に着くと、僕の姿を見とめた愛馬が小さく嘶いた。

「いい子だ。おまえ、まだ走れるか？」

白い鼻梁を撫でながら囁く。

僕は今、リンドレーナ王国最北の、国境近くの村に来ている。

近郊で珍しい鉱石が採れ、北の隣国の動向も探りやすいこの村は、アルノルト家の直轄領だ。

今朝クロエの実家の宿を発って昼過ぎに到着し、国境付近を含めて視察を済ませた。

夕方から村長が設けてくれた宴席も一段落し、従者や護衛も思いおもいに過ごしている。

冬の日が落ちるのは早い。決めるなら今だ。

今朝ここに来るまでに通ってきた道筋を頭の中に描き出しながら、村の方を振り返った。

筆頭護衛のフランツには申し訳ないな、と思う。

普段は兄さんの側近をしているのだが、この村に来るのなら一番土地勘がある自分が同行しますと申し出てくれたのだ。その実直さは嫌いではない。

僕がいなくなっていたら、明日の朝、驚くだろうな。

一応、「急用ができたので一足先にメールに戻ります」とメモをベッドに置いてきたけれど、もちろん本来なら報告してから出てくるべきところだ。

でも、報告したら絶対に止められていただろう。

「レイ様、急用とは何でしょう。理由をおっしゃってくだされば自分も同行いたします」

そう言われるに決まっている。

思わず少し笑ってしまい、その勢いで鐙に足をかけて馬に跨った。

「好きな女の子が兄さんに夜這いをしてしまうのを、何が何でも阻止しないといけないから」

そんな風に答えたら、堅物の筆頭護衛はどんな顔をするだろうか。


森の中に入ると、あたりは一段と暗くなった。

沈みかけた夕日が雪道を照らすのを頼りに進んでいく。

昨日の僕は、やりすぎたのかもしれない。

クロエが可愛くて魅力的で、自制が利かなくなり貪りついて、きっと彼女を怯えさせた。

僕との「夜這い補習」なんかに見切りをつけて、今日、今、まさにこの瞬間、クロエが兄さんの部屋のベッドに潜り込んでいたらどうしよう。

焦燥感でじわりと汗ばむのを感じながら、馬の腹を蹴った。

そんなことになったら僕は、自分でも何をしでかすか分からない。


三日前、クロエが僕のベッドに潜り込んできた時は、本当に驚いた。

それも兄さん……アルノルト侯爵のベッドと間違えたと言われた時は、何を言っているのか分からなくて、理解した時は世界が崩壊するかと思ったよ。

クロエは学校の成績は良かったけれど、思い込みが激しいところがある。そこも可愛いところなんだけど、でも今回のはちょっと、なんて言うか……突拍子がなさすぎる。危うすぎる。いくらなんでもめちゃくちゃだ。

それでも必死で平静を装い、とっさの機転で「夜這いの補習をする」という代替案を出せた自分を褒めてやりたい。冷静に考えたらわけの分からない提案だけど、本当にあの時の僕はよくやった。よく踏ん張ったと思うよ、褒めてほしい。

クロエのことを初めて認識したのは、王立学園に入学してすぐの頃だった。

入学直後の経済学の授業で、僕の発表に対して皆が拍手をする中、大真面目な顔で「あの、でもこういう考え方もあると思うんです」と挙手してきた女子生徒、それがクロエ。

ジンジャーレッドのふわふわした髪に、茶色いアーモンド形の瞳が印象的だった。

なんだこいつ。僕はにこやかな笑顔の下でそう思ったし、クラスの皆はあからさまに顔に出していたと思う。

だけど、彼女が身振り手振りで話す内容は、僕が考えていた当たり前の物とはずいぶん違っていて、へえ、面白いな、と思ったんだ。

それからもそういうことが重なって、僕は一度、ゆっくり君と話をしてみたいと思っていたんだよ。だけど、僕にはいつも注目が集まって、お互いを牽制しあう女子生徒が周囲を取り巻いているからさ。

だから、人目があるところで不用意に話しかけたりしたら、君の迷惑になることも分かっていた。

そう思うと、一年生の終わりのあの日、図書館のあの席で僕が僕らしくもなくうたた寝をしてしまったことは、運命なんじゃないかなって思えてくる。

利害関係がない相手だからか、「バカ！」と返されて気が抜けたからか、本気で勝負しなきゃ負ける相手だと分かったからか。君の前では最初から、何も構えず自然に振る舞うことができた。

それって最高なことだよ、クロエ。


村を出てしばらく続いた森の小道は、踏み固められている分走りやすかった。やがて鬱蒼とした森を抜けると、切り立った崖沿いの細い道に出る。

息を吐き出してから愛馬の頸をそっと撫でると、慎重にそこに踏み出した。


僕は、ちょっと珍しいほどに可愛くて賢い子供だった。

「レイ様の将来が楽しみですわね」

得意になって馬を走らせ、難しい本を読み、剣術やゲームで大人を打ちのめす僕を、周りの皆が褒めそやす。そんな時、母はいつも微笑みを浮かべていたけれど、その眉は困ったように下がっていた。

「レイ、あなたの役目は兄であるオスカーが当主になるのを支えることです。人より何かができることを、ことさらに喧伝したり鼻にかけるようなことをしてはだめですよ」

母が繰り返す言葉の意味を理解したのは、七歳の頃。

兄さんに侯爵の座を継がせようとする親戚の男に誘拐された僕は、首筋から腰までを切られる大怪我を負った。

十日間生死の境を彷徨って生還した時、齢七歳にして僕は悟ったんだ。

無駄に敵を作ってはいけない。

人より能力が高いなら、その分謙虚に振る舞い、時には能力を隠すことも賢さだということを。

そうしなければならない立場に、自分があるということを。


「レイ、久しぶりだな」

兄さんが訪ねてきたのは、僕が二年生になってすぐの頃だった。

馬から降りて豪快に笑うその姿は、周囲の誰しもの視線を引く。

文武どちらにおいても僕の能力がいかんなく開花したのは、物心ついた頃からこの兄の背中を追ってきたからなのかもしれない。もちろん持って生まれた才能が八割なんだけれど。

もしかしたら、今なら。本気で勝負したら勝てる分野もあるかもしれない。

だけどこの人は、たとえ五歳年下の僕に負けたとしても、まったく気にすることもない。むしろ痛快そうに笑うだけだろう。能力の問題じゃない。そういう男だから、周囲を魅了していくのだ。

ダメージを受けない最強の獣みたいなもの。張り合うだけ無駄ってやつ。

王城での用事の帰りに学園に立ち寄ったという兄さんは、領地に住む母から預かった干し肉や干し果物なんかを僕にドカドカと渡してきた。

「こんなにいらないのに。ここら辺でも買えるものばかりだよ」

「母上は寂しいんだよ、おまえが春休暇にも帰ってこなかったから。学校はそんなに楽しいか？」

言われて、クロエの顔がすぐに浮かんだ。

「まあね。兄さんはどう？　城はいつも通り？」

何気なく返すと、兄さんは笑顔を保ったまま、まっすぐに僕を見て、さらりと言った。

「俺が正式にアルノルト家の爵位を継ぐことになった。今年の秋だ」

その日の放課後、僕はまっすぐ図書館に向かった。

入り口からずっと奥、背の高い本棚をいくつも越えた、大きな柱の陰の日当たりのいい席。

果たして彼女はそこにいた。

夕方の金色の光が窓から長く差し込む中、俯いて、古い本から何かをせっせと書き写している。

片耳に髪をかけた彼女が、僕に気付いて顔を上げた。

「レイ、ちょうどいいところに。この本貸し出し禁止だから、写すのを手伝ってほしいの」

相変わらずクロエは何かに張り切っている。このエネルギーはどこから来るのか。

隣に座って頬杖を突き、彼女の横顔を眺めた。

ほっぺた、柔らかそうだな。白くてすべすべで。

クロエは常に全力で邁進する。きっと愛されることに何の疑問も持たずに育ってきたのだろう。

きょとんとこっちを見る彼女を、めちゃくちゃにしてやりたいような衝動が不意に込み上げた。

「どうしたの？」

「僕さ、何でもできるんだよね」

クロエは怪訝そうに眉を寄せた。

「僕、天才だからさ。何でもすぐにできちゃうんだ。だけど、そういうのって感じ悪いだろ？　だから普段はある程度は隠したり、そんなことないよ、僕だって努力しているんだ、とか言ったりしてるわけ」

そう。僕は七歳のあの時からずっとそうやって生きてきた。

僕なら簡単にできることでも、運がよかったのかな、ありがとう、僕は陰で頑張ったからね。

そういう姿勢を貫いた。何でもできる僕だけあって、演技も完璧だったと思うよ。

全て（すべ）は、侯爵家の跡継ぎ問題をこじれさせないために。

ちなみに僕は、侯爵の爵位を欲しいと思ったことなんてただの一度もない。それは、あの誘拐事件の前も後も、変わらない。

だけど、いくらそう言っても人は信じてくれないから、野心がないことを態度で示した。

にこやかに、笑顔で、謙虚に。誰とも敵対しないように。

そうやって十年。自分の能力を抑えつけて、トラブルを回避して。

そして今、兄さんの継承に最期まで異を唱えていた分家の長老が死んだことで、やっと兄さんが爵位を継ぐところまで、無事に辿（たど）り着いたのだ。

これでもう、親戚から命を狙（ねら）われることも、僕が爵位を狙っていると勝手に神輿（みこし）に乗せられることもなくなるだろう。長年のわずらわしさから解放される。ずっとそれを目標にして、そのためにやってきたことなのに――この虚（むな）しさは、何なんだ。

目標を達成した今、僕の手の中には何もない。

「天才は誤解されるからね。欲しくもないものを欲しがってるって思われちゃうから、だから僕はあえて自分の力を隠して」

「何でもできてるわけじゃないじゃない」

平然とした顔でクロエが僕を見た。

え？　今なんて言った？

一瞬言葉を失った僕の鼻先に、ピシィ！　と指を突き立ててくる。

「図々しいわね、レイ。一年の後期の経営学、前期に続いて首席は私だったのを忘れたの？　なにが、僕は何でもできる、よ。私に負けたくせして」

はんっと笑う。

「ちょっと待てよクロエ。今はそういう話じゃ……いや、レポートは僕の評価の方が上だったろう？」

「最終的な成績が全てよ。そして言っとくけど、今期の生物学の成績も現時点で私が上回っていること気付いている？　この差はちょっとやそっとじゃ埋められないんじゃないの？」

「君こそ、言ってること矛盾してるよね。今の時点で今学期の成績を予想することに何の意味があぁる？　それに、僕はここから巻き返すよ？」

不意に、ぷっとクロエが吹き出した。我に返る僕の前で、あははと笑う。

「『なんでもできちゃう天才なんだ、だから能力を隠すんだ』とか言いながら私に負けちゃってムキになるレイ、すごく面白い」

変な声色を作って言う。まさか僕の真似か？

「なんだよ、ほとんどの科目では僕が勝ってるだろ」

「でも私に負けてる科目もあるでしょ？　いいのよ、能力なんて隠さなくて。いつもみたいに闘争心剥き出しで全力でぶつかってくれなくちゃ、ちっとも面白くないんだもの」

頬を張られたような気がした。

僕が十年かけて作った檻の扉を、クロエが笑いながら開けてくれた。そこから光が差し込んできた。

ずっと僕は、自分が能力を隠していると思い込んでいた。だけど、違っていたのかもしれない。

僕は、心を隠していたんだ。心を閉ざして、にこやかな仮面を被っていた。

だけど、クロエの前ではそんなもの何の意味もない。

だって君といると、僕の心は勝手に開いていってしまうんだから。

それに君は、いくら僕でも全力で挑まないと、負けちゃうかもしれない強敵なんだからさ。

僕が変に手加減したら、君はものすごく怒るんだろう？　そしてその次の試験までに本気で仕上げて、歴戦の猛者みたいな目で僕に挑んでくるんだろう？

「ぷっ……」

いきなり笑い出した僕を、クロエは「言い負かした」とでも言いたげな得意げな顔で見ている。

クロエ。君は最高だよ。

縮こまっていた気持ちが引き上げられて、光の中で大きく背筋が伸びていく。

最高だ。こんなに気持ちいいのはいつぶりだろう。

「分かった。僕はもう手加減しないよ。君のことなんてひねり潰してあげる。僕を誰だと思ってるのさ」

「なにそれもう！　わけ分かんない」

呆れたように笑って、「とりあえずこれ写すの手伝いなさい」と分厚い本を指さすクロエ。

「なんだよこれ、古代アルソット語じゃないか。これ全部写そうっていうの？　君って本当にバカだよね」

クロエ。

君と、言いたいことを言いながら遠慮なく競える時間は、僕を僕に引き戻してくれる。

僕は今でも、アルノルト家の爵位だって、努力しないで得られる結果だって、みんなからの称賛だって、別に何も欲しいわけじゃない。

だけど、君だけは、絶対に失いたくないんだ。

君が好きだよ、クロエ。


崖沿いの細い道の途中で、馬から降りた。

溶けかけた雪がひどく滑ることに気付いたからだ。注意深く手綱を引きながら進んでいく。

天気がいい昼間に行列でやってきて、いいところだけを見て視察をした気になっていた自分の滑稽さに笑えてくる。あの村の人たちは、普段こんなに危険な道を通っているのだ。

「街道を整備しないとだめだな」

つぶやいた頬に、冷たいものが触れた。暗い空を見上げて舌を打つ。空から雪が舞い降り始めていた。


クロエが間違えて僕のベッドに夜這いに来たあの日、彼女が部屋を出ていった後、僕は普段飲まないきつい酒をグラスに入れて一気に飲み干した。

かつてないほど動揺している気持ちをねじ伏せるように落ち着かせる。

夜這い？　クロエが？

分かってる。彼女がすごく追い詰められていることは。大変な立場にあるってことは。だから僕は今、ここにいるのだから。

「アルノルト侯爵のこと、本当に好きなの？」

そう聞いた時の僕の声は確実に震えていたし、あそこでそうだと言われたら、絶対に泣いていたと思う。

好きなわけじゃなくてよかった……いや違う。そうじゃない。冷静になれ。

好きでもないのに、兄さんに夜這い？

なんでだよ。なんで兄さんなんだよ。ふざけるな、普通に考えてそこは僕だろう。

僕だったら、別に夜這いなんてしなくても……いや、別にしてくれていいけど。全然してくれても構わないんだけど、でもクロエが一言頼んでくれるだけでなんだって、なんだってするのに。

どうして僕じゃないんだよ。

「夜這いって何するか、分かってんのか……」

グラスを壁に叩きつけそうになってギリギリで堪えた。

更に翌日、夜這い相手を兄さんに決めた理由がたった一言「可愛い」と言ってくれたからだったと聞いた時は、冗談ではなく本当に、全身から力が抜けて座り込んでしまった。

なんだよそれ。僕なんかこの三年間、君を可愛いと思わなかった瞬間なんか一秒たりともなかったというのに。

だけど、だけどさ、君ってそういうの言われるの嫌だろうなって普通思うだろ。なんだよ、言ってよかったの？　そんなのいくらでも言ったのに。ああもう、でもそんなこと聞いてしまったら、今度は逆に言えなくなってしまった。

クロエ。

僕はさ、見た目もいいし血統も悪くない。何でもできてしまう天才だと自覚してるけどさ。

君が絡むと何もかも、思い通りになんてできないよ。

今日だって、朝のうちに何がなんでも、君に昨日のことを弁解しておけばよかった。そして、絶対に兄さんに夜這いなんて馬鹿なことをするなと釘を刺しておけば、こんな時間に命懸けで君のところに戻ろうとしなくて済んだのに。

いや、たとえどんなに釘を刺しても、きっと僕はたまらなく不安になって、結局この道を引き返しただろう。

だって僕は、こんなにも君のことが好きなんだから。


夜這い補習ってなんなんだよ。

自分で言っておきながら、その単語のくだらなさに心底呆れてしまった。

兄さんに夜這いをするためのアドバイスでもするっていうのか？　兄さんの好みとかクロエに教えて？　馬鹿じゃないの。どれだけ倒錯した嗜好だよ。

寝不足のままメールの町の視察に繰り出した時も、兄さんの顔を見ると苛々してしまった。

僕と兄さんが部屋を取り換えず、クロエが兄さんのところに夜這いしてしまっていたら……脳裏に、しどけない姿のクロエを組み伏せる兄さんの姿が唐突に浮かんで、前を歩く兄さんの背中を蹴り飛ばしたい衝動にかられた。

いけない、冷静になれ。兄さんは悪くない……いや、悪いのか？　僕に断りもなくクロエに可愛いって言うとか許されない罪なんじゃないのか……いや、落ち着け……。

頭をゆっくりと振って上げた目線の先、一軒の店が目に入る。

女性向けの洋品店だ。この北の街に相応しい暖かそうな服が並ぶ奥に、少し心もとない布地で作られたナイティが見えた。ロング丈で胸元にリボン。胸の開きが大きめで胸元を絞るシルエットなのも、ふんわりした袖の形もいいな、と思う。

クロエに似合うだろうな。クロエは意外と胸が大きいんだ。

こういう店を目にするたびに、クロエに似合うだろうな、結婚したらたくさん買ってあげよう、と想像するのは僕の日課だったのだけれど、その時にハッとした。

――もしかして、今ならこれを着てもらうことができるんじゃないか？

この僕をこんなに動揺させたんだ。それくらいのお願い、聞いてもらってもいいよね？

いきなり女性向けのナイティを買い求め始めた僕を、兄さんがギョッとした顔で見ていたけれど、知ったことか、と思った。


どうにか崖沿いの道を渡り終わった時には、雪と風は更に強くなっていた。

もう完全に夜だ。急がないと。

ここからは森の中の平坦な道が続く。周囲に集落はなく、盗賊が出たこともある地域だと聞いていた。

そんな場所がクロエの住むところの近くにあるなんて、由々しき事態だ。領主であるシュレマー伯爵の怠慢を許せない思いがさらに湧き上がる。

雪はいっそうひどくなってきた。視界が悪いけれどまっすぐ突っ切るしかない。

伊達に長年暗殺の危機に晒され続けてきたわけじゃない。襲われたとしても四人までなら対抗する自信はあるし、それ以上でも、逃げ切ることはできるはずだ。

剣の位置を確認して、僕は愛馬に跨った。


キスくらいしても、罰は当たらないと思った。

本当はさ、あの菫色のナイティを着てくれさえすれば、それだけで僕は満足しちゃうだろうな、ってワクワクしていたんだけれど。

君が悪いんだ。

自分に色気を感じる相手は兄さんじゃなければ意味がないって、なんだよ。

一緒のベッドに入る時だって、僕はもうそわそわして爆発しそうなのに、よっこらしょとか言いながら上がってくるし、その上僕に恋人がいると思ってたの？　そうだとして、君は何も感じないのか？

かなり勇気を出して好きな子がいるって言ったのに、興味なさげにそれ以上聞いてこなかった時は心底絶望したよ。

あのさ。僕だって男なんだけど。

学園という狭い世界で僕の恋人にしてしまったら、色々面倒が起きて君に迷惑をかけると分かっていたから、卒業式で求婚しようと計画して、必死に想いを隠していた。だけど、その気になれば君の細い腕を押さえつけるくらい、いつだってできたんだ。君への欲望を隠すのが辛いくらいに僕だって男なんだけど。どうしてそんなに、意識していないのさ。

こんなに僕を苛立たせたんだ、キスの練習くらいしても罰は当たらないよなって思った。

僕に自分からキスができなくて動揺しているクロエを見るのは、初めて少し意識してもらえたみたいで嬉しくて。ちょっと揶揄ったらすぐムキになって向かってくる、クロエの細い手首を掴んで、唇に自分の唇を押し当てていた。

柔らかくて、ぷるりとしっとりしていて。

学生時代から想像しない夜はなかったし、あの日、クロエが来る前にも枕相手に何度も練習したけれど、やっぱり、本物のクロエの唇は全然違ったな。

僕は感動して、すぐにもう一度してしまった。キスってすごい。これ一晩中でも続けられる。

そして、これが僕の初めてのキスで、そして君の初めてのキスでもあるという事実が、それだけで射精してしまうんじゃないかというくらい僕を興奮させたんだ。

舌も入れないライトなキスだったけれど、僕がずっと夢見ていた君との……うん、すごく、すごく良かった。

そうだよな、あそこまではよかったんだ。計画通りに僕は一応、自分をコントロールできていた。

問題は翌日の夜だ。

自分があんなに自制が利かない男だったなんて想定外だった。

僕だって初めて知ったんだ。君はどんなに驚いたことだろう。

キスの復習で僕はかなり満足してしまっていて。だからさ、「胸、見せてみて」って言ったのは、君が自分から音を上げることを想定した提案だったんだよ。本当さ。

そうなったら、ちゃんと言うつもりだった。兄さんに夜這いなんかしなくても、爵位を守る方法はあるだろうって。僕が親族になって預かるっていうのはどう？　って提案するつもりだったんだ。

でも、僕は忘れていた。

君の想像を超える無鉄砲さと突拍子もなさを。そしていつだって僕がそれに驚かされて、防戦一方になってしまうんだってことを。


強い風に煽られた。

馬の脚を滑らせないこと、スピードを落とさないこと。そして周囲に不穏な動きがないことを同時に注意しながら馬を走らせるのは、ひどく神経を摩耗する。

手がかじかむ。雪交じりの風が冷たく打ちつける頬の感覚がない。

　マントも靴も、じっとりと水を含んで重くなってきた。

　――クロエ。

　昨日、君の胸を初めて見た時、僕はもう頭がカッとなってさ。

　この僕が、あそこまでの衝動にどうしようもなく突き動かされたのは、人生で初めてだよ。

　クロエの胸は、制服の上から何度も想像していたよりも更に大きくて、瑞々しく真っ白で、ふるりと柔らかそうに揺れて。

　先端には、可憐で柔らかそうな小さな蕾が恥ずかしそうに乗っていた。

　僕の指を当てたら、ピンク色のそこがぷっくりとさらに色づいて、小さいくせして健気に精一杯に尖ってきて……ああ、君自身みたいだ、て思った。

　そうしたら、僕はもう何も考えられなくなって、その小さな蕾を口に含んでしまっていた。

　クロエの細い腰を抱き寄せて小さな乳首を唇で捕らえたら、それは僕の口の中で、きゅん、と更に硬くなった。

　体の中でぐるぐると渦巻く熱いものが、一点を目指して血流を集めていく。息が早くなる。

　こんなことを、君にしたのは僕が初めてだよ？　兄さんじゃない、僕なんだ。

　君の可愛い乳首を初めて口に含んで、君にそんな甘い声を出させているのは僕だよ、覚えていて、忘れないで。

　刻み込むように、柔らかなそこに思わず軽く歯を当てた時、突き飛ばされるように押されて、僕は我に返った。

　目の前に、泣きそうなクロエの顔。頭がさっと冷えて、心臓がドクンと鳴った。

「クロエ」

「ごめんなさい、私、あの……今日はもう、帰る！　おやすみなさい!!」

クロエはそう言ってベッドから飛び降りると、茫然とした僕を置いて部屋を飛び出していってしまったのだ。

――最悪だ。最低だ。

三年間あんなにも慎重に進めてきたのに。君のことを、こんなに大事に思っているのに。

一瞬の欲望で、全てを台無しにした。君を、傷つけた。

そうだ。

今僕は、君が兄さんに夜這いをしないようにと必死で馬を走らせているけれど。

それはもちろん大きな理由なんだけれど、でも、それだけじゃなかった。

僕は君に、謝りたいんだ。


ひたすらに馬を走らせる。遠く、丘の上に灯りが見えてきた。

ああ、あそこだ。君の家。君が大切にしている場所。

クロエ。まだ、兄さんのところに行かないで。お願いだから、昨日の暴走を僕に謝らせて。

好きなんだ。大好きだから。でもごめん。びっくりしたよね。

丘を駆け上がる。滑り落ちるように馬から飛び降りて、僕は宿屋の扉を開けた。


クロエ。君は、僕の弱点だ。

愛おしくて憎らしい、大事なだいじなたった一つの、弱点なんだ。

side. レイ　第二話「可愛いって言えたあと」

学園長は焦ったようにまだ何かを言っていたけれど、僕はそのまま一礼して、振り返らずに部屋を出た。廊下を突っ切り足早に進み、中庭を抜けて、寮へと続く塀沿いの道を行く。

周りに人はいない。足を止めずに低い声で言った。

「――エグバート、いる？」

「レイ様、辞めちゃったんですか、学校」

塀の向こうから声がした。

「辞めたわけじゃない、休学」

「でも、お父上やオスカー様に何の相談もなく」

「すぐ北に発って。今すぐ」

「はい⁉」

握った拳で塀を叩く。

「クロエ・マリネルの父親のマリネル男爵が、妻と息子と共に馬車ごと崖から落ちた。これがただの事故なのか調べて。メール周辺にはきな臭い話も聞く。僕はこっちで情報を集めるから」

「……事故じゃなかったら？」

「クロエを守れ。絶対に絶対に、危険な目に遭わせるな」

それから、と僕は続けた。

「変な男をクロエに近付けたら、君、即クビだから」

あれから十か月が過ぎた。

ファミールの自室に戻り、ベッドに腰かける。服に乾草が付いているのに気付き、立ち上がって上着を脱いだ。

ついさっき厩舎で、クロエを壁に押し付けて彼女の体を散々にまさぐった。

体を震わせながら誰か来ちゃうと怯える唇を塞ぎ、柔らかな胸の先を弄り、足を閉じられないように間に膝を押し込むと、指と僕自身で彼女の秘所の入り口を、いいように弄んだ。

柔らかくていい匂いのするクロエの体はひどく敏感で、奥からとろとろしたものをあふれさせる。

拒絶する言葉とは裏腹に、狭いそこはきゅうきゅうと僕の指を締め付けて、まるで物足りないとでも言うかのように吸い付いてくるのだ。

相手が僕だから、だったらいいのに。

そうじゃないのなら危うすぎて、他の男の目の届かないところに君を永遠に閉じ込めておくしかなくなってしまう。

さっき僕は、もうどうなってもいいという気分だった。

クロエが気を失うまでの時間があとほんの少し長かったら、僕は確実に、クロエの了解を得ないまま僕自身を彼女の秘所にねじ込んでいただろう。

ため息をついて、水差しから水をコップに注ぐと渇き切った喉に流し込んだ。

そして、ここ数日のことを思い出していた。

「夜這い補習」の内容はどんどんエスカレートしていった。

あの日。クロエに拒絶されたと思った僕が、視察先から急遽帰還した日。

クロエが僕を突き飛ばした理由が、「夜這い補習」や僕自身が嫌になったからではなくて、彼女の身体が僕の行為に反応してくれたからだということが分かってから、僕の中の、物事の優先順位を決める秤みたいなものの一部が壊れてしまったように思う。

舞い上がって、深いキスをした。その直前まで吹雪の中で抱いていた冷え切った不安をぶつけるように、クロエの温かな身体を貪った。

クロエの、柔らかくて滑らかでとても煽情的な身体が、僕の、僕だけの腕の中でふるふると震える。指を入れたそこは、まだ誰にも触れられたことがなくて、温かくとろけて、指ですらきゅっと締め付けて。

「レイの指が、中にあるの、分かって、うずうず、てする……」

そんなことをずっと好きだった女の子に言われて、冷静でいられる男がいるはずないだろう。

元々、「夜這い補習」なんて、クロエを兄さんのところに行かせないために思いついた、わけの分からない方便だった。とにかく時間を稼いで、クロエを冷静にさせて目を覚まさせようと思っていた。

だけど実際は、僕が冷静さを失っていくだけだった。

熱が出たのは情けなかったけれど、クロエがお粥を作ってきてくれたのは感動したな。

すごく美味しかった。全部食べ切りたかったけれど、クロエが「無理しないで」と持っていってしまった。乾燥させて大事に保存しておきたかった。

僕の頼みを聞いて、眠るまで話をしてくれたクロエ。

クロエと手を繋いで、その声を聴きながら目を閉じるのは、ものすごく幸せなことだった。

というか、クロエは僕のことが好きなんじゃないのかな、と思った。

ご飯作ってくれて食べさせてくれて、看病してくれてさ。手も振りほどかなかったしね。

補習とはいえ、嫌いな男に身体のあんな奥の奥まで穿られるようなこと、普通されたくないよね。

これ、ほとんどもう結婚してるみたいなものなんじゃないの？

熱で朦朧とした頭の中でまとまらない夢を見ながら、僕はそんな風に思っていたんだ。

だから熱が下がった日、仕事に行く前に憧れの「いってきますのキス」をしてみたんだけれど、やっぱりクロエは拒まないしさ。僕はもう、クロエと自分が新婚夫婦……百歩譲って恋人同士な気分になっていたんだ——うん、滑稽だよね。分かってる。

だからその夜、お待たせ、今夜こそ最後までしてあげるよと思って引き寄せたクロエが、敏感な身体を既に反応させているくせして、

「初めてはオスカー様に取っておきたいから最後まではしないで」

と言った時。

頭上から冷水を浴びせられて背中から剣で斬られてそのまま落とし穴に蹴り落されたようなショックを受けた。

処女のまま夜這いするってなんだよ。というか、本当に兄さんのこと男として好きってわけじゃないんだよね？　え？　何言ってるの？

僕はもう本当に……このふざけたことを言う……ちょっと可愛いからって、ちょっとたまらない身体をしているからって、いい匂いで、笑顔がすごく僕の胸をときめかせるからって……とにかくこの、何も分かっていない愛しい女の子の唇を塞いで、押し倒して、ベッドに押さえつけて、そのまま僕の中心でずっと前から熱く疼いて猛っているものをぶち込んで、一週間くらいそのまま生活してやるし

かないのではないかと、本当にぎりぎりまでそう思ったのだけれど。

でも、そんなことをしたら、クロエは僕のことを嫌いになってしまうかもしれない。そう考えたら、やっぱり行動に移せるはずもなかった。

代わりにその日から、指で、舌で、ひたすらにクロエの身体を攻め立てた。

彼女との約束を意地でも守って、最後の一線だけは越えないようにして。

だけど、未開発なのにすごく敏感な身体の中の、さらに一番弱いところをちょっと弄っただけで、彼女は僕の指一本で達してしまった。

生まれて初めての絶頂を僕にしがみついて迎えるクロエは、泣くほど可愛くて。追い詰められていくのは、結局のところ僕の方だった。


僕は、天才のはずだ。今まで何だって人よりうまくできてきた。

だけど、こういう時にどうしていいのか、さっぱり分からない。

――まずは、身体からでもいい。

僕の指先で果てて、子供のように眠ってしまったクロエの唇にキスをして、髪をそっと撫(な)でながら、僕はそう自分に言い聞かせた。

クロエを狙(ねら)っている男はたくさんいる。

あのコンラート・シュレマーとかいう伯爵令息はもちろん今すぐにでも排除したいところだし、兄さんだって全然油断できない。エグバートすらクロエを変な目で見ている気がしてくるくらいだから、僕の精神はかなり追い詰められているんだと思う。

とにかく、身体からでもいい。クロエを僕のものにしていく。

大好きなんだ。誰にも触らせたくない。他に何もいらない。僕に頼ってほしい。……お願いだから、いつか、僕のことを好きって言ってよ、クロエ。

いつの間にか窓の外は真っ暗になっている。コップを片手に、眉間を揉んだ。

――とりあえず今日は、「可愛い」って言えたのは大きな進歩だった。

今まで心の中で数えきれないほど繰り返した言葉。兄さんが、たった一言でクロエの心を決めさせた言葉。

一度口に出すと、まるで堰を切ったように僕の中から「可愛い」の言葉があふれだした。よくまあ、今まで伝えないでいられたものだよと自分で思う。

そのうえ今日は、初めて僕自身をクロエの秘所に充てることができた。

……これって、冷静に考えたらものすごいことなんじゃないか……？

指でも唇でも散々触れてきたそこだけれど、やっぱり、爆発しそうな僕自身を充てるのはまた違って。柔らかく熱くぷるりとしたところに僕のものが擦れて、ひどくいやらしい音がして。

あのままほんの少し角度を上向ければ、きっと容易く僕のものはクロエの中に入っていた。

もう、僕の我慢は本当に限界だった。まるで絶対噛み切っちゃいけないものを奥歯の上で甘く噛み転がし続けなくちゃいけない拷問を受けているような、もどかしさにおかしくなりそうな……。

……ちょっと、解消しよう。

コップをサイドテーブルに置くと、息をついて立ち上がった。

「夜這い補習」を始めてから、最終的な行き場をなくした暴力的な欲求を自分自身で解消してやることは、僕にとって必須な行為となっている。

「今日は一回じゃ無理かもな……」

「何がだ？」

ベルトに引っかけた指が凍り付く。

顔を上げると部屋の入り口、扉に寄り掛かって、兄さんが立っていた。


「なんだよ……！　ノックしろよ兄さん!!」

叫んだ僕を、両腕を組んで部屋の扉に寄りかかった兄さんは心外そうに見た。

「したんだが反応がなかったから。着替え中か？」

「違う、いや、そうだ。そうだからそっちで待ってて」

乱暴に寝室のドアを閉めた。

「ドアが開いても気付かないなんて、暗殺の危険に晒されていた頃のおまえじゃ想像できないな」

「いいから。何の用」

シャツとズボンを無意味に着替えてパーラールームに出てきた僕は、兄さんが座る椅子の向かいのソファに足を投げ出して座った。

本当に勘弁してほしい。死ぬかと思った。この人、何も気付いてないのか？

……まさか、体を動かすだけで色々なことが全て解消できているんじゃないだろうな兄さんは。

「悪かったな」

「だからもういいって。風呂に入ろうと思ってたところだったから」

「ん？　いや、昼間のことだが。おまえ、風呂場まで裸で行くのか？」

「なんでもない。続けて」

冷静になれ、僕。

「せっかくクロエに町の中を案内してもらっていたのに、途中でいなくなってしまったからな」

「別に」

「大丈夫だったか？　コンラートとあの後も話していただろう」

「あいつ、今日になってクロエを夜会に招待してきた。あの手この手でクロエを搦めとろうとしてきてる」

「なるほど。狙いはやはりマリネル家の領地か」

それもあるが、あいつは本気でクロエに執着している部分がある気がする。もちろんそれは、許されることではない。

「そっちはどうなの」

僕の言葉に、兄さんは手に持っていた書類をぱさりとテーブルに置いた。

「隣国とバーレ公爵の関係を調査をさせている部下からの報告書だ。目を通しておけ」

「了解。シュレマー伯爵はやっぱり警戒している？」

「そうだな。俺たちが色々調べていることに気付いている様子ではあったが、余裕も感じられた。恐らく何らかの策を講じてくるつもりなんだろう」

「油断できないね。こっちの準備も整ってきているとは言っても」

「ああ。伯爵の強引なやり口について、もう少し明確な証拠が欲しい」

僕はコキリと手の指を鳴らした。

「それなんだけど、従者を一人アルノルト城下に戻らせている。ちょっと調べたいことがあって」

クロエの弟・ヨハンが握っていたというカフスボタンについてだ。あのデザインには見覚えがある。

城下の店に行けば、持ち主が分かるかもしれない。

眠り続けるクロエの弟。唇の形がクロエに似ていると思った。

両親を失って、ただ一人残った弟はずっと眠ったままで。その上、家業と爵位の問題が、あの細い肩にのしかかっているのだ。

クロエが何をしたって言うんだ。どうして彼女が、そんな苦しみを味わわないといけないんだ。

クロエは弱音を吐かない。心の奥にぎゅっと蓋をして、悲しみを必死で飲み込もうとする。

昨日、僕の胸で声を殺して泣いていたクロエを思い出すと、胸をかきむしりたくなる。

ごめんね、と泣き止んだクロエは言っていたけれど、謝る必要なんか何もない。

クロエが抱える苦しみを、怒りを、寂しさを、もっと僕に、ぶつけてほしいのに。

愛された暖かい記憶が、彼女を苦しめることすらあるだろう。未来が怖い夜もあるだろう。

全部ぜんぶ、僕が一緒に抱えたいのに。

両親の事故の真相を探ること、この地の腐敗の根本を正すことがクロエを救う道だと思った。

だからこの十か月間、僕はそれに邁進してきたつもりだったけれど、そんなこと何もかも放り出して、ただクロエのそばにいてあげた方がよかったのではないか、と思う。

でも、クロエは僕を頼ってはくれない。

夕方、厩舎で泣きながら繰り返していた言葉を思い出す。

レイに助けを乞いたくない。対等でいたい。憐れまれたくない、迷惑をかけたくない。

あの図書館で、一緒に勉強をしていたような関係のままでいたい——。

「なんだよ、それ」

つぶやいた僕に、兄さんは目を上げた。

「そういえば、気を失ったクロエを、おまえがマドロラさんに預けているところを見たぞ」

口元に笑みを浮かべてこっちを見ている兄さんの目を、逸らさずに見返した。

「何か問題ある？」

「いや。おまえが突然休学して、ここ二年寄り付かなかった城に戻ってきた上に、やけに積極的に政務に関わってきた理由が分かってすっきりした」


今年の春先、学校を休学した僕はその足でアルノルトの城に戻った。

兄さんと僕の爵位継承問題以来距離を置いていた家の仕事、ここ数年口をきいていない父との関係。捨ててもいいと思っていた何もかもを、何としても取り戻さなくてはいけないと思ったからだ。

北の地で起きていることを知り、クロエを助けるために僕が最大限の力を発揮するには、アルノルトの家の力を利用する必要があると分かっていた。

クロエを助けるためなら僕の意地なんかどうだっていい。あんなに関わりたくないと思っていた父親に頭を下げることにも、まったく躊躇いはなかった。


「おまえの鬼気迫る情報収集やバーレ公爵令息への交渉は見事だったよ。お陰ですっかりアルノルト家の若き参謀と恐れられてしまっているが、俺はとても心強く思っているぞ」

「参謀って言葉、格好悪すぎでしょ、どうでもいいけど」

この十か月、僕は兄さんと協力してこの地域の調査を徹底して行ってきた。

今回も敵情視察としてここに乗り込むのは兄さんだけで、僕は王都でバーレ公爵を見張りつつ、彼の長男のバーレ卿と連携して動く予定だったんだけれど、どうしてもクロエに会いたくて、会いたくて会いたくておかしくなりそうで、猛烈な勢いでそちらの手回しを終わらせると視察に同行してきてしまったのだ。

「おまえ、意外と女の子の趣味いいんだな」

とんでもないことを言いだした兄さんを、僕はぎろりと睨んだ。

「クロエに手を出したら、兄さんでも容赦しないよ」

兄さんは一瞬目を丸くして、それから苦笑いを浮かべて立ち上がった。

「久しぶりに会ったおまえが昔の無鉄砲さを取り戻しているようで、母上は心配していたけれど俺は喜ばしく思っているんだぞ」

扉に手をかけて振り返る。

「でも、暴走はするな。大事な人を助けたいと思うなら、余計にだ」

一瞬鋭い目でこちらを見て、それからまるで大きな子供のような笑顔になった。

「夕食をまだ食べていないだろ。厨房に預かってもらっているから受け取っておけ。明日は夜会だぞ」

閉まる扉を見ながら、本当にああいうところは僕にはない部分だ、と考える。

大事なことを伝えるのに、躊躇も照れもなにもない。飾らない言葉でまっすぐに伝えて、代わりに大きく包み込む。

あれをやられると、心にやましいことがある人間ほど兄さんに逆らえない気持ちになってくるのだ。

当然ものすごくモテる兄さんが、二十四歳になっても結婚しない理由は、実は僕にもよく分からない。

クロエには理想が高いんだろうと話したが、それはある意味事実ではある。

どんな美人や条件のいい相手との縁談が持ち込まれても、涼しい顔してビクともしない。

自分の中に確たる指針がある兄さんだ。周囲がどんなに説得しても無駄だということは、両親や爺やもとうに分かって匙を投げている状況だ。だけど野生のカンで動く人でもあるから、ちょっとしたことがきっかけで、思いがけない相手と結婚してしまうこともあるんじゃないかと僕は見ている。

その「ちょっとしたこと」が、クロエの夜這いではないだなんて、どうして言い切れるだろうか。

強引にでもなんでも、視察に同行してきて良かった。あの夜、兄さんから部屋を取り換えてくれないかと言われた時、面倒臭いなと思いつつ了承して本当に良かった。

本当に本当に良かった。何度でも言うし、そうしなかった場合の悪夢を、きっと僕は死ぬまで見続けるだろう。

クロエが兄さんのベッドに入ってしまっていたら、兄さんはどうしただろうか。

僕の同級生だとは知っているし、いくらなんでも見境なく抱いたりしない、と思いたいけれど、あの人は特定の相手を作らないくせに結構性欲はあるからな。それに無駄に人情に厚いから、クロエの事情を聴いたら、直感で妻にするとか、その場で決めちまうかもしれない。

そうしたら生真面目なクロエは、自分に差し出せる唯一のものとして、あの身体を兄さんに……そして僕は、翌朝の食堂で阿呆のようにそのことを聞かされるわけだ。

動悸が激しくなり、大きく息を吐き出してソファに寄りかかった。

そんなことになったら、恐らくリンドレーナ王国北部を二分するアルノルト家の内紛が勃発して、この地は不毛の大地と化しただろう。僕は、どんなに汚い手を使ってでもクロエを奪い返して城の奥深くに監禁する。邪魔をするなら、いくら兄さんでも、いや、兄さんだからこそ、手加減をすることはできない。

――本当に、そんなことにならなくて良かった。

バーレ公爵とシュレマー伯爵親子、そして兄さん。外にも中にも敵だらけだ。

あと少し、あと少しで、全てのピースが揃う。

クロエ、君はまだ、助けてって僕に言ってくれないけれど、僕は勝手に君を助けるよ。君を幸せにしたいんだ。

明日の夜会だって、君をエスコートするのを、ずっと楽しみにしていた。

僕の瞳と同じ色のドレスをまとった君が、笑顔で僕を見上げてくれたなら、僕はもう……これ以上、自分の衝動を止めることができる自信が、実はあまりないのだけれど。


――とりあえず、解消しておこう。


寝室の扉をしっかりと閉めて、念のためにサイドテーブルを扉に押し当てて。

僕は、自分自身と向き合う高尚な作業を再開した。

side. レイ　第三話「おまえは一線越えたんだ」

今日の夜会、前半は悪くなかった。

クロエに僕の選んだドレスを着てもらうこと、クロエをエスコートすること、そして一緒にダンスを踊ること。つまらない夜会に出るたびに僕が脳内で「いつか」と思っていたことが一気に叶(かな)った。

煌(きら)めく光の中で、ちょっと緊張したように、でも僕を見上げて可愛(かわい)い笑顔になって、

「レイ、なんだか私、とても楽しいみたい」

うん、クロエ。僕もとっても楽しかったよ。

「レイ？　どうなさったの？」

ぴったり寄り添うように座ったバーレ公爵令嬢・ヴィオレットが、僕の顔を覗(のぞ)き込んできた。

距離が近い。むわっと香水の匂(にお)いがしてむせそうだ。

シュレマー伯爵邸の貴賓室。やたら主張の激しい装飾品が並ぶ部屋の長椅子(いす)に、僕は腰をかけていた。

「いえ。ヴィオレット様もいらしていたなんて驚きました。王都からは遠かったでしょう。今夜はもう、休まれたほうがいいですよ」

「やだわ、そんなよそよそしいお話のしかた。私たち同級生じゃない」

うふふ、と口元に指先を当てて微笑(ほほえ)む。

磨き込まれた指先。きっと、前庭の雪かきをしようなんて思ったことは一度もないんだろう。

でもそれは僕も同じだ。ため息を飲み込んで、学生時代に散々鍛えた表情筋を久々に動かして笑み

を返してみせた。

「ヴィオレットは相変わらずレイ殿に夢中だな。こちらが恥ずかしくなるくらいだぞ」

向かいの椅子、兄さんの隣に座ったバーレ公爵が体を揺らしながら大きな声で笑った。先の戦争で戦果を挙げたというだけあり、六十を越える高齢にもかかわらず身体（からだ）はがっちりとしている。口元に蓄えた髭（ひげ）により、強面（こわもて）の顔がさらに迫力を増す。

「そうよ、おじいさまからも言ってちょうだい。私とレイはお似合いでしょう？」

「僕なんかには勿体（もったい）ないですよ、ヴィオレットは。公爵もそれを分かっていらっしゃる」

とっくに縁談は断っているのに、いつまでも孫娘の暴走を止めない公爵への嫌味を込めて答える。身内への徹底した甘さがあんたの首を、今まさに絞めようとしているんだぞ。

「それにしても、公爵がいらっしゃるとは驚きました」

「私も驚きましたよ！　知っていたら、もちろんアルノルト侯爵にはお伝えしましたとも」

兄さんの言葉に、シュレマー伯爵がいけしゃあしゃあと答える。

「バーレ公爵閣下はこの地方のことをとても気にかけてくださっている。この地方のお目付け役と言っても過言ではありませんからな」

「アルノルト兄弟が揃（そろ）って視察とは大仰な、と思ってな。平和な街だろう。なにか気になることでもあったかな？」

目は決して笑っていない公爵に、兄さんは爽（さわ）やかな笑顔を返した。

「いえ。こちらにはアルノルト家の領地も点在していますし、二年に一度の視察は慣例ですから」

「ねぇレイ、明日、この近くを案内してくださらない？」

僕の手に、触れるか触れないかのさりげなさでヴィオレットが指先を近付けてくる。

うんざりして手を引っ込めながら顔を上げると、正面に座った兄さんと目が合った。

分かってる。想定外ではあったけれど、王都で密かに爵位継承の手続きを進めている公爵令息のことを考えると、彼らはここに足止めしておくのが最善だ。そして、極力行動を共にして動きを見張っていれば、新たな証拠を掴めるかもしれない。

頭では分かっているけれど、ヴィオレットと一緒にいることでクロエが変な誤解でもしたらどうしてくれるんだ、と不快になる。

いや、逆にまったく気にしなかったらどうしよう……。

「レイ？」

ヴィオレットが身体を押し付けるようにして見上げてきた。ため息を押し殺して言う。

「そうだね、ヴィオレット。仕事が一段落したら案内するよ」

目線をバーレ公爵にやる。

「公爵も一緒に回りませんか。この町には見るべきものがたくさんあります」

公爵は太い眉を寄せた。

「この屋敷の裏手の丘から見渡す雪景色は最高ですよ。北に広がる平原の、白い地平線を見渡すことができるのは、この国であそこくらいじゃないかな。花の季節も素晴らしいそうですね。酪農も農業も盛んだし、少し行ったところにある大きな川で捕れる魚も新鮮でとても美味しい」

一瞬、ファミールから見渡す一面の花畑が目の裏に浮かんだ気がした。

この町の、澄んだ空気の春夏秋冬。そうか、僕が熱を出した時、クロエが話してくれた景色だ。

「ただの田舎だ。若者にはつまらんだろう」

「若い人にまだ気付かれていないとしたら、そこにこそ可能性があると僕は感じました。王都の人間がここを知れば、来てみたいと思う人も多いでしょう。人の動きができればさらに活気付く」

じいさん、あんたは思い違いをしている。

この街には力がある。ここで長い時間生きてきた人々の活力だ。彼らを一方的に追い出して好きなように利用しようだなんて、簡単にできることではないんだ。

僕が口の端を上げるのを見て、公爵はニヤリと笑った。

「いや頼もしいなレイ殿。さすがヴィオレットが気に入るだけある。兄の参謀の座じゃ物足りないんじゃないか？　どうだ、儂の跡継ぎの座を狙ってみては？」

「とんでもない、僕には荷が勝ちます」

その公爵の爵位はもうすぐおまえから息子に移るんだけどな。

無意味な腹の探り合いが続く。

すぐ戻ると言ったのに、クロエは待ちくたびれているのではないか。

変に広間に戻って一人で肩身が狭い思いをするくらいなら、もう厨房から出なくていいんだけれど。

さっきの夜会でコンラートと伯爵から暴言を浴びせられていたクロエのことを思い出すと、激しい不快感が噴出してきた。公衆の面前であんな屈辱を受けながら、それでもまっすぐに立って必死で言葉を返していたクロエの、細い背中を思い出す。

コンラート。いくら自分の屋敷での盛大な夜会で調子付いていたとはいえ、さっきのは決して許せない。きっと今頃広間で、仲間と酒でも飲んで浮かれているのだろうが……。

なにかが心の中で警鐘を鳴らした。

「レイ、ちょっといいかしら。私、あなたとオスカー様にお土産を持ってきたのよ」

ヴィオレットの声に顔を上げる。違和感の正体を突き止める前に、思考が霧散してしまった。

彼女は立ち上がって僕の手を両手で引く。勝手に触らないでほしい。

「隣の部屋にあるの。大きいから、一緒に運んでくださらない？」

なんでそんなこと……。

断ろうと口を開きかけたら、また兄さんと目が合う。「余計な波風を立てるな」とその目が言っているのが分かって、僕はそっと息をついた。

「分かったよヴィオレット。手伝うよ」

ため息交じりに答えて、彼女の後に続いて貴賓室と繋(つな)がった控室に入った。

大きな窓の向こうが、白く吹雪(ふぶ)いているのが見える。ずいぶん天気が崩れてきた。帰りは、クロエを暖かくしてやらなきゃ。

そう思った時、トン、と胸に何かが飛び込んできた。

ヴィオレットが胸にしがみついてきているのが分かって、心がしんと冷える。

たった一枚扉を隔てて、祖父や侯爵がいるというのに、ここまで愚かだったのか。

「レイ。ここに来たのは前に言っていた、ずっとあなたが好きだったという子に会うためなの？」

ヴィオレットがあまりにしつこく言い寄ってくるので、そういう子がいるということは告げたことがある。

「そうだよ。だから僕にこういうことをしても無駄だよ、ヴィオレット。君の格を下げるだけだ」

「レイ。あなたは自分の価値を分かっていないのね？　どの令嬢もあなたに憧(あこが)れているわ。その中でも一番相応(ふさわ)しいのは私。私を選べば、あなたは公爵家を手にすることができるかもしれないのよ？」

僕はため息をついて、ヴィオレットの両肩に手を置くと胸からはがした。

申し訳ないと思う。学生時代から彼女の好意には気付いていた。でも僕にとっては他(ほか)のたくさんの女子生徒と何も変わることはない。

クロエではない、という特徴しか、感じることができないんだ。

「私を好きにしていいって言っているのよ？　それでもだめなの？」

「申し訳ないけれど、君に何をされても僕はなんとも思わない」

ヴィオレットの顔が屈辱にゆがむ。こういうことをしておいて、傷ついたような顔をするのは勘弁してほしい。僕は誰にでも優しい人間なんかじゃないんだ。

「い……今、私が大声を上げたら、あなたは破滅するんじゃなくて？」

「公爵がどう感じるかは知らないけれど、うちの当主はそんな三文芝居に騙されるような人間じゃない」

「っ……宿屋の娘に本気なんて嘘でしょう？」

彼女に背を向けてドアにかけた手を、思わず止めた。

「伯爵の息子から聞いたわ。この町で宿屋を営んでいる男爵家の娘が、私たちと同じ学園に通っていたって。レイと関わりがある娘は、この町には彼女しかいないって。……そうだとしたら、そんな男爵令嬢風情がどんな手を使ってあなたに取り入ったの？　夜這いでもされたんじゃないの？　汚らわしいっ……」

ヴィオレット……自分を棚に上げているとはいえ、ここにきてその鋭さはなんなんだ。

思わず笑ってしまった。

「何よ」

「いや、たとえ同じような手を使ったとしても、こうも受け取り側の気持ちが違うものなんだなって思って」

それから、ゆっくりと笑みを消しながらヴィオレットを見た。

「これ以上彼女を侮辱するなら、僕は君を許さないよ」

自分でも驚くほど冷たい声が出る。

「僕の方が、彼女を好きになったんだ。僕の気持ちは永遠に変わらない」

目を見開いたヴィオレットが、僕を睨みながら、口元だけで醜悪に笑った。

「……だとしても、彼女は今頃、穢されているわ。残念だったわね、レイ」

心臓に冷たいものが突き立てられた気がした。

微かに感じていた違和感が、一気に輪郭を明らかにする。

あの、権力に阿ることを得意とする伯爵が、どうして公爵を接待する席に息子を同席させていないんだ？　僕や兄さんが想定する以上に伯爵たちが愚かだとしたら？　公爵を召喚したことで、より結果を急ぐ必要があるのだとしたら？

込み上げる吐き気のような焦燥感と、自分の愚かさへの嫌悪感。

扉を乱暴に両手で開いた。

驚いたようにこっちを見る公爵たちに視線もやらずに、大股に部屋を横切っていく。

「レイ、どうしたんだ⁉」

悪い兄さん、後のことは全て任せた。うまくやってくれ。

徐々に沸騰していく脳内で兄さんに伝えると、廊下に続く無駄に重い扉を、ほとんど蹴破るようにぶち開いた。

薄暗い廊下を早足で進む。

「エグバート！」

暗闇(くらやみ)からすっと影が出てきて僕に並ぶ。微かに息が切れて肩に雪が付着している。やっぱりか。歯を食いしばる。

「すみません、吹雪(ふぶき)がひどくて一瞬見失って報告が遅れました」

「どこ」

「ファミールに向かう丘の中腹、松の木の小道を直角に三十メートル入った山小屋です。相手は四人」

盛大に舌を打って、エグバートが差し出したマントと剣を奪う。

「見張りは」

「一人つけています。俺(おれ)はまずレイ様たちに報告をと」

エグバートは、一瞬逡巡(しゅんじゅん)してから続けた。

「――クロエ様が目を覚ましてから始めるって言ってました。奴(やつ)らが使った薬の効果を考えると、そろそろかと」

始めるってなにをだ。殺すぞ。

怒りで眩暈(めまい)がする。周囲の酸素が薄くなっていくような感覚。だけど神経は異常なほどに研ぎ澄まされていく。玄関に回る時間が惜しくて、廊下の窓を開いてそこから外に出た。

「いいんですか？　相手は伯爵令息ですよ。騒ぎを起こしたらレイ様たちが準備してきたことが台無しになりませんか？　オスカー様にも相談しましょう！」

「勝手にして。僕は先に行く」

耳元で心臓がどくんどくんと音を立てる。

真っ白な雪景色のはずの世界が、ひどく赤い。頬（ほお）を打つ風の冷たさも感じない。

「待ってください！　待って……レイ様、殺しちゃだめですよ!!」

ふざけるな、コンラート。

分かっているか。おまえは一線越えたんだ。


――レイ。


僕を見上げて微笑んだ、ついさっきのクロエ。中庭で抱きしめた、あの時は僕の腕の中に確かにいたのに。どうして僕は、彼女の手を放したりしたんだ。

クロエ、クロエ。ごめん、すぐに行くから。

地面を蹴って、走り出す。

side. レイ　第四話「運命の相手」

冬晴れの青い空が広がっている。馬に跨り空を見上げて、大きく息を吸い込んだ。

幸せだ。こんなに心の底から幸せだ、と思ったことなんて、十九年生きてきて初めてだ。

生まれてきてよかった。両親にこんなにも感謝する。今なら父上にだってキスできる気がする。

「レイ様、すっごいニヤニヤしてますね」

エグバートの馬が並んできた。

「そう？　まあそうだろうね」

「あれ、認めちゃうんですか珍しい。やっぱり違いますね、恋人がいる人は余裕がある」

「恋人じゃない、もう婚約者だ」

うわー！　と馬の上でエグバートが体をくねらせる。

いつもは鬱陶しいけれど、今はそれすらも許す気分になる。

ついさっき、僕は皆の前でクロエにプロポーズをして、クロエはそれを受けてくれて、僕を引き寄せてキスをしたのだ。クロエの方から、皆の前で、キスをしたのだ。

あの、真面目で恥ずかしがり屋で恋愛に疎い彼女が、「愛している」と言ったのだ。

もっと言うと、昨日の夜、僕とクロエは四回と半分身体を重ねた。半分というのは、最後はクロエが本格的に体力が切れて途中で眠ってしまったからで、言ってみれば、ほぼ五回だ。

やっぱりもう少し体調を万全にして、今度は朝から始めてみよう。

クロエもここ十か月、ずっと気を張り通しだったわけだしね。安心して体力をつけて、心も体も僕に委ねてもらわないと。

ああ、クロエと繋がるの、最高だったな。

あんな可愛い顔で切なげに目をつぶって快感に耐えてさ。その快感を与えてるのは僕でさ。世界中探しても、クロエのあの顔を見たことがあるのは僕だけで、そしてこれから先も永遠に僕だけなんだ。

――夜這いするならレイがいい。

君がそう言った時の僕の恍惚、分かるかい？

この数週間の、僕の人生で一番感情がめちゃくちゃになった日々が一気に報われたんだ。

レイのことが好きなのって、君から言ってくれた。

僕が中を擦って、奥の方をトンとすると、気持ちいいって、手を繋いでって……。そして、目元を赤くさせながら、うるんだ目で見上げてきて、レイ、好きって言ったんだ。

レイ、好きって言ったんだ……。

走る馬から見える目の前の景色が少しだけかすんだ。

早くまた会いたい。たった今別れたばかりなのに、もう会いたい。

これから僕は、シュレマー伯爵親子を王都へ連行して、ついでにメール地方を治めるための手続きをして、シュレマー伯爵とバーレ公爵の審議が滞りなく行われるように手配して見届けて、それからアルノルト城に戻って溜まっている政務を終わらせて、学園にクロエと僕の復学手続きをして。

それだけだ。たったそれだけを終わらせれば、二月からはクロエと一緒に学校に通える。

いやちょっと待て。

一か月半会えないってことか？　冗談じゃない。

二週間だな。二週間で全部終わらせる。それからもう一度メールに戻って、散々クロエを抱いてから学校だ。……そうなってくると、僕たちはほぼ夫婦みたいなものだと思うんだけど、そんな二人が学園の寮の別々の部屋で生活するというのはちょっと不自然ではないだろうか。

王都に所有している屋敷の一つに二人で住んで、そこから通ったほうがいいかもしれない。

そうすれば、毎晩クロエを抱きながら学校にも通える。朝起きたらキスをして抱いて、帰ってきてからまた抱けばいい。そしてベッドに入る前と寝る直前にも。

そんな風にしておけば、変な男たちがクロエに近付くのも防ぐことができるだろうし一石二鳥だ。

「やっぱり僕は天才だな」

「レイ」

完璧なシミュレートに酔いしれていると、先を行っていた兄さんの馬が速度を緩めて並んできた。

「学園に戻る前に、一度クロエを父上と母上にも会わせておけよ」

「分かってるさ」

彼女が上位貴族の令嬢ではないことを問題になどさせるつもりはない。

父上あたりが何かを言ったとしても、それはこれから僕が出していくであろう結果で全てねじ伏せていくつもりなのだから、まったく障害にはならない。

「兄さんも早く身を固めた方がいいよ。結婚はいいものだから」

「すごいなレイ。もう完全に新婚気分だ」

兄さんが楽しそうに笑う。笑顔のまま、口元をニヤリとさせて僕を見た。

「クロエみたいな人がいたら、俺も結婚を決めるかな」

僕は余裕の笑みを返す。

「残念だったね。それじゃ兄さんに永遠に結婚は無理だ」

クロエみたいな子は、世界中に二人といないからね。そして僕が見つけて、クロエも僕を見つけてくれた。こういうのを運命の相手って言うのさ。

ああ、幸せだ。

歌でも歌い出したい気持ちで空を見上げる。

クロエ、またすぐ会いに来るからね。そしたら一緒に、あの温かい泉に入ろう。

ずっとずっと、これからもずっと変わらない。

愛しているよ、クロエ。

後日談「二人の温泉」

昨夜は胸がドキドキして、なかなか眠りにつけなかった。

カーテンの隙間から入る光に瞼を打たれ、ベッドから飛び降りる。

窓を開くと、雪で覆われたメールの山々の上に、明るい青空が広がっているのが見えた。

「いい天気!!」

気分がぐぐっと上がって飛び跳ねたくなる。

だって今日は、ついにレイが――レイ・アルノルトが、私たちの宿屋・ファミールに帰ってきてくれる、特別な日なのだ。


――クロエ、僕と結婚して?

レイがみんなの前で、そう告げてくれてから一か月。

その間、彼は王都でバーレ前公爵とシュレマー伯爵に関する弾劾のあれこれ、伯爵としてメール地方を治めるための手続き、アルノルト侯爵家の仕事などを片付けていた。

二週間前、用事でこちらにいらっしゃったオスカー様が話してくださったことによると、この地方でのレイの活躍は王都でも話題になって、貴族や、果ては王族からも話を聞きたいとお城に呼ばれたりしていたそうだ。

レイはすごく能力が高い人だから、それがより多くの人に認められたのだと思うと、とても嬉しい。

でも、やっぱり私はレイに会いたくて会いたくて。

毎日積もっていく気持ちを抑えるのが、大変なくらいだったのだ。

「姉さん、今日はなんだか綺麗だね」

朝食の後、裏庭で回復訓練の準備をしていたヨハンに言われて、少し動揺してしまった。

「ヨハン様、そんなの当り前じゃないですか。今日をとても楽しみにしていたんですよ、お嬢様は」

ヨハンに靴を履かせながら、アンネがぐふふと笑っている。

「もう、二人とも揶揄わないで」

いつもの倍の時間をかけて髪を結って、ほんのちょっとだけお化粧をしたのが分かったのかしら。

ソワソワしながら胸に手を当てた。

レイは……レイは、どう思うかな。

レイが到着したのは、その日の午後、早い時間だった。

お客様がお帰りになって落ち着いた頃を見計らって、白い馬が丘を駆け上がってくる。

アンネたちにニヤニヤ見守られつつ玄関先の窓を拭いていた私が慌てて飛び出すと、彼が馬から降り立つところだった。

レイ、と呼んで駆け寄ろうとした足が止まる。

さらりとしたシルバーアッシュの髪、少し切れ長の青い瞳。あまりに整った顔立ちで、初めて会った時は精巧なお人形みたいだと思ったけれど。

今はお人形というよりも、子供の頃に読んだ童話に出てくる異国の王子様みたいだ。

私を見て、その目が優しく細められる。

背が伸びたかもしれない。大人びた表情だ。

黒いズボンと乗馬ブーツを履いた足が、すらりと長い。

白いシャツの上に羽織った濃紺のマントをなびかせて、レイは私の前に歩み出た。

そして、なんだかすごく……心臓が止まりそうなほどに、甘やかに微笑んだのだ。

「久しぶり、クロエ。会いたかった」

――ちょっと待って。レイって、レイってこんなに……。

彼がそっと手を差し出して、私の頬に触れようとした時。

「い、いらっしゃい、レイ。疲れたでしょう?」

思わずさっと身体を引いてしまった。

レイが、行き場を失った手を掲げたまま、驚いたように私を見る。

ハッとして、何か言わなきゃ、と口を開きかけたけれど、

「レイ様速すぎですよ! 他の従者たち山二つくらい後ろですよ。まったく!」

エグバートの馬が前庭に駆け込んできて、彼の明るい声が響き渡ったのと、待ちわびたヨハンが玄関から「レイ! おかえりなさい!」と叫んだこともあって、前庭が一気ににぎやかな声に包まれて。

私はそれ以上、言葉が継げなくなってしまったのだ。


レイとエグバート、そして従者の方々。

その日のファミールはそれで満員御礼だったので、ヨハンも一緒にテーブルに着かせてもらって、食堂で遅めのランチにした。

紅潮した頬でレイにこのひと月の出来事を話しているヨハンを見るのは嬉しかったし、グレイさん

が用意したキッシュやスープはとても美味しいし、給仕するアンネたちもエグバートの話に笑い転げていて、みんなが楽しそうで、私も幸せだった。

だけど……全然、レイと話すことができていないな、と思った。

さっき、思わず身体を引いてしまったこと、レイは変に思ったりしていないかしら。

レイはとても忙しい。ここに滞在できるのも一泊だけで、明日からは旧シュレマー伯爵邸に移って、屋敷の整備と事務処理を進めなくてはいけないそうだ。

王都にいたことを思えば伯爵邸はすぐ近くだけれど、やっぱりそんなに気軽に会いに行けるはずもないわけで……。

「さ、皆さん。盛り上がるのはいいですが、そろそろ午後のお仕事ですよ」

マドロラがパン！　と手を打ち鳴らした。

「そうね。アンネ、皆様をお部屋にご案内して。それからディナーの準備を……」

「お嬢様、それは私たちがやりますから」

ヨハンを移動椅子に座らせながらマドロラが言う。

「レイ様を、別館にご案内なさってはどうですか？」

別館？　とレイが顔を上げる。

私の方を見て、マドロラが不器用にウィンクをした。

みんなに見送られて、ファミールの裏庭に出た。

「俺も別館見たいです！」

エグバートが元気に叫んだけれど、レイが振り返ってそっちを見ると「やっぱり後にしときます！」とすぐに返す。相変わらずエグバートはにぎやかだ。

　レイと並んで、踏み固められた雪の上を下りていく。

「先週までは大雪だったけど、今週は全然降らなくて。雪が凍ってるところがあるから気を付けてね？　この間マドロラが滑って転んで大騒ぎだったの」

　静けさに耐えられずに、明るい声で話し続けた。

「ヨハン、すごいでしょう？　杖に掴まれば立ち上がれるようになったのよ？　レイが遣わせてくれたウッツさんが、すごく丁寧に指導してくれて」

　レイが王都に戻ってすぐ、アルノルト城から派遣されてきたアルノルト兵のウッツさんは回復訓練の経験が豊富で、優しく忍耐強く、ヨハンの訓練に付き合ってくれているのだ。

「年末に提出した、爵位継承の手続きも正式に受理されてね、ヨハンが今はマリネル男爵なのよ。本人は全く実感がないみたいだけど」

「クロエ」

　一歩後ろを歩いていたレイの声に振り返ると、ザッと風が吹いた。

　レイのシルバーアッシュの髪がさらりとなびく。

　青い綺麗な瞳で、私をじっと見て。

「キスしてもいい？」

　不意に、ほんのひと月前、レイと一緒に体験した、いろいろなことの記憶が体の内側からぶわっと蘇って、息が止まりそうになった。

　私の返事が遅いからか、レイは微かに首をかしげる。

　いけない、ちゃんと答えなくちゃ。頷こうとした時だ。

「あれ？　クロエじゃん。今日も見に来てくれたのー？」

呑気な声が、背中からした。

心臓が口から飛び出しそうになって振り返ると、両手に木材を抱えて丘の中腹からこちらを見上げて笑っている、赤毛の青年の姿が見えた。

「フェリクス！　……ごめん、レイ、紹介するね」

ひょいひょいと身軽な様子で丘を上ってきたフェリクスが、私に並んだ。

「あ、もしかしてアルノルト様ですよね？　へー、聞いていた通り、綺麗な人だなー！　あ、俺はフェリクス・キンケル。ファミールの別館の建設をクロエから請け負っているんですよ」

フェリクスは、まったく物怖じしない調子でひょこりと一礼する。

レイは軽く微笑んだ。

「レイ・アルノルトです。ファミールとクロエがお世話になっていたみたいだね」

二人の間に立って、私は赤くなった頬を擦り、茹ってぐらぐらする頭を常温に戻そうと必死になっていた。

だから、レイがどんな笑顔を浮かべているのかまでは、ちゃんと見ることができなかったのだ。

＊

当初二週間で切り上げるつもりだった仕事に、結局一か月かかってしまった。

想定以上にバーレ前公爵とシュレマー伯爵の不正の根は深く、問題は隣国との国交にまでもつれ込んだ。彼らの悪事を一つひとつ詳らかにする作業はそれなりに手間がかかったし、一方で伯爵としてその領地を継承する手続きのために王都とアルノルト城を往復する必要もあった。

更に今回の一連の事象に対して王太子殿下が興味を持っているとかで、王城からは何度も呼び出しがかかった。これは本当に面倒だったのでしばらく慇懃にかわしていたら、兄さんに説教されたので、仕方なく登城した。

何度も「やってられるか」という気持ちに襲われたのだけれど、全ては二月からクロエと一緒に復学するため、春になってクロエと結婚するため、と自分に言い聞かせて踏ん張ったんだ、僕は。

最後はほとんどクロエ禁断症状が出ながらも仕事をちぎっては投げを繰り返し（ただし仕上がりは最高なのが僕だ）、遂に、やっと、晴れて、一か月ぶりにメール地方での仕事に辿り着いたのだった。

ファミールの前庭に出てきたクロエを見た時、心臓が止まるかと思った。

可愛すぎる。

なめらかで透明な白い肌。ほんの少し紅をさしているのか、花びらみたいな唇はふっくらとして。

茶色いアーモンド型の瞳は理知的でぱっちりして。

そして春の花を思わせるジンジャーレッドの髪の毛を、僕が好きな、ふわりと一束こぼしたあの髪型でまとめていた。

元から可憐だったけど、このひと月で少し大人っぽくなって……確実に色気を増している。

よくもまあ僕は、こんな女神をほったらかして一か月も……なんてことだ、可愛いが過ぎる。

再会したらすぐにキスをして、そのまま抱え上げて寝室に駆け込む気でいたけれど、神々しいほどに愛おしい彼女を見ていると、女神に跪く騎士のような気持ちになってしまって、そっと手を差し伸べるのがせいぜいだったのだけれど……。

クロエは、その手を避けるように、そっと身を引いたのだ。

「クロエからあなたの話はよく聞かされてますよ。あなたのお陰でこの地は救われた！　って。まあ、俺はこんな大口の仕事が入ってただただラッキーって感じですけどね」

丘の中腹に近付くと、あたりはもうもうとした白い煙に包まれて、幻想的な空間を作り出していた。組まれた足場を渡りながら、木材を肩に担いだ赤毛の男……ヘリクスだかヒリクスだかが言う。

こいつが「クロエ」と馴れなれしく呼ぶたびに、僕の中のこいつの好感度は――最初からゼロだったが――地面にどんどんめり込んでいって、もう跡形もない。

「レイ、フェリクスはキンケル男爵の次男なの。ほら、シュレマー伯爵の領地問題の時の」

クロエが僕を見上げる。なんだっけ。ああ、シュレマー伯爵に不正に領地を奪われた貴族の一人か。確か借金のかたに取られたとかそういう話だった気がするが、結構どうでもいい。

「親父は参ってましたよ。メール地方の領地はうちが所有する中でも条件がいいものでしたから。まあ、俺は元々、仲間たちと一緒に建築を請け負う仕事をしてるんで、実家の話はあまり関係ないんですけどね。次男だから、領地も爵位ももらえるわけじゃないし」

シュレマー伯爵が不正に集めた領地は、事実確認が出来次第、元の領主に戻すつもりだったけど、こいつの実家だと思うとその仕事は後回しでいいなと思う。

ヘリクスだかは、この地域には珍しく浅黒い肌をしている。

癖のある赤い髪。目と口も大きめで、全体的ににぎやかしいうるさいビジュアルだ。動きやすさを重視した薄手の服装で、前髪が落ちてくるのを防ぐためか額に太めの布を巻き付けて、手首にじゃらじゃらしたアクセサリーまでつけている。

客観的に見て、顔立ち自体は悪くない。へらへらと笑いながらも、仲間たちに適切な指示を飛ばして手際よく作業を進めている。

「どうせ誰(だれ)かに頼むなら、この地域に縁がある人がいいなって思って。フェリクスのところは結構有名だったのよ。柄は悪いけれど腕は確かだって」

「柄って。俺たち別に悪くなくない？　ねえ、アルノルト様」

「そうだね、腕は確かなようだ」

　柄は悪い。

　クロエが嬉しそうに、建設途中のファミール別館を背に両手を広げてみせる。

「素敵でしょう、レイ。私たちが作った設計図の通りなのよ？　一番大きな泉と、周りの小さな泉。それぞれを別の小屋で囲って、景色(けしき)も楽しめるように回廊で繋(つな)いでいるの。丘の傾斜を利用して、中はゆったりと寝そべることができるスペースもあるのよ」

　笑顔で足場を歩いて、それぞれの場所を指さしてくれる。

「公衆浴場、ていう言い方だと、残念なことに、王都の方ではあまり綺麗な印象を持たれないかもしれないでしょう？　だから他の名称を考えるつもり」

　両手を合わせて口元に当てて考えるように目線を上げるクロエはとても可愛い。

「いいんじゃない。王都の貴族が考える風呂(ふろ)とは全然違うから、別物として印象付けた方が」

「でしょ？　学校を卒業したら、王都で本格的に宣伝活動をしようと思っているの。すごく楽しみ」

　弾むように踏み出したクロエの片足が、溶けかけの雪に乗ってしまう。ズル、と滑った。

「あぶねっ……」

　反対側からヒリクスが手を伸ばした。

　僕はとっさにそれより早く手を伸ばして、クロエの腰に腕を回すとぐっと引き寄せた。

クロエの背中が、とん、と僕の胸に当たる。そのままぐっと抱きしめた。

驚いたようにこっちを見るヘリクスの目と合う。特に表情を変えずに彼の目を見返した。

「レ、レイ……ありがとう、大丈夫……ごめんね」

クロエが慌てたように、腕の中でもぞついた。

彼女の耳は微かに赤くなっているが、顔は上げずに俯いたままだ。

「クロエはいつまで経っても足場に慣れないよなー。しょっちゅう滑ってるんですよ」

「もうフェリクス、いいから」

強い北風が木々を揺らした。

「レイ、そろそろ戻ろうか。風も出てきたし」

振り返って笑うクロエを、僕はどんな表情で見ているんだろう。


ディナーは、ランチ以上に盛り上がった。

その夜は、従業員の皆にも食堂で一緒に食事をとってもらえるように提案した。クロエは最初遠慮していたけれど、「ヨハンの爵位継承のお祝いも兼ねて」と、ちょっと強引に押し通す。

エグバートが歌い、皆が笑い、大盛り上がりだ。

ヨハンと並んで席に着いたクロエも、笑顔を見せている。

こういう時はエグバートは重宝するな、と思いながらも、僕は少し落ち込んでいた。

いや認めざるを得ないな。相当に凹んで、苛ついていた。

あ――。僕としたことが、完全に初動を誤った。

クロエと僕は友人関係が三年近く。その間、僕はずっとクロエのことが好きだったけれど、彼女が僕を男として意識してくれたのはつい最近のことだ。なのに想いが通じ合った翌日には、いったん離ればなれになってしまった。

それからひと月。久しぶりに会った僕に、クロエがいきなり抱きついてキスをできるわけがないことくらい、ちょっと想像すれば分かるはずだったのに。

クロエは恋愛に対する経験値も耐性も、ひどく低いのだ（たとえばいきなり夜這いするくらい）。

なのに僕は勝手に期待して、盛り上がって、落ち込んで。

今までも散々そうしてきたように、ちゃんとクロエを待ってあげなきゃいけなかったのに。

あの、ヒリクスだかいう男が現れたことで、更に僕の心は波打ってしまった。

一応貴族とはいえ、ああいうタイプは学園にはいなかった。

クロエが、僕以外の同世代の男にあんなに気安い様子で話をするのを初めて見た。

構えることなく自然な態度。クロエがそんな風に話をする男は僕だけだと思っていたのに……。

コンラートのような邪悪さを感じるタイプではない。

でも絶対あいつ、クロエのこと好きだ。クロエをいやらしい目で見ている。

一体いつから、どんな風にあの男はクロエの近くにいたんだろうか。

作業の指示をする時は、ちゃんと他の誰かが立ち会っていただろうか。二人きりになったりしていないだろうか。

クロエに聞きたい。でも、そんなことを聞いては、僕が彼女を信じていないと思われてしまう。

信じてるとか信じてないとかそういうことじゃないんだけれど、きっとその議論は不毛なんだろう。

ああ、どうして僕はエグバートをここに置いていかなかったのか。完全に慢心していた。

エグバートなんか、この地に骨を埋めればよかったのに。

ああもう、どうして。なんだよこれ。

僕の計画では、再会してディナーまでに五回はクロエを抱いているはずだったのに……!!

「レイ様」

エグバートが輪から外れて近くに寄ってくる。従者たちの歌に手拍子をしながら小声で囁いた。

「荷物、全部お嬢様の部屋に入れてもらってますから。ここは俺に任せてお連れしては？」

エグバート……たまにはいい仕事するな。

「どうしたの？　話って……？」

クロエが不安そうに僕を見上げる。

「いいから。ちょっとこっち来て」

盛り上がる食堂を出て、クロエの手を引いて廊下を進む。一階のつきあたりがクロエの部屋だ。

「レイ、あのね、さっき私……」

戸惑うように何か言おうとする、その言葉を遮るようにクロエの部屋の扉を開いた。

ランプに灯りを入れたクロエが、目を丸くする。

部屋の中には、色とりどりのドレス。

ハンガーラックに下げられたアフタヌーンドレスにイブニングドレス、カクテルドレス。ついでにずらりと季節ごとのナイティも。

ドレスに合わせた靴も各種、ローブや手袋、帽子といった小物や、ジュエリーが入った箱。それらを収納するキャビネットも特注だ。

全て、クロエと恋人同士になったら贈ってあげたいと僕が思っていたうちの、ほんの一部だった。

壁際に積み上げた箱の中に入っているのは、クロエが欲しがっていた本だ。

図書館でクロエがいつも読んでいた全集、また見たいと言っていた図録や、温かい泉のことが書いてある地質学の専門書。他にも僕が思い出せる限り、あらゆるものを取り寄せた。

もちろん来月学校に行けば、あの図書館で読めるのだけれど、たった一か月で卒業するわけだから、手元に置いておくに越したことはないだろう。

なんなら、僕たちが住む予定の伯爵邸にクロエ専用の図書館を作ってもいい。

「こんな……」

「全部クロエのものだよ」

背中をそっと押して部屋に入る。

「王都でできるだけ揃えたんだけどさ。あ、ヨハンにも贈り物があるんだ。質のいい仔馬がうちの領地で生まれたから、厩舎に繋いである。もうしばらくしたら、乗馬の練習を始められるよ」

「レイ」

振り向いたクロエの顔が……くしゃ、と泣きそうな顔になっていて、僕は凍り付いた。

「もらえない、レイ。……私、受け取れないよ」

＊

「もらえない、レイ。……私、受け取れないよ」

私の言葉に、レイの瞳がふわっと開かれた。

どうしよう、レイを傷つけた。

なにか言わなきゃと焦るのに、喉元に言葉が重くからまって、思うように出てきてくれない。

「クロエ、僕は」

「レイ、ちがうの。ごめん、ごめんね。ちょっと頭、冷やしてくる」

俯いて廊下に出た。食堂からみんなの笑い声が聞こえて、とっさに廊下の反対側に進む。

ごめんね、レイ。ごめんなさい。

分かってるの。レイが私のために、私のことを思って贈り物をしてくれたってことを。

だけど。

つきあたり、裏庭に続く扉を開いた。

「あれ？　クロエ、どうしたんだよ、こんなところで」

冷たい空気を頬に受けながら外に出ると、すぐ目の前にフェリクスが立っていた。

「え、あ、ううん、ちょっと外の空気を吸おうかなって。フェリクスこそ、どうしたの？」

慌てて目元を拳で拭う。

「いや、いい地酒が手に入ったから、アルノルト様、飲むかなって。なんか今日変な様子だったから、今後のこともあるし、ちゃんと挨拶しといたほうがいいかなと思ってさ。ほら、一応俺ってうちの代表だし？」

片手にぶら下げた酒瓶を持ち上げながら笑ったフェリクスは、私の様子を見て眉を寄せる。

「おまえ、こんなところで何してるんだ？　待ちわびていた恋人の帰還を祝う宴の最中なんだろ？」

「え、だから、外の空気を……」

笑顔で顔を上げたのに、フェリクスは、ふっとため息をつく。

「――おまえさ、やっぱりアルノルト様とは身分が違いすぎるんじゃねーの？」

「そんなこと」

そんなこと、私はとっくに分かっている。

でも、それでもレイと一緒にいたいと思ったんだ。

大変なことがあっても全部乗り越えて、レイと幸せになろうって。レイを、幸せにしたいって。

なのに……なのに私は、レイに悲しい顔をさせてしまった。

「毎日あんなに楽しそうにしてたのにさ、あの人が帰ってきた途端にそんな顔してるとか」

私は何をしているの？　レイにあんな顔をさせて、そして置いてきてしまうなんて。

戻らなきゃ。戻って伝えなきゃ。

俯いた視界に影がさして顔を上げると、フェリクスが私に手を伸ばしてきていた。

「おまえには、もっと合ってる奴がいるんじゃねーの？」

「違うの、私は」

とっさにその手を避けようとして横に踏み出した左足が、凍った雪の上でずるっと盛大に滑る。

「きゃっ……!!」

「おいっ、クロエ！」

フェリクスの叫びを聞きながら、視界が空を仰ぐ。ぐっと目を閉じた。

……っ……？

地面に叩きつけられるはずの身体が、ふわっとしたものに優しく受け止められていた。

恐るおそる、目を開く。

「レイ……!!」

「――クロエ、痛いところない？」

凍った地面に片膝を突いて、レイが、身体全体で私を抱き止めてくれていた。

綺麗な上着の裾が、ズボンの膝が、濡れて泥だらけになってしまっている。

「レイ……ご、ごめんなさい、私……」

慌てて起き上がろうとしたら、そのままぎゅっと抱きしめられた。

「さっきはごめん。君はああいうことをされても、喜ばないよね」

抱きしめた私の耳元で言う。

「どんなに物を贈っても、君以上に価値がある物なんてあるわけないのに、この一か月君が恋しすぎて、僕はまた暴走しちゃったみたいだ」

レイが手の甲で自分の頬を擦る。綺麗な肌に、真っ黒な泥がひとすじ付いてしまった。

「レイ、違うの。私こそ……私の方こそ、ごめんなさい」

慌てて自分の前かけをひっぱり上げると、そっとレイの頬を拭う。

「私のために、あんなにお金を使わせてしまったことが、申し訳なくなってしまったの。レイは今、とても大切な時期なのに」

「うん、君がそういうことを嫌がるって、僕は知っていたはずなのに」

私の手に、レイがそっと手を添えた。

「違うの。とても嬉しかったの。でも、私が何も持っていないから、レイに頼るだけになってしまっているんじゃないかって。そんな風に考えるのはやめなきゃっていつも思ってるのに。――レイが、私のためを思って素敵なものを集めてくれたことは、本当に嬉しかったんだよ」

「大丈夫だから。僕だってちゃんと分かってる。そもそも、この地域の人は領主に対して不信感があるだろうに、このタイミングでああいうことをしたら君を不安にさせるよね。気付かせてくれてありがとう」

　ああ、やっぱり私が何も言わなくても、この人は全て分かっているのに。

「違う。レイはシュレマー伯爵と違って、得たものをちゃんとみんなに戻してくれる領主になるって、私は信じてる。分かっているの。でも……でも私は……」

　レイが、そっと首を傾けて顔を近付けてくる。

「うん、分かってるから、クロエの気持ちは……」

　だけど、違うの。今言ったのも全て本心ではあるけれど、それだけじゃ、ただの綺麗事なの。私がレイを避けてしまった、目を見ることができなかった理由はまだ、他にもあって……。

「——でも私、それ以上に……自分が不埒なことばっかり考えていることが、恥ずかしくなって逃げてしまったの……!!」

　ぴたり、とレイの動きが止まった。

「……え？」

　あぁあぁ……言っちゃった言っちゃった……。

　いたたまれなくて前かけを自分の顔に押し当ててぐりぐりした。でももう言っちゃったんだから最後まで言わなくちゃ。どんなに恥ずかしくても、ちゃんと言葉で伝えないと。

　大事な人を不安な気持ちにさせたくないのなら、伝えないといけないんだ。

「あのね、レイ。私、この一か月ずっとレイに会いたくて、今日が楽しみで仕方がなかったの。なのに久しぶりに会えたレイが素敵すぎてびっくりして……こんなにかっこよかったかなとか思っちゃって」

レイは何も言わないで、ゆっくりと瞬きをした。

恥ずかしい。耳たぶが熱い。でも、私はそのまま言葉を続ける。

「本当は、レイを支えられる人になりたかったの。なのに、レイに再会してからずっと、いろいろ……レイとしたこととか思い出しちゃって、すごくドキドキして。もっと触ってほしいとか、変なことばかり考えちゃって。それなのに、レイは仕事を完璧にした上で、更にあんなに素敵な贈り物まで用意してくれていて。もう自分が恥ずかしくて情けなくて……本当にごめんなさい、私は……」

「待ってクロエ」

レイが、私の口を片方の掌で覆った。顔が、真っ赤になっている。

「……クロエ、君、すごいこと言うね」

「ふぐ」

「時々大胆すぎて、僕の予想を超えてくる」

つぶやいたレイが不意に体を起こす。同時に私の身体がふわっと横抱きにされて宙に浮いた。

「ヘリクス」

「フェリクスです」

「悪いけど、食堂にいるマドロラさんに、僕たちはちょっと散歩に行ったたって伝えておいてくれる」

「はいはい、どうぞごゆっくり」

戸口に寄りかかっていたフェリクスが、呆れたような笑っているような声で答える。

レイは私を抱きかかえたまま、ゆっくりと坂を下り始めた。

「僕がかっこよすぎて、びっくりしちゃったの？」

揶揄うように笑うレイに、抱き上げられたまま、こくんと頷く。

「うん。こんな気持ち初めてなんだけれど……私ね、レイが好きなの。今、すごくレイに恋してるの」

レイが、私の首元に額を寄せた。顔が見えなくて少し不安になる。

「レイ？」

顔を起こしたレイの青い瞳が、甘く煌めいて私をとらえた。

「……きっと僕は、永遠に君にかなわないんだろうな」

囁いて、額を私の額に寄せた。

「クロエ、キスしていい？　そのあとは君の期待通り、不埒なことをたくさんしてあげるから」

そして月が照らす下、坂の途中で雪と泥にまみれたまま、私たちはキスをした。

ひと月ぶりの、キスだった。


私の身体を抱き上げたまま、レイはゆっくりと坂道を下りていく。

キスを繰り返しながら、耳たぶに唇を寄せながら。やがて、建設中の別館に辿り着いた。

作業が遅くまで続いた時のために備え付けてあるランプに火を入れていくと、橙色の灯りが白い靄の中に浮かび上がって、幻想的な空間になる。

「ね？　日が暮れてからも、とっても素敵なの」

「ほんとだ。別の世界みたいだね」

レイが、ふっと微笑んで私を見る。

ああもう。レイは一体、今日一日で何度私をドキドキさせたら気が済むんだろう。

「さっきはあんまりゆっくり見られなかったから、来られてよかった」

「そうなの？　私が挙動不審だったからだね。ごめんね？」

違うよ、と扉を開けながら少し笑う。一番大きな泉の部屋だ。

中央の泉を囲む板張りの床に屈んで、レイはちゃぷりと指先を泉に浸けた。

「君があの男と仲良さそうにしてるから、とても冷静じゃいられなくてさ。ごめん」

「あの男って……まさかフェリクス？　え、どうして？」

少し唇を尖らせて、泉を見つめながらレイは答えた。

「だってあいつ、君のことクロエって呼んでたじゃないか」

「そりゃクロエって呼ぶよ、私クロエだもん」

「だめ。距離が近すぎる。百歩譲ってお嬢様とか……あとは奥様とか。あー奥様ってのすごくいいけど、あいつには呼ばせたくないな。なんだかいやらしい」

驚きながら、レイの隣に屈む。

「あとさ、柄が悪いとか言うの禁止ね。そういうこと言えてる時点で距離が近すぎだから。あいつをどうしても説明しなきゃいけない時は、常に言葉の最初に『よく知らない人ですが』って付けてくれる。それから、どんな些細なことでも君に関することであいつが知っていて僕が知らないことがあるとか言語道断だから。恥ずかしいとかいう次元の問題じゃないからね」

泉の温かい湯気を見つめながら、早口に言う。ひと月前より確かに大人びて、男の人らしくなって。だけどレイの綺麗な形の唇からは、予想外の言葉が紡がれ続ける。

「結論として、今後あいつと打ち合わせたり話したりする時は、必ず僕も同席するから。最優先事案で絶対来るから、いつでも呼んで」

ひと月前、シュレマー伯爵親子を一歩も退かず断罪したレイ。王都でも前公爵と伯爵を容赦なく追い詰めたと、オスカー様がおっしゃっていた。

レイ・アルノルトは今までの柔和な仮面を脱ぎ捨てた。綺麗な顔した悪魔の伯爵だ、なんて言われてるんだぞとオスカー様は笑っていて、それを聞いた時はレイのことが少し心配になったものだけど。

「……なんだよ」

「ううん。レイ、やっぱり可愛い」

「またそんなこと言って」

「「可愛いのは、君のほう」」

二人の声が揃う。目が合って、はっと笑った。

レイが私を抱き寄せて、唇を合わせてくれる。

軽く触れて、離したらまた目が合って。ふふっと二人で笑って。

「会いたかった、クロエ」

「……うん」

「たったひと月なのに、ものすごく長く感じた」

「私も、すごく会いたかった」

それからまた、深くふかく、キスをした。

唇を合わせたまま辿るように角度を変えて。熱い舌が私の唇を割って入ってきて。

口の中を、丁寧になぞっていく。抱き寄せられて、キスをしながら覆い被さってくるかのように。

私は屈んでいられなくなって、ぺたんと岩の上にしゃがみ込んでしまった。

「クロエ……」

ふちゅりと唇を離したレイの目元は染まって、冬の空みたいな青い瞳が潤んでいる。

甘えるような優しい声で、囁いた。

「僕、お願いがあるんだけど」

「えっ……私に？　うん、私にできることならなんでも！」

いつもレイにしてもらってばかりな私は、その言葉に嬉しくなって、大きく頷く。

「――本当？」

レイが、ニヤリと微笑んだ。

……あれ？　私、なにか……間違えた？


「クロエ、まだ――？」

泉に浸かったレイの声が、カーテンの向こう側から聞こえる。

「も、もうちょっと待って……」

今、私は大きな泉の小屋の片隅、泉を囲む板張りの床の端に作り付けている、心もとないカーテンの内側に、全裸で立っている。

レイの「お願い」とは「一緒にこの泉に入ってみたい」だったのだ……。

確かに、私が滑って転んだせいで私たちはびしょ濡れの泥だらけに……特にお尻あたりが……なってしまっていたから、泉に入って温まるというのは理にかなってはいるのだけれど、まさか一緒に、だなんて……。

でも、いつまでもここに隠れているわけにはいかない。だって全裸だ。すごく寒い。

顔だけカーテンから出して、湯気の向こうに見えるレイのシルエットに声を張る。

「い、今から行くから。レイ、お願い。私が中に入るまでは目をつぶっていて」

「え、なんで。嫌だよ」

「だめ！　つぶらないと絶対に出ていかないから!!」

「ちぇっ、分かったよ」

レイの答えを聞いてから、そっと、カーテンの外に出る。

泉の周囲は天井がない。ぽっかりと夜空が広がっている。

木々のざわめきがすぐそばだ。そして私はすっぽんぽん。

非現実的ないたたまれなさと心細さが込み上げて、慌てて泉に近付いた。

滑らないように岩の上を歩いて、泉に足先を入れた。

ほどけていくような心地よさに、吸い込まれるように身体を滑り込ませる。

ちゃぷん。

「はふ……」

緊張と寒さでこわばっていた身体がお湯に包まれて、思わず声が漏れた。

目を上げて、はっとする。

湯気の向こう、すぐ近くに座ったレイが、面白そうに私を見ていた。

「レイ……な、なんで目、開けてるの？」

「え？　分かったよ、とは言ったけど、つぶるとは言ってないだろ？　じゃあそろそろつぶろうかなーって思ってたら君が出てきたから、あ、つぶらなくてもいいんだなって思って」

とんでもない屁理屈をこねてくる。

「じゃ、じゃぁ、全部見えてたの……？　あ、湯気で見えなかった？」

「こっちからだと結構見えるんだね。全裸で小走りする君、たまらなく可愛かった」

揶揄うように私の顔を覗き込んで、そのままお湯の中で身体を寄せてくる。

「も、もう、バカ!!」

「だめだよクロエ、お客様に入ってもらうんだろ？　ちゃんとお客様の気持ちを体験しておかないと」

「昼間は入ってみたもの。マドロラやアンネと。それに、男性と女性は時間を分ける予定だし……」

でも確かに、服を脱ぐ場所をもっと泉の近くにした方がいいかもしれない。カーテンも、もっと厚手のものにしよう。

入浴施設を提供するのだから、治安を守るのは最優先だ。女性にも安心して入ってもらえるようにしたいのだから。

大きな泉は時間交代で男女別々にして、なるべく安い料金で、宿に泊まらない人にも利用できるようにするつもりだ。その代わり、小さな泉はお客様単位で貸し切りにできるようにして、ゆったり過ごせるようにしようと思っている、という計画を私はレイに話した。

「本当は、お湯に浸かるために専用の薄い服を用意しようと思ったの。だけど実際入ってみると、そんなのない方が気持ちいいのよね。でも、大きな泉にだけはあった方がいいのかもしれないわ」

「軌道に乗ったら夜間も開放してもいいかもね。でも夜は僕と君だけの専用にするってのもありだな」

私の説明を聞いているのかいないのか、レイは私にぴったり寄り添って、顔を覗き込むと唇をちゅ、と合わせた。

シルバーアッシュの綺麗な髪の先から、ぽたりと雫が落ちる。

よく考えたら、レイも全裸なのだ。

レイの首から肩、胸までのライン。乳白色のお湯のお陰でその下はよく見えないけれど、削り込まれた彫刻みたいなレイの、予想以上に綺麗な筋肉がついた身体が、今全裸で……私の左半身にぴったりくっついていて……。

「ま、待ってレイ。ちょっと離れて一旦落ち着こう!!」

「無理」

一瞬離れた唇が、またちゅう、と合わされて。

レイの手が、お湯の中で私の右の胸を掬うように持ち上げて、手の中でぷるぷる、と揺らした。

「んっ……」

「ほら、見て」

レイに視線で誘導されて胸元を見ると、乳白色のお湯の水面ぎりぎりに持ち上げられたところに、胸の先の色がうっすらと見えた。

「やらし」

は、と息をついてニヤリと笑うと、親指でそこを弾かれた。

「ふぁんっ」

お湯がぴちゃりと跳ねる。

声が漏れた唇を塞ぎながら、レイのもう片方の手が、反対の胸の先を同様に弾いた。

「ずっと、抱きたくてだきたくて、おかしくなりそうだった。君もそんな風に思ってくれていたのかと思うと……ごめん、もう僕、限界だ」

私の身体を泉の縁に押し付けるようにして、のけ反ってお湯から出てしまった胸の先を、レイがちゅっと吸い上げる。甘く上下を歯で押さえて、先端を舌先でなぞった。

「そっ……れ、やっ……」

「気持ちいい？」

ぷちゅぷちゅと音を立てて吸い上げて、上目に私の顔を見る。

声にならないままに必死で頷くと、ふっと微笑んで、またちゅうっと吸い付いた。

「ちっちゃくて柔らかいのが僕の口の中ですぐにきゅってなるの、すごく可愛い」

やめて。そんな恥ずかしい説明しないで。

片方の胸の先を甘く噛みながら、もう片方の手が、お湯の中できつく閉じた私の膝の上に乗る。

無理に開かせるようなことは決してしないのに、レイの指先が私の膝の内側を、とんとん、と叩くと力が抜けてしまって、私の両膝は、嘘みたいに左右に少し、開いてしまう。

「いい子」

レイの指が、太ももの内側をゆっくりと上がってきて……ぴくん、としたら胸から口を離されて、そのまま唇を塞がれて。

お湯の中で、レイの指が、私の脚の間をゆっくりとなぞる。

優しく二往復して、それから、中に、ぷちゅん、と埋められた。

「あ――……すご。とろっとろ……だめだよ、クロエ。大事な泉に、とろとろ漏らしたら」

意地悪な目で私を見る。

「んっ……じゃあ、こんなことやめて……」

「君がとろとろを出すの、我慢すればいいでしょ？」

レイの指が、私の中をゆっくり動く。だんだん、スピードを上げていく。

お腹の裏側を、内側からゆっくりと擦り上げた。

「んっ……は、ひゃんっ……がまん、無理っ……」

「ここ、相変わらず弱いね……。すぐにぷっくりする」

岩に乗せた私の後頭部に、レイが左手を差し込んで、頭が痛くならないように支えてくれている。

お湯の中、二本目の指がちゅくりと入ってきた。

「気持ちいい？　クロエ」

ちゅう、と胸の先を吸い上げながら言う。

「ん、レイ……気持ち、い……」

レイはゆっくり唇を噛んで、は、と息をつくと微笑んだ。

「もっと気持ちよくなっていいよ？　僕にヤキモチ焼かせたぶん、可愛い顔たくさん見せて」

そのまま、持ち上げるように岩場に押し上げられたので、レイが引き寄せたブランケットの上に、私の身体はほとんど出てしまった。

大きく開かれた足の間を、レイが見下ろしている。

「や、やだ、レイ、見ないで」

「なんで。恋人同士になる前から散々見てるよ」

「そんなこと、言わないでっ……」

「さすがに寒いから、あんまり長くこの体勢はできないね」

じゃ、じゃあ最初からこんな格好やめて……。そう言いかけた私の唇は、

「ひあぁうっ!!」

悲鳴を漏らしてしまう。

レイが、私の両足の内ももを両手で押さえて、その中央に唇をつけて、ちゅるるり、と私の一番弱いところを吸い上げたのだ。

「や、やめて、んっ……ひぁ、っ！」

「前にもしたでしょ。大丈夫、力抜いて」

だって、だって、こんな、外で、全裸で……恥ずかしいところを、レイに見られて……口で……。

ちゅる、くちゅ、とレイがあそこを吸い上げて、一番弱いところを舌先でくすぐって。

指が、つぷんと中に埋められる。二本の指の動きに、腰がはしたなく跳ね上がってしまう。

「や、レイ、だめ、だめだよ……無理、私……すぐ、だめになっちゃう」

「いいよ、気持ちいいって気持ちに任せて」

「だって、だって、こんなところで……」

「大丈夫だから」

カリ、とレイが、私の一番弱いところに軽く歯を立てた。

「っ……んっく……!!」

あ、だめ、だめだ。

「イっちゃ……」

思わず口をついて出かけた言葉にレイが目を上げる。

「なに？　クロエ、言ってみて」

恥ずかしい。恥ずかしいけど今のこのぐちゃぐちゃな気持ちよさをどんな言葉にしていいか……。

「レイ、も、もうだめ、私、イっちゃう……」

レイが、はあっと息をつく。

指が、ちゅぷんと抜かれた。

「え？　や、レイ……」

「一緒にイこ」

つぶやいたレイが、私の腰を両手で掴むとぐっと引き寄せる。

その瞬間。

すっかりとろけたその場所に、レイが押し当てたものが、ぬぷり、と一気に入ってきた。

＊

ちゅぷ、ぴちゃっ……お湯が跳ねる音があたりに響く。

クロエの身体を、組み伏せるように岩場の上に仰向けに倒して、開かせた彼女の奥に、僕のものをねじ込んでいく。

「ふっ……あっんんっ……」

一か月ぶりに到達したその場所は、何度も何度も夢の中で見ていた通り……いや、僕の記憶なんて及ばないほどにみっちりとした圧力で、とろけるように僕を受け入れてくれた。

これで、通算五回目の挿入だ。全然足りない。五万回くらいしたい。

ずずっと奥に進めていく。クロエが吐息を漏らしたので、たまらなくなってその唇を塞いだ。

「クロエ……気持ちいい」

奥の方まで進めていく。もういつ出てもおかしくないくらい、腰が震える。疼(うず)きが込み上がるのを、奥歯を噛んで堪えた。

「レ、レイ……」

僕を見上げるクロエの頬に手を当てて、ゆっくりと腰を引いて、また押し込む。

「ひぁあっんっ……」

クロエの甘い声は、暴力的に僕を煽ってくる。

なにか、僕を惑わせる特別な周波数を持っているような気がする。甘くて可愛くて、羞恥心から必死で抑えようとして、それでもこぼれてしまうクロエの声。

もっと聞きたい。もっと、我慢してる顔が見たい。でも、もっと声を上げさせたい。

矛盾する欲望が込み上がる。

ぱちゅ、くちゅ、ぱちゅっ……腰をリズミカルに打ち付け始めると、クロエは更に可愛い声を上げて、目をきゅっとつぶって身体を震わせる。

そのたびに、クロエの胸の二つのふくらみが、ぷるんぷるんと揺れて……。

ああ。これは……危険だ。君は本当に危険だ。

こんな体をして、それで僕のこと、好きって言うんだ。僕に恋してるんだって。

それで、こんな体をまとった心の中で、僕を見て変なことを考えてたんだって。

「っ……くっ……」

たまらない射精感が込み上げて、腰を動かすのをとっさに止めた。

深く長く、息をついて、そのままクロエの肩を逃げないように固定して、最奥に、僕の先端を押し付けるようにぐりぐりと動かした。

「っ……！　は、っ…んっ……！　や、だめ……」

「だめじゃないだろ。クロエも、いやらしいこと、考えてたんでしょ？」

クロエが、ふにゃ、と泣きそうな顔で僕を見る。あ、それすごいたまらない。そんな顔で男が止まってくれると思ったら大間違いだよクロエ。

「ごめんなさい、変なこと……考えて……っ……んっ……」

「大丈夫、もっといっぱい考えていいから」

脚を両手で抱えて、ぱちゅぱちゅと勢いよく抽送を再開した。

「クロエ、ここ……気持ちいい、よね？」

白いお腹、おへその下あたりを外側から押さえて……内側を、ぐりぐりと削ってみせると、クロエは涙目で顎を反らした。

「だめ！　そ、そこ……」

「いいよ、もっと感じて」

は、と僕の口からも熱い息が漏れる。

「いっぱい気持ち、よくなって……大丈夫だから、僕と一緒に……好き、だよクロエ……」

「あっ……レ、レイ……っ……んっ……っ……あ、っ……んっ……！！！」

クロエの中の密度が、一瞬ぐぅうっ……！　と更に増すような感覚。

僕は歯を食いしばって奥を突き上げて……頂点で、内側がふっと解ける瞬間、クロエの中に、溜めていたものを放出した。

「あっ……んっ……ひあっ……」

ぱちゅぱちゅっ……。

お湯の中、向かい合ったクロエを膝の上に乗せて、深く食い込ませて繋がった部分で彼女を下から突き上げる。

クロエは僕の首に両手を回してしがみついて、可愛い声を小刻みに上げながら、必死で僕を受け入れている。

突き上げるたびに、クロエの胸が僕の鎖骨の下に押し付けられて弾む。

「クロエ……すごく、気持ちいい」

つぶやくように囁いて、下から掬い上げるように唇を合わせる。

少し開いた唇に舌をねじ込んで、彼女の舌を吸い出すと、舌先同士をぴとりと付けた。

「クロエは、どこがいい？」

僕の問いかけに、クロエは涙目で、甘い息をつきながら僕を見て。

「お、奥と……おなかの、うらと……ふぁんっ……」

健気(けなげ)に説明しようとする言葉を邪魔するように、中をぐちぐちと突き上げてやる。

「いじわる、いじわるしないで……」

「してないよ。クロエだって、僕でいやらしいことを考えたんだろ？」

まずい。嬉しすぎて何度も同じことを確認してしまう。誤魔化すように、ぐりん、と突き上げた。

「ね……どんないやらしいこと、考えたか教えてよ」

「えっ」

涙目のまま僕を見て、恥ずかしそうに戸惑うように、一生懸命唇を舐(な)めて。

「……レイと、キスして……か、身体、触られたり……っ……んっ……」

「身体ってどこ」

「む、胸とか……」

くりん、と両胸の乳首を親指で弾くと、クロエの中がきゅっと締まる。

「ひぁっ……」

「あと、ここととかでしょ」

ぐりぐりと、繋がった奥を回すように動かした。

「いじわる……」

「そう？　僕は毎日、仕事している時も王城にいる時も、なんなら国王陛下や王太子殿下に謁見している時だって、クロエとこういうことすることばっかり考えてた」

可愛い唇をちゅうっと吸い上げる。

「だから、君もそうだったって聞いて、僕はすごく嬉しかったんだよ？」

耳元で、息を吹きかけるように囁くと、クロエは泣きそうな顔でしがみついてくる。

「私、レイに会いたくて、レイのことばかり考えていたの。レイは王都で立派な仕事をしているのに。そう思ったら情けなくって、恥ずかしくて……でも、レイも同じなの？　私と同じように、考えてくれていたの？」

ああ、クロエ。何もいらないとか何も欲しくないとか安易に言うなって君は言うけどさ。

それでも僕は本当に、何も欲しいと思わないんだ。

君以外は、何も。

君を繋ぎとめるためなら、僕は何だって手にして、そして何だって手放すことができるんだ。

「レイ、好き……」

「僕も、大好きだよ」

ちゅ、と唇を合わせて、そのままスピードを上げる。クロエが僕にしがみつく。

ぐっとその体を抱きしめて、止めていた息を解放するように、クロエの中に注ぎ込んでいく。

その時。

「うわあ、ここが別館ですか～!!」

「な、すげーだろ」

男たちの声が、薄い壁を一枚隔てた小屋の外に響き渡った。

＊

私とレイが浸かっている泉のすぐ近く、レイが背中を向けている壁の向こうの回廊から、大きな声が聞こえてくる。

手放しかけていた意識が、急速に覚醒した。

「すげーだろ。こっちが一番大きな泉の東屋な。それであっちにあるのが個室」

「へぇ。壁は色を塗ったりするんですか？」

「いや、なるべく自然に馴染む感じがいいってクロエが言うからさ」

「確かに。森の隠れ家感があってワクワクしますねこれ」

楽し気に会話をしているのは、エグバートと……フェリクスだ。

二人は面識がなかったはずなのに、宴会で仲良くなったのだろうか。

「レイ……」

どうしよう。どうしよう。

ほんの一枚壁を隔てただけで、私たちは全裸で抱き合って……繋がった、ままなのだ。

ドキドキしながら息を殺して見上げたけれど、レイは全く焦った様子もない。

人差し指を口元に当てて、ニヤリと口の端を上げると、ゆっくりと私の中から自分のものを抜いた。

抜ける瞬間、ぴくんと声が出そうになって、必死で口に手を当てた。

力が入らない身体で、泉の縁にしがみついて息を整える。

すぐに上がって、服を着なくちゃ……音を、立てないように……。

次の瞬間。レイの身体が、私を包み込むように背後から覆い被さって。

え、と思った時には、くちゅり、と私の中にまた、レイのものが入ってきていた。

「っ……!!」

声が出ちゃうのを予想していたように、私の口を片手で塞いで。

それはゆっくりと進んで……奥の奥に、届いてしまう……けれど、こんな……全然、前からと違うところに当たって……。

「っ……」

振り向いて、必死で首を振ったけれど、目元を赤くしたレイはニヤリと笑って唇を舐めるだけだ。

ゆっくりと引いて、また入れる。

水音を立てないためか、とても緩やかな動きだけれど、その分、レイの形が、敏感な神経の一つひとつを、ゆっくりめくり上げて出入りしているみたいで……。

「ちょっと女っぽい趣味かなって思ったけど、作ってみたらすごく色々考えられててさ。クロエ分かってるよな」

壁の向こうからフェリクスの声がして、その距離のあまりの近さに心臓がドクンとする。エグバートが笑いながら返した。

「クロエ様、張り切っていましたからね。でも設計図作る時は、うちのレイ様も相当アドバイスしていましたよ？」

「あー、あの二人な。さっきは参ったわ。喧嘩でもしてるのかと思ったら、なんだか知らねーけどいきなり二人の世界に入ってイチャイチャし始めてさ」

「あ、それいつものことですから」

私の口を塞ぐレイの指が、ゆっくりと唇の輪郭をなぞり、きつく噛み合わせた唇を割るようにして中に入ってくる。

慌てて口を閉じようとすると、レイの指にちゅう、と吸い付いてしまった。

レイが、はっと息を漏らして、繋がったところを入り口まで引き戻す。そしてまた、勢いをつけて奥まで押し込んだ。ぷちゅん。

「マリネル男爵令嬢がアルノルト家の次男に見初められたって噂を聞いた時は、愛妾がせいぜいだろうと思ってさ、それなら付け入る隙があるかなってちょっと思ってたんだけどな。あの調子じゃ、あの二人本当に結婚しそうだよな」

「しないって選択肢、レイ様にはないと思いますよ」

泉の縁に付いた手が細かく震える。

唾液にまみれたレイの指先が、私の喉から鎖骨へとなぞりながら降りて、前屈みになった胸をふにゅりと揉むと、先端を甘くくすぐる。

――も、だめ、かも……。

「あーあ。せっかく俺の嫁にしてやってもいい子に出会えてラッキーって思ってたのになー」

「諦められそうですか？」

「仕方ねーだろ。あんな好き好き言ってるの見せつけられたらさ」

「そりゃよかった。命拾いしましたよ」

ちゅ、く、くちゅ。抽送がスピードを増していく。

中が削られていく。圧迫されて……力が、抜けちゃう。

「おまえ、変な男を近付けたら殺すって言われてるんだろ？　すげーなおまえのご主人様」

「あ――、命拾いしたのは俺だけじゃなくて……あんたもですよ、フェリクス様」

振り仰ぐレイの顔。何かを堪えるように息をついて、余裕がない表情で私を見下ろして。

目が合うと、前屈みになって舌を搦めるようにキスをしてくれる。

だめ。もう何も分からなくなる。

「せっかくだし、中見てく？　つーか入ってくか？　気持ちいいぞ……って、あれ？　なんか灯りが付いてる……」

「さっきアンネさんたちが入りたいって言ってたから、彼女たちじゃないですかね。俺は真夜中にでも入りますよ。ね、フェリクス様、せっかくだからもっと飲みましょうよ。王都からすっげー珍しい酒持ってきてるんです」

「すっげー珍しい酒？　そりゃいいや、エグバート、どっちが先に潰れるか勝負しようぜ」

笑いながら遠ざかっていく話し声……良かった、とか、気が付かれなかった、とか……もう、頭がうまく回らなくって……。

きつく噛んでいた唇で息をつくと、「ふぁぁ……」と、泣きそうないやらしい声が漏れてしまう。

「あいつ……クロエのこと、俺の嫁、とか言った」

抽送の速度がさらに上がる。力が抜けて手が付けなくなった私の身体を後ろから抱きしめるようにして、突き上げた。ごりゅ、と更に奥まで入る。

「クロエは、僕のだから。絶対に絶対に、誰にも、渡さない」

後ろから回されたレイの指が、二人の繋がったところの少し上、小さな熱い場所をきゅっとつまむ。

「も、もうだめ、もうだめ、レイ、私……あっ……んっ……」

「いいよ、イっていい。僕もっ……」

ぱちゅぱちゅぱちゅと音が響く。

熱い。体の芯から熱くて、とろけて……もう、何が何だか分からないのに、込み上げてくる……。

「あっ……ぅっ……」

「クロエ……」

そして私たちは、一緒に。深くふかく、果てた。


「もう、レイってば、本当にもう、信じられない！」

溶けかけの雪を踏みながら、別館から本館へと戻る坂道を上っていく。

まだ足がガクガクしているけれど、レイが抱き上げようとするのを意地で断った。

「そんなに怒ることないだろ」

後ろを歩くレイが、拗ねたような口調で言った。

拗ねたレイは可愛い……けどだめ！　甘やかしたら、この人はすぐ調子に乗るのだ。

「怒るよ！　あんな、すぐそばに人がいるのに、止めないどころか……」

「どころか？」

「さらにもっとするとかっ……」

「さらにもっと？　なにを？」

ニヤニヤしながら私に近付いて、顎を上げるようにして面白そうに見下ろしてくる。

「もうっ……あんなの、フェリクスたちに見られたら私もう生きていけないんだから！」

「大丈夫、見せるところまではしないから」

微妙に不穏なことを言いながら、笑って私の頭にポンと手を置いた。

「あんなにいやらしくて可愛いクロエの姿、絶対に他の男には見せたくないけど……でも、僕たちがああいういやらしいことをしているってことは、時々無性に他の男に見せつけたくなるんだよね、僕。前にも言ったでしょ。不思議だよね」

この感情を「いやらしいクロエのパラドクス」と名付けよう、と大真面目(まじめ)な顔で続けるレイのお腹を握った拳で下から突いた。

「っ……いてっ……なんだよクロエ、君だってああいうことしたかったんだろ？　僕と」

「ぜっっっっったい違う！」

「なんだよ。さっきはあんなに可愛かったのに。レイに恋してるの、とか言っちゃってさ」

「やだもう、そういうこと繰り返すの反則だよ！　もう二度と言わないんだから!!」

「え、言うでしょ」

あっさりと返して、膨らませた私の両頬に掌を当てた。

月を背に、優しく細められる青い瞳。

「これから先、何度でも僕のこと好きって言わせてあげる。何度でも、恋に落としてあげるよ」

「っ……!!」

ああもうああもう。かなわない、なんていうのは私の方だよ。

本館の裏口で、レイはもう一度私にキスをして。

ちょうど扉を開いたエグバートに、

「ちょっとレイ様、どこでもかしこでもイチャイチャしないでください！　少しはフォローする方の身にもなってくださいよ」

と怒られてしまったのだけれど。


翌朝、レイたちはファミールをチェックアウトして、丘の下の屋敷に移る。

シュレマー伯爵邸は、春からはアルノルト伯爵邸になるのだ。

「装飾や美術品がやたらと華美でさ。僕の趣味じゃないから、色々手放したりしているとこ」

「そんなものがあるのなら、みんなが自由に見られる展示室でも作ればいいのに」

「いいけど贋作も多いから、鑑定が必要だね」

朝食後、紅茶を飲むレイと話していると、大あくびをしながらフェリクスが食堂に入ってきた。

昨夜エグバートとお酒の飲み比べをして爆睡してしまったので、空いていた部屋に寝かされていたのだ。

「いや、あんな失態初めてだわ。エグバートすげーな。ていうか本当に申し訳ない」

「あいつは空気中の酸素全てをアルコール分解酵素に変える特殊能力があるからね」

レイが笑うと、フェリクスは眉を上げる。

「あれ、アルノルト様、やっと俺に友好的に接してくれてます？」

「僕は最初から友好的だけど？　フェリクス」

「名前も覚えてくれたし」

「名前と言えば、君これからはクロエって呼ぶの禁止ね」

にこやかな笑顔のままレイが言い放つ。

「これからは、『レイ・アルノルト様の奥方様』って呼んで」

「えっ……長すぎません？　それにまだ、奥方様じゃないですよね？」

「『レイ・アルノルト様の婚約者様』でもいいけどさ、それよりは短いだろ？　それにすぐ奥方様になるんだから」

「レイ！　もういいからさっさと飲んで。エグバートたちが待ってるから!!」

恥ずかしくなって大声で叫ぶ。

「クロエ、仕事を片付けたら一緒に復学だからね」

「うん。楽しみにしてる」

学校に戻って、それから私は……レイの、お嫁さんになるための準備を始めるのだ。

きっといろんなことがまだあるだろうけれど、そのたびに、一つひとつの気持ちにちゃんと向き合って、レイとの時間を大切にしていこうと思う。

だって、どんな気持ちだって、私とレイの間に生まれたかけがえのないものだから。

なによりも大切なことは、きっととっても単純で、これからもずっと変わらないこと。

私たちが、恋をしているということなのだ。

後日談「二度目の学園生活」

王立学園の中央棟に掲げられた、大きな鐘が鳴り響く。

冬の終わりの青い空に、白い鳥がバサバサと飛び立っていった。

「クロエさん、すごいわ。発音が本当に綺麗」

広げたテキストの文字を指でなぞっていた栗色の髪の女子生徒が、顔を上げて笑顔になる。

「そうかな。そんな風に言ってもらえて、嬉しい」

「あのね、私『リュー』の音がすごく苦手なの。どうしたらそんなに上手に再現できるの？　あの音、私たちの言語にはないわよね？」

「舌と歯の位置を覚えちゃった方が早いかも。昔、一覧表を作ったことがあるから、よかったら明日持ってくるわ」

「え、いいの？　そんな貴重な資料を」

「うん、友達と盛り上がって一気に作ってしまったものだから」

ドキドキする気持ちを落ち着けようと、紅茶をこくんと飲んだ。

最初の学園生活では、高い学費を払ってもらっているという気負いと、周囲の上位貴族の生徒たちに対する萎縮もあって、親しい友達を作ることもできないでいた。

だけどレイから「別にそこまで構える必要はない」とアドバイスをされてみると、今回はふっと肩の荷が下りたような気持ちになった。

そんな中、今日の古代アルソット語の授業の後、「あなた、発音がすごく綺麗なのね。教えてもらえないかな」と遠慮がちに声をかけてきてくれたのがこの方、アネット・オラールさんだったのだ。

私たちは今、カフェテラスの片隅でお茶をしながら一緒に宿題をしていて、アネットさんが人懐っこい笑顔で私を見上げてきてくれていて。どうしよう、すごく嬉しい。

「クロエさん、こんな卒業間近の時期に復学だなんて、なにかあったの？」

無邪気に聞かれて、ちょっと答えに詰まる。

「あ、ごめんなさい。色々事情があるわよね。それにこの学園では休学も復学もそんなに珍しいことではないわ。おうちのお仕事があったり、在学中に結婚されて辞める方もいらっしゃるし」

ドキ、と心臓が鳴った時。

私の背中側、学園の中央広場の方から、生徒たちのざわめきが聞こえてきた。

首を伸ばしてそっちを覗き込んだアネットさんが、口元に手を当てて声を潜める。

「復学といえば、話題はあの方が独占よね。クロエさん、去年も同じ学年だったんでしょう？」

そっと振り返った私の目に、中央講堂から出てきた男子生徒の姿が映った。

チャコールグレーのズボンとジャケット、胸元には最高学年を表す青いタイ。

他の生徒と同じ制服のはずなのに、彼が着るとまるで王様の前に立つための正装のように映えてしまう。彼の後には上位貴族の男子生徒たちが続き、その様子を女子生徒たちが取り巻くように見守っている。

「すごい人気よね。レイ・アルノルト様」

アネットさんが私の方に身を乗り出して囁いた。

「『冬の王』アルノルト侯爵家の次男で、最近ご自身も伯爵の爵位を正式に継がれたんですって。去年、卒業間近に突然休学された時は学校中が大騒ぎになって、嘆き悲しむ女子生徒たちで卒業式はお葬式みたいだったらしいわよ」

「そ、そうなんだ」

煌びやかな女子生徒たちに話しかけられていた彼がふと目を上げて、ぐるりとあたりを見回す。

「あ、あの、そろそろ私、教室に……じゃなくて、寮の部屋に戻ろうかしら」

「そうなの？　なら、私も一緒に戻ろうかな。ね、クロエさん、今夜寮のお部屋に遊びに行ってもいい？　もう少しお話したいから」

「あ、ありがとう、ぜひ！　……あ、でも今夜は……」

トン、と私たちのテーブルに突かれる手。

辿って視線を上げると、シルバーアッシュの髪がさらりとこぼれた。

「クロエ、見つけた」

レイが、私を見下ろして青い瞳を柔らかく細めている。

正面に座ったアネットさんが、目と口を大きく丸くした。

「ごめんねお話し中。今日はこの後、僕がクロエの先約なんだけれど、大丈夫かな」

笑顔を向けられたアネットさんが、茫然とした表情のまま慌てたように両手を振る。

「え、あの、いえ、もちろんです……!!」

周囲から突き刺さる無数の視線をまったく意に介すことなく、レイは私の手を取った。

そして、よく通る声で言ったのだ。

「行こうか、クロエ。今日は僕のお気に入りのお店に連れていってあげるよ——恋人の君を、ね」

「もう……!!　どうしてあんなこと言っちゃうのよ、レイ!!」

学園の正門に付けられた二頭立ての馬車に乗り込むと、両手を握りしめてレイを見上げる。

「屋敷に寄って。ディナーの前に着替えるから」

御者台に座るエグバートに伝えたレイが、私の正面に座って足を組んだ。

「あんなことって何だよ」

「だから、みんなの前であんな風に言ったら、絶対もう、学校中の噂になってる！」

「噂って何が？」

「だから……わ、私がレイの恋人だって……」

レイはため息をついた。長いながいため息だ。

「それの何が悪いの？　僕たちは、実際恋人同士……いや、婚約者同士じゃないか。それも結婚まで秒読みのね」

「そりゃそうだけど……」

「体の関係だって何度もある」

「ちょ、ちょっと……!!」

なんてことを言うのだ。エグバートや御者さんに聞こえていないかドキドキしながら、自分の口元に両手の人差し指をバツの形にして当ててみせたけど、レイは動じることなく続けた。

「あのねクロエ、僕はこれでも相当に妥協しているんだ。そもそも君は寮になんか入る必要はないんだから。学園のこんなに近くに僕の屋敷があるんだし、そこから通えばいい。学園長には了承を取っているんだし」

「だからもう！　その話は何度もしたでしょう？　私はまだ、アルノルト家のお屋敷に滞在する資格なんかないんだから!!」

私の言葉にレイは苦虫を噛み潰したような顔になって、吐き捨てる。

「父上のせいだ。ほんっっっっとうにあの人は、肝心な時にいつもいないんだから」

レイのお父様、前アルノルト侯爵は、奥様を伴って先月の末から長い旅行に出かけてしまっていた。本来なら復学のため王都に向かう途中でアルノルト城に立ち寄り、正式に婚約者としてご挨拶をする予定だったのが頓挫してしまったのは、そういう理由だ。

要するに、私はまだレイのご両親にご挨拶もできていない身なわけで。それなのに、我が物顔でアルノルト家のお屋敷に入り浸ったりなんてできるわけがない。あまりに非常識すぎる。

何度も説明してやっと理解してくれたはずなのだけれど、レイはその話題を毎日のように蒸し返してくるのだ。

「どうするのよ、みんなの前であんなこと言っちゃうなんて。レイ、あまりにも後先考えてなさすぎ」

「だって事実じゃないか。どうして君を恋人って宣言しちゃいけないの？」

「そんなの、当たり前じゃない……」

一年前に相次いで休学をした私たちが王立学園に復学を果たしたのは、ほんの三日前のことだ。

この冬、私の家がある北の街でたくさんのことがあって、私とレイは結婚の約束をして……そして今、学園を卒業するためにここにいる。

今は二月の初め。あとひと月半の学園生活の中で、私たちは残りの単位を全て取り、卒業試験を受けて、卒業の資格を得なければいけないのだ。

レイが学園に戻ってきたことは、貴族の子息令嬢の間ではとびきりのニュースだった。

初日は去年までの同級生たちがたくさん会いに来たし、憧れの先輩だったレイといきなり同級生になれた今年の三年生たち——特に女子生徒たちは舞い上がっている。

それだけでも大騒ぎなのに、更にレイが、私みたいな田舎の男爵令嬢と恋人同士だなんて知られたら、どんなことになってしまうのか。

「レイだって分かるでしょう？　だから前の学園生活の時だって、私たちが話をするのは、図書館のあの席だけだったわけだし」

そう、休学前もそうだった。学園一の有名人のレイが私みたいなのと交流があるなんて知られたら、嫉妬をした生徒たちから私が嫌な目に遭うことがあるかもしれない。

だからレイは、私との関係（ただの勉強友達ではあったけれど……）を隠してくれていたのだ。

そんな思いやりを、レイはもう忘れてしまったのかしら。私はプリプリと口を尖らせる。

「なのに、どうして復学したとたんにあんなこと言うのよ。今頃みんな大騒ぎだわ。明日、私絶対に何か言われちゃう！」

「僕が守るよ」

真剣な声に目を上げると、正面に座ったレイがまっすぐに私を見ていた。

「僕の恋人だという理由で君に危害を及ぼすような奴には、容赦しない」

「レイ……」

「クロエ、一年前までの僕の守り方は確かにそうだった。関係ないふりをすることでしか、僕は君を守れなかったから。だけど、今は違う」

レイが足をほどき、身を乗り出して私の手を取った。

「僕は、君の婚約者だ。君との関係を誇らしく思っているし、誰に対してももう隠したくなんかない。——クロエ、これから先、君はずっと、僕に愛されていることを隠して生きていくつもり？」

引き寄せられて、唇が塞がれる。

馬車の揺れに合わせて二度角度を変えて口づけて、ゆっくり離すとレイはニヤリと笑った。

「二度目の学園生活は、僕の恋人として過ごすんだよ、クロエ。覚悟してて」


「アネットさん、昨日はごめんなさい！」

翌朝、レイと食事をしたお店で買った紅茶の小瓶を携えて、女子寮のアネットさんの部屋を訪ねた。

「え、そんな、クロエさん、気にしないで」

アネットさんは焦ったように両手を振ると、廊下の左右にぱっと目を走らせて、私を部屋に引き入れる。

「でも驚いた。クロエさん、レイ・アルノルト様と……恋人同士、なのね？」

聞きたくて聞きたくてたまらない、という目で見上げてきた。

その質問は覚悟していたので観念した思いで頷くと、アネットさんは目を真ん丸にする。頬が紅潮してきた。

「あ、あの……あのね？」

戸惑うように、なんだか言いにくそうに見上げてくる。

「あのね……お願いがあるんだけれど……」

昨日、食事の時にレイが私に話してくれたことを思い出す。

――クロエ。もしもその君の新しい「友達」が、明日こんな風に言う子だったら……。

「あのね、クロエさん、私に――」

「僕との馴れ初めを教えてほしいって言われたの？」

その日の放課後の図書館で、レイと私はあの懐かしい席に並んで座っていた。

広くて歴史ある図書館の、並ぶ書棚の一番奥。

大きな柱の陰で死角になった場所にある、とても日当たりのいい席だ。

三年前から変わらない、ここは私たちにとって大切な定位置。

「それで君は話したの？　夜這い相手を間違えたって」

「そんなことまでは話さないよ！　もっとオブラートに包んで、こう、丸くまーるくしてね？」

両手で丸い形を作る私を見て、レイはくすくすと笑った。楽しそうだ。

「その子は、そういう話が聞きたかったんだ？」

「そうなの。アネットはね、そういうお話がとても好きなんですって」

カバンから、カバーがかけられた数冊の本を取り出す。アネットが貸してくれたのだ。

南部で大きな農園を経営しているアネットの家は、爵位こそないものの、とても裕福らしい。

お小遣いに困ってはいないのよ、王都の大きな本屋さんに通いたいからこの学園に入学したの。そう言って見せてくれたベッドの下にはずらりと本が並んでいた。

「レイ、知ってる？　恋愛小説。私こういう本を読んだことあんまりなかったんだけれど、すごく引き込まれちゃって」

どのお話も、主人公の女の子が王子様みたいな男の人を好きになって、いろいろ大変なことがあるんだけれど、やがて二人は乗り越えて結ばれるのだ。

そしてその主人公たちの気持ちが、日々自分がレイに対して感じている、言語化できないでいた様々な想いの全てと見事に重なっていて、私は驚愕したのだった。

　レイは面白そうに私を見た。

「それで、その子は僕を紹介してとかは言わなかったの？」

　昨日、新しい友達ができたかもしれないと話した私にレイは言ったのだ。

　――クロエ。もしもその君の新しい「友達」が、明日「レイ・アルノルト様を紹介して」とか言うような子だったら、残念だけどそれは本当の友達じゃないかもね。

「うん。やっぱりあれはレイの自意識過剰な被害妄想だったみたいね。アネットは逆に、レイみたいな人と話すのは緊張しちゃうから、レイがいる時は私に話しかけられないけれどごめんね、ですって」

　ふーん、とレイは言う。

「でもクロエ、一応覚えておいて。僕に近付くために君を利用するような奴は、信用しない方がいい」

　頷いた私を見て、レイはふっと微笑んだ。

「ま、君が騙されても僕が助けるから安心してていいけどね。あと、その子はとてもいい友達だね、君に恋愛小説を貸してくれるなんて。君はもう少し、恋愛の情緒とかを学んだ方がいいからさ」

　身体を寄せてきたレイが、耳たぶにふっと息を吹きかける。

「本の中に書いてあることで自分もしてほしいことがあったらすぐ教えて。僕が全部、君にしてあげる。百倍甘くしてね」

　も、もう……！　よくもまあそんなことがポンポンポンポン言えるよね!!

　熱くなる耳を手で押さえた。

「だ、だめだよ？　ここは神聖なる図書館なんだから、こんなところで変なことしないで！」

ちぇ、とレイは唇を尖らせる。

「でも週末は屋敷で過ごす約束だからね？　僕、すっごく我慢してるからさ。息する暇もないくらい抱いてあげるよ」

あぁあああもう……!!

ニヤリと見つめてくるレイを睨み返す。きっと私、顔が真っ赤だ。

何度も何度も、数えきれないほどここで一緒に勉強したけれど、一年前までと距離感が全然違う。レイの出してくる空気が違う。私の中の、レイへの感情が違う。私はずっと、ドキドキしっぱなしだ。

「週末も勉強するんだからね？　来月の試験で単位を取って卒業するために、私たち復学したんだから、忘れないで!?」

「はいはい、分かってるよ。僕を誰だと思ってるのさ」

身体を離す瞬間に、レイは身を乗り出して私の唇に軽くキスをした。


私たちの二度目の学園生活は、そうやって始まって、喧騒の中で慌ただしく過ぎていく。

レイと私はほとんどの授業を一緒に受けるようになった。

大講堂でも実験室でも、いつも当たり前のように私の隣に座るレイ。

ランチも一緒、そして放課後は図書館で勉強をする。

当初屋敷から通う予定だったレイは、「クロエがいないなら意味がない」と宣言して自分も寮に入ったので、門限ギリギリまで一緒にいることができた。

もちろん周りの視線はすごく感じられて焦ったけれど、片時も離れずレイがそばにいてくれるから、直接何かを言われるようなことはなかった。

少し心配だったのが夜だったけれど、レイが「先手を打つ」と女子寮の寮長に事情を話しておいてくれたので、女子寮内での揉め事のようなものも表立っては起きなかった。

卒業を控えて、学園の中には既に婚約関係になっている方々が他にも何組かいたことも、私を少し安心させた。

そして周りの目がさほど気にならなくなってくると、一年ぶりに受ける授業はどれも新鮮で興味深くて、そして疑問や発見を共有できるレイがいつもすぐそばにいるということが、授業を何倍にも面白く感じさせることに驚いた。

アネットの話では、私とレイの関係を快く思わない上位貴族から私に対する誹謗中傷が出そうになると、レイが先回りをしてその不満を一つひとつ見事に抑え込んでくれているのだそうだ。

そして、一部の女子生徒たちの中には密かに私たちを応援してくれている方もいるのだそうで、自分はその中心的存在であるのだとアネットは胸を張ってくれた。

学校って、こんなに楽しかったんだ。

復学して二週間が経つ頃、私はしみじみとそう思うようになっていた。

週末は、学園にほど近いアルノルト家のお城みたいに豪華なお屋敷で一緒に過ごす。

あまり大げさにしないでほしいとレイにお願いしたので、最小限の使用人しかいない広い屋敷はとても静かだ。

寝室の窓越しに見上げる空から、静かに雨が降り出していた。

メールの町だったら、この雨は雪になるだろう。

今頃みんな、何をしているかな。

ヨハンはちゃんと回復訓練を頑張ってるかしら。宿の仕事はマドロラがいてくれたら安心だけれど、フェリクスは別館の工事を予定通り進めてくれているかしら。戻って仕上がりを見るのが楽しみだな。

「何考えてるの」

ベッドの上、素肌のままブランケットにくるまった私を、上半身裸のレイが背中からそっと包み込むように抱き寄せた。

その左手には、小さな薄桃色の包みが載っている。

私を胸の中に抱いたまま、レイはその包みから大事そうにクッキーをつまみ出して、はくりと口に運んだ。

今日はフリアンディーズ・デー。大切な人にお菓子を贈る、二月の伝統行事だ。

屋敷の厨房を借りて私が作ったクッキーを、レイはさっきから大事そうに抱え込んで食べてくれている。

「不思議だなって」

「何が？」

「ほんの半年前までは、学園に戻れるなんて考えられなかったのに。今私のいる場所、全てが夢みたいだわ。レイ、ありがとう。私にとっては奇跡の学園生活だよ」

レイの唇が私の首筋に落ちる。

「奇跡なんかじゃない。僕にとっては、君がいてこその学園生活だよ」

振り向いた私の唇を、優しく塞いでくれる。

ジンジャークッキーの甘い味がするキスだった。

好きな勉強に集中できて、レイと一緒にいられて、友達もできて。

穏やかな幸せに満ち足りたまま、やがて私の学園生活、本当に最後の月が始まった。


「クロエ・マリネルさん、少しよろしいかしら？」

その日はレイが民俗学の試験を受けてくるというので、私はちょうど行き会ったアネットと連れ立って、女子寮に戻る道を歩いていた。

声をかけてきたのは、金色の髪がとても綺麗な、美しい人。

更に後ろには数人の、同様に艶やかな令嬢を連れている。

「ロザリー様……」

アネットがつぶやいた。

ロザリー・アントワーヌ侯爵令嬢。

今年の三年生で一番華やかなグループの、その中心に常にいる方だ。

「よろしければ、私たちのお茶会にいらっしゃらない？　生徒会室で毎週開催していますの」

「あ……ありがとうございます」

「レイ・アルノルト様も、ぜひご一緒に」

私はゆっくりと頷いて、うーんと、と言葉を探しながらアネットを見る。

「申し訳ありません、彼はちょうど試験を受けているところで。私の友達と一緒でもいいでしょうか？」

「あら。申し訳ないけれど、彼女はまだご招待できないわ。私たちのお茶会に招待する方は、私たちが相応(ふさわ)しい方を選ばせていただいていますもの」

アネットが微(かす)かに肩をこわばらせるのを感じた。

「……あの、今から彼女と部屋でお茶をする予定でしたので、私もやっぱり遠慮させていただきます」

ロザリー様が両眉(まゆ)を持ち上げる。両脇(わき)の令嬢たちが、信じられないといった表情になったけれど、礼儀を欠かないように挨拶をして、アネットを促して立ち去ろうとした。

「ヴィオレット・バーレ様をご存じでしょう？」

その名前に足が止まる。

一気に、あの日の夜会の景色(けしき)が蘇(よみがえ)った。

美しい照明、レイとのダンス。

一転して吹きすさぶ嵐(あらし)、雪。

冷たい木の床、縛られた手足。のしかかってくるコンラートと、男たちの笑い声……。

「クロエ？　大丈夫？」

アネットが心配そうに腕を撫(な)でてくれてハッとする。

「は、はい。……存じ上げています」

ロザリー様が、綺麗に整った眉の片側を上げた。

「私(わたくし)、ヴィオレットお姉さまの従姉妹(いとこ)なの。お姉さまにはとても可愛がっていただいていましたわ」

一度言葉を切って、その先をゆっくりと口にした。

「レイ様……レイ・アルノルト様の本当の婚約者は、ヴィオレットお姉さまのはずだったのに。どうしてあなたは当たり前のような顔をして、その場所に立っていられるの？」

ロザリー様がじっと私を見つめている。金色の艶やかな髪は柔らかくうねって、夕方の光を映してとても綺麗。

そう、ヴィオレット様もこんな色の髪をしていた。

結局メールでお会いすることはなかったけれど、最初の学園生活でレイと一緒にいるところを何度も見たことがある。令嬢の中でも、目立って綺麗な方だった。

——レイ・アルノルトは公爵の孫娘のお気に入りだからな。ヴィオレット・バーレ。レイ・アルノルトの婚約者最有力候補と言われている、当代きっての美女だ。

あの時の、コンラートの言葉が頭の中をぐるぐるとする。

私たちの様子に気付いた他の生徒が、足を止めたり振り返ったりしながら遠巻きに様子を窺い始めた。

「私、お姉さまに聞いたことがあるの。レイ様を騙している女性がいるって。本来ならレイ様と釣り合うはずがない方なのにどういう手を使ったのかしらって、レイ様のことを心配されていたわ」

ロザリー様は私を見る。その目に憎しみと蔑みの色を浮かべながら、言葉を続けた。

「それはあなたでしょう、クロエさん。ヴィオレットお姉さまは去年の終わり、おじいさまと北の街に行かれたわ。戻ってきたらおじいさまは爵位をおじさまに譲られて、お姉さまは修道院に入ることになった。あなたがレイ様をそそのかして、仕向けたんじゃなくて？」

「ク、クロエがそんなことするはずがありませんっ……」

アネットが、私の腕をキュッと握ったまま一歩前に踏み出すようにして発した声にハッとした。

講義が終わったのか、さっきよりたくさんの生徒たちが足を止めて見ている。

「私は……」

レイと恋人同士になってから、ずっとずっと幸せで、だけど時々鎌首を持ち上げて私を捕まえようとする気持ちがある。

レイからたくさんの贈り物をもらった時。

みんなの前で、恋人だと宣言してくれた時。

アルノルト家の屋敷から学園に通おうと言われた時。

まことしやかな言い訳を並べてそれらを避けようとする時、私はいつだってその気持ちにとらわれていた。

私なんか、レイに釣り合わない。きっとみんなに、納得してもらえない。

私がレイの隣にいたら、レイに迷惑をかけてしまうことがあるかもしれない。

「何かおっしゃって、クロエさん？　あなたがお姉さまからレイ様を奪ったんでしょう？」

――私は、何を怖がっていたんだろう。

「私は」

レイがきっと、助けに来てくれる。

今もきっと、すぐそこまで来てくれている気がする。

でも、待っていて、レイ。

ごめんなさい、いつも助けてもらって、守ってもらってばかりだった。

大丈夫だから。私はもう、大丈夫。

「ヴィオレット様とは何もなかったって、レイ様から聞いています。私は、レイ様の言葉を信じます」

腕に手を添えてくれているアネットの手に反対側の手を添えて、一歩前に進み出る。

「それに私は、レイ様との関係に、恥ずかしかったり後ろめたいものなんて、何もありません」

反論されるとは思っていなかったのか、ロザリー様が目を丸くするのに構わないで、私は続けた。

「でも、私の身分がレイ様と釣り合わないというのは、ロザリー様のおっしゃる通りです。それはもう、どうしようもないことですから、この先の自分の行いで、少しずつでも皆さんに認めていただけるようにならなくてはいけないと思っています」

レイのことを好きになってからずっと、ヴィオレット様やロザリー様みたいになりたかった。

レイと結ばれることになんの萎縮もしなくていい、そんな立場に生まれていたらよかったのに、なんて思ったりもした。

でも、違う。

恐れていたものが、今目の前にいるロザリー様のような方の視線なのだとしたら、私はきっと、もう怖くない。

みんなにそれぞれの価値観があって、違った角度から見る真実があるんだろう。

それなら私は、私から見える真実を大切にすればいい。

お父様とお母様に教えてもらったことを、ファミールのみんなが支えてくれることを、アネットが庇ってくれたことを、そして、レイが私を、選んでくれたことを。

それを大切にしていけば、何も怖いことなんてないのだ。

「よろしければ、ロザリー様にも私のことを知っていただきたいです。至らないことがありましたら、教えていただけますか。私、ご指摘いただいたことはメモして覚えて、練習が必要なら何度も反復して、覚えられないことは紙に書いて壁に貼ります!!　一生懸命直したり習得したりいたしますから!!」

「あ、あなた、なにをおっしゃって……」

「僕は、クロエのこういうところが大好きなんだよ」

後ろから、私の頭に優しく手が乗せられた。

片手に教科書を持ったレイが、ぽんぽんと私の頭を撫でる。

「ねえ君、よかったら人から聞いた知識じゃなくて、自分の目でクロエのことを見て、判断してもらえないかな。僕の大切な婚約者のことを」

ロザリー様は、赤い顔で下唇をきゅっと噛んだ。なんだか少し泣きそうな顔をしている、と思った。

「――君の従姉妹のことも、どうして修道院に入ることになったのか、その理由を信頼できる人に自分で聞いたほうがいい。バーレ公爵ならきっと真実を教えてくれるよ」

「っ……し、失礼いたします。皆さん、行きましょう」

ロザリー様が踵を返す。周りの令嬢たちが戸惑うように顔を見合わせて、後に続いた。

「すぐ間に入ろうかと思ったけど、君の気迫を感じたから様子を見ていた。かっこよかったよ」

レイが私を見てニヤリとする。

「ああクロエ、まるで学園物のお話の一幕みたいでドキドキしちゃったわ!」

アネットが真っ赤な顔でパチパチと手を叩く。

近くで見ていた他の生徒たちが、アネットに合わせて遠慮がちにパチパチと小さく手を叩き始めて、それがやがて、さざ波のように広がっていく。

見回すと、さっきより更にたくさんの生徒が周りを取り巻いているのが分かって、頬が熱くなるのを感じた。でもみんなが笑顔で嬉しくなって、レイを見上げてえへへと笑う。

「……今、すごくキスがしたいんだけど」

そしたらレイがすごく真剣な顔で言うものだから。

「だ……だめだよ！」

そんな私たちの会話を隣で聞いていたアネットが、無表情にブフフッ……！　と変な声を上げて、私はやっぱり、笑ってしまった。


それからの学園生活は、更ににぎやかに楽しくめまぐるしく。

加速するように時間が過ぎていく。

私たちは毎日たくさん試験を受けた。毎回勝負を持ちかける私にレイはうんざりした顔をしていたけれど、それすらも、私たちの学園生活の総まとめとして相応しく楽しく感じられた。

学期末にはいくつかイベントがあり、レイはその中でも一番伝統がある、学年対抗で行われる剣術トーナメントに出ることになった。

最初はあまり気乗りしていない様子だったレイが、

「優勝したら皆の前でクロエがキスしてくれるなら頑張る」

なんて言い出したものだから、私は同学年の皆に懇願されてしまって、史上最短記録で優勝したレイの頬にキスをすることになった。恥ずかしくて死にそうだったけれど、レイは満足そうにしていた。

レイ様、ずっとこういうことばっかり考えていたんですよ、とエグバートがこっそり教えてくれた。

そして暖かい風が吹き、いつの間にか冬が過ぎていきつつあることに気付く頃、私たちの卒業の日がやってきた。

「レイ、クロエ」

卒業式の日、来賓でにぎわう講堂前に、周囲の視線をひときわ引きつけながらオスカー様が現れた。

「ただでさえ目立つんだから、大きな声出さないでくれる」

制服の上にマントを羽織り、学園の正装をぴしりと決めたレイが、うんざりしたように言う。

「いいだろう、一年越しにようやく弟が卒業してくれるんだから感慨深いさ。クロエ久しぶり、卒業おめでとう。経営学はレイに勝ったんだって？」

「はい、あと古代アルソット語と地質学もです」

ぐっと固い握手を交わす私たちを、レイが冷たい目で見る。

「母上から手紙が届いた。来月には帰国するそうだ。レイの選んだ人に早く会いたいってさ」

オスカー様がレイに告げる言葉を聞いて、身が引き締まる思いがする。

レイはニヤリとして、「やっとか」とつぶやいた。

式典がじきに始まることを告げる鐘が鳴り響く。

少し離れたところで、大柄で陽気そうなお父様と抱き合うアネットの姿が見えた。

どの生徒も、両親が来てくれてすごく嬉しそうだ。

青い空を見上げる。

お父様とお母様と一緒に入学式に参加したのが、ついこの間みたいだ。

あまりに立派な校舎。来賓のほとんどが上位貴族で、王都での社交界デビュー済みの生徒たちは既に知り合い同士ばかりという環境に私たちは圧倒されて、二人が心配そうに私を見るのが切なくて、私はひたすら平気そうな顔をしてみせていた。
お父様、お母様。
あれから……四年、かかってしまったけれど。
今日、私はこの学園を卒業するよ。
この学園に入ってよかった。入れてもらえてよかった。
たくさんのことを勉強できたよ。すごくすごく楽しかった。
そして何より、かけがえのない大切な出会いがあったの。
ありがとう。本当に本当に、ありがとう。
伝えたかったな。卒業する姿を見せたかったな……。
「クロエ」
とん、とレイが私の肩に自分の肩をぶつけた。
「あ、ごめん、ぼーっとして……」
「ほら」
レイが指し示す方向を振り返って、一瞬息が止まった。
人ごみの中、エグバートに導かれて、歩いてくる小さな影。
歩いて、くる。
ゆっくりだけど、自分の足で、私の方へ。
喉（のど）の奥から熱いかたまりが込み上げる。
もつれる足で駆け寄って、両膝を突いて抱きしめた。
いつのまにこんなに背が伸びたの。体つきも、しっかりしてきている。

「姉さん、卒業おめでとう」

告げてくれたヨハンの笑顔が、涙のヴェールに滲んで見えた。

式典が終わり、学園中が喧騒に包まれる。

ヨハンとマドロラを先に屋敷に連れていってくれるようエグバートにお願いをして、盛大に泣きじゃくるアネットと再会の細かい段取り確認をしていたら、気付くとレイの姿が見えなくなっていた。

今夜は講堂で卒業パーティーがある。

一度屋敷に戻って準備を整えてから二人でそれに参加することに、レイはとてもこだわっていたはずなのに、どこに行ってしまったのだろう。

人ごみを抜け、学園の中を探して回る。

季節の花が咲くカフェテラス、木陰が涼しい大きな木、蔦が絡みついた本校舎。

まるでお城みたいな重厚なその建物に、最初は圧倒された。

だけど今は全てが暖かく居心地よく、胸を切なく締め付ける。

実験室、語学の特別室、教官室。

あの日、レイを遠くに感じた天井の高い回廊。

思い出をたぐり寄せていくように、学園の敷地を歩いていく。

特に思いを巡らせたつもりはなかったけれど、足が自然に一か所へと向いていくのが分かった。

レイがいる場所、私は知っているのだから。

なぜだろう、近付くにつれて胸がドキドキし始める。

心が急いて、自然と早足になって、そしていつの間にか駆け出していた。

学園で、一番古くて大きな建物。

薄暗い入り口から、幾重にも重なる本棚の間を抜けていく。

一番奥の本棚の後ろ、更に大きな柱の陰、でも日当たりがいいその席は、私たちのお気に入りの場所。

その席で、目を閉じて微睡(まどろ)む姿が見えた。


三年前、この場所で初めて私たちは言葉を交わした。

あの時と変わらない……ううん、あの時よりもずっと背が伸びて、大人(おとな)びて。

彼の優しさも、ぶれない勇気を持つ強い心も、そして私を包んでくれる温かい想いも。私は全部、全部知っているの。

弾む息を整える。ドキドキする胸を押さえて、足音を抑えて近付いていくと、隣に立つ。

見つめるとなんだか胸が苦しくなって、わけもなく泣きそうになった。

シルバーアッシュの髪に、そっと触れる。

「レイ、卒業おめでとう」

青い目が開く。ふっと優しく微笑んだ。

「卒業おめでとう、クロエ」

両手を広げたその胸に、私は迷いなく飛び込んだ。

番外編　side. エグバート「期待をしないふたり」

俺のご主人様は面倒臭い。

「エグバート、今すぐファミールの別館に行ってくれない。なんだか嫌な予感がするんだよね、またあいつがクロエにどうでもいい指示を仰いでる気がするんだ」

リンドレーナ王国最北端の地、メール。旧シュレマー伯爵邸の貴賓室は、仮の執務室となっている。

この一か月領主不在だったため、処理すべき案件が滞り、火急の書類が机上に山積み状態だ。

――ちょっと大人しく仕事していると思ったらもうこれだ。

目も上げず、ものすごいスピードで書類を処理しながらレイ様は続ける。

「ほら、早くひとっ走り行って。クロエの半径八メートルにあいつを入れちゃだめだよ」

「レイ様、八メートル離れていたらろくに会話もできないですよ」

「しなきゃいいじゃないか」

「そもそも、フェリクス様がお嬢様に確認する細かいチェック全てに立ち会うとか無理ですからね。昨日だって釘一本の種類を決めるために立ち会おうとして……」

「だから君はあっち専従でいいって言ってるだろ。こっちにいる必要は別にないから。ほら、すぐ行って」

あ――も――。

「はいはい分かりました。じゃ、行ってきますから。付いてきちゃだめですよ？」

ま、書類仕事で俺が役に立てることはあんまりないからね。

この機会に泉に浸かりまくって、この横暴なご主人様に仕えてきた五年間の疲れをごっそり落としておくのもいいかもしれない。

上流貴族が表沙汰にできない仕事を、高額な報酬と引き換えに請け負う集団ってのがあって、そこは長いこと俺のホームだった。

その年の冬、ちょっとした現場でレイ様の兄のオスカー・アルノルト様と出会うことがあって……というか、オスカー様は、そもそもは俺が依頼された任務のターゲット側だったんだけれど……紆余曲折あって彼になぜか気に入られた俺は、その弟のレイ・アルノルト様の護衛として雇われた。

オスカー様の隣に立った、銀色の髪に青い宝石みたいな目をした子。こんな綺麗な子を見たのは初めてで、俺は最初、珍しくちょっと動揺してしまったんだけど、その子が妹じゃなくて弟だってことを知ってさらに驚いた。

面白そうに笑うオスカー・アルノルト様の隣で無表情にこっちを見ていたレイ・アルノルト様が、ゆっくりと、鎧をまとっていくように微笑んだ。

「どうも、レイ・アルノルトです。兄さんが認めるなんて頼もしいな。よろしく」

それが、俺とレイ様の出会い。

俺が十三歳、レイ様が十四歳になったばかりの春だった。

それから、リンドレーナ王国北の首都と言われる街で、広大にして荘厳なアルノルト侯爵城が俺の職場となった。

レイ様は優秀だった。学問・馬術・武術・剣術。全ての習得が早く、隙がなかった。

それでいてあのビジュアルなものだから、学校の行き帰りやお茶会なんかではいつも令嬢たちにきゃあきゃあ言われるのは当然で。それらをにこやかに笑って完璧に受け流しながら、でも目の奥はちっとも熱を持っていない。

俺は、レイ様の行く先々に常に随行した。時には密かに、時には盾のように傍らに控えて。

オスカー様とレイ様が腹違いの兄弟で、家督争いの渦中にいるということは有名な話だったけれど、俺を雇ったオスカー様が自分じゃなくてレイ様の護衛に付けるあたりから、周りの思惑に関係なく当の本人たちの関係が良好なことは分かった。

俺の仕事は、レイ様の命を守ること。

オスカー様とレイ様、どっちが侯爵家の家督を継ごうが、それは俺の仕事には関係ないことだった。

「君、いつ辞めるの」

侯爵邸の庭で本を読んでいたレイ様が言ったのは二杯目の紅茶に口をつけた時で、俺がレイ様の護衛になってから半年が過ぎた頃だった。

レイ様の護衛は、それまで三か月単位で入れ替わっていたらしい。

レイ様の方が自分より強いと自信をなくす者。

レイ様に信用されていないと嘆く者。

レイ様が何を考えているか分からないと怖がる者。

理由は色々だった。あ、レイ様に本気で惚れてしまった奴もいたらしい。男だけどさ。

「俺が辞めるのは、レイ様にクビにされた時ですよ」

その時俺は、レイ様の背後に枝を広げて心地よい木陰を作る、大きなオークの木の枝の上に寝そべっていた。ご主人様より上にいるなんて不敬だけど、視界に入るなと言われるんだから許してほしい。

レイ様は音もなく立ち上がって、木に寄りかかった。

「僕に付いていても、いいことないよ」

「いいことって何ですか？」

「次期侯爵の側近としておこぼれにあずかるとかさ」

侯爵のおこぼれか。よく分からないけど美味しそうだな。なんだか甘い味がしそうだ。

「いいですよ、別に欲しくないんで」

「僕は、侯爵になりたいとか思っていないし。僕に期待しないでほしいんだけど」

がさりと枝から飛び降りて目の前に膝を突いた俺を、動きを予測していたかのようにレイ様は微動だにせず見下ろしてくる。

「レイ様、俺、別に期待しないですよ」

風がざわっとオークの葉を揺らした。

「ていうかですね、俺は何に対しても期待しないんです。認められるとか感謝されるとか、考えてたらやってられない仕事ばかりしてきましたし、なんなら報酬だってちゃんともらえる保証はなかった。だから」

顔を上げてレイ様を見る。ぞくりとするほど整った顔の、青く綺麗な瞳は何の感情も映さない。

「だから、安心してください。期待とかしたことないんで、がっかりもしません」

「君にがっかりされることはどうでもいい」

レイ様はふいっと横を向いて、今の会話なんてなかったかのように屋敷の方へと歩き出す。

その後に付いて歩きながら、だけどさレイ様、と俺は心の中でつぶやいた。

何に対しても期待をしていないのは、俺だけじゃない。

レイ様もですよね。


それからまた、いろんなことがあった。

大きなことと言えば、あのオークの木の直後。レイ様がちょっと大規模な襲撃を受けて、庇った俺が肩に軽い怪我を負ったこと。それは完全に俺の油断で、レイ様が気にすることはまーったくないんだけどさ。

だけどレイ様は「武術と剣術を教えてほしい」と俺に言ったんだ。

「でも、レイ様は最高級の教師から、『もう教えることはない』ってお墨付きをもらったんでしょう？」

俺が返すと、レイ様は軽蔑したように鼻で笑って、

「あんなの何の意味もないって、君も分かってるだろ。僕が教えてほしいのは、いざって時に使える……人を殺せる技術だ」

「レイ様、大丈夫ですよ？　汚い仕事はこれからも俺がしますんで。俺が今回怪我したことなんて気にしし」

「一切気にしていない。それが君の仕事だろう。でも僕は、人に借りを作りたくないんだ。たとえ君相手でもね」

そうですか？　それならまあ、遠慮しませんけどね？

レイ様は、毎晩遅くまで城の裏庭で俺の指導を受けることになった。

それは、たとえば明日から裏稼業に落ちても通用するような方法のものばかり。だって俺、それしか知らないからさ。

そして十六歳になる年の春、レイ様は王都にある名門の王立学園に進学した。

その頃アルノルト家の家督争いは最後のピークを迎えつつあって、進学を一年遅らせた方がいいのではないかと奥方様なんかは主張していたけれど、結果としてあの年に進学して本当に良かったと、今となっては心の底から思う。

だって遅らせていたら、出会えていなかったかもしれないわけでしょう？

レイ様にとって、たった一人の……運命の女の子とね。

レイ様の王立学園進学に伴って、俺ももちろん王都へと随行した。

相変わらずレイ様の命を狙う輩は後を絶たなかったので、俺は侯爵家の力をもって出入りの業者や下働き、時には生徒に扮して学園に入り込み、休日には王都にあるアルノルト家の屋敷でレイ様と剣術の訓練に励んだ。

学園でのレイ様は、相変わらずって感じ。

キラキラした笑顔を振りまいて首席の座につき、女子生徒の羨望の的で、でも「僕なんてまだまだ未熟ですよ」と振る舞うことで敵も作らない、完璧な仕上がり。

見事だな、と思った。この感じで侯爵家の当主になったら、アルノルト家は全盛期を迎えるんじゃないの？

でもその栄華は、レイ様が当主じゃなくなった瞬間に崩壊する種類のものなのかもしれない。

レイ様はそうやって一年を過ごして。

そして二年生になった頃、アルノルト侯爵家の家督を継ぐのがオスカー様であるということが、遂に正式に決まったのだ。

レイ様がこのことをどう受け止めるのか、最初、俺は少しだけ心配だった。

侯爵になんかなりたくないって言っていたのは恐らく本心だろうけど、それなら余計に、今までの騒ぎは一体何だったんだって思うんじゃないかなって。

なんて言うか、俺だったら、遠い国とかに旅に出たくなる気がした。そんなこと言ったらレイ様はものすごく怒るだろうから、もちろん言わなかったけど。

だけどレイ様は旅には出なかった。

正確に言うと、身体は旅には出なかったけれど、心はなんだかふんわりと遠い世界に飛んでいったような感じはしたんだけれど。

その理由を、清掃員に扮して入り込んだ学園の図書館で、俺は目の当たりにすることになる。

大きな図書館の一番奥。ちょっとかび臭いたくさんの古い書棚を越えて、生徒があまり寄り付かないような奥の奥。大きな柱の陰に、なぜかそこだけ日当たりのいい、居心地のよさそうな席があって。

そこでレイ様は、一人の女子生徒と勉強をしていた。

最初見た時、二人は何かを言い争っていて。え、レイ様が同級生とあんな風に言い争うとか正気⁉と動揺した俺は、距離を取りつつ二人の様子を息をつめて見守っていたんだ。

人差し指を立ててレイ様に何かを主張していた女子生徒は、やがてぷんっとそっぽを向いて、ぷりぷりしながら手元の大きな本のページを、猛烈な勢いでめくり始めた。

レイ様は机に頬杖を突いて、その様子を見ていた。

楽しくて仕方がない、というように口元を少しほころばせて。

その青い瞳が、そっと細められる。

俺が一度も見たことがない種類のその表情が、「愛おしい」という感情を表現しているのではないか、と気付いたのは、その夜、寝床に入ってから。

俺はちょっと感動して「すげえ」とつぶやいたのだ。

もしかして、もしかしなくても。

レイ様は、恋をしている。


「芋を城から持ってきて」

それからしばらくしてレイ様が俺にそんなことを言ったのは、休日恒例の私邸での剣の訓練が終わった時だった。

「え？　イモヲシロカラ？」

思わず聞き返した俺に、レイ様は微かに眉を寄せて繰り返す。

「芋。アルノルト城の周辺はここより寒いから、ここにない種類のが採れるでしょ。城の貯蔵庫にあるもの、全種類二つずつ持ってきて」

その頃レイ様はめっきり城から足が遠のいて、長期の休みにも足を向けることはなくなっていた。

「いいですけど、なんでですか？　寮でお腹がすくなら何か買ってきますよ？」

「僕が空腹のあまり寮の部屋で芋をかじるとでも思ってるの？　同級生の子が芋の研究に凝ってるから、研究材料を提供してあげたいんだ」

「芋の研究」

　つぶやいて、その少し前に図書館で、レイ様とあの女子生徒が何かの球根みたいなものが載った皿を、窓際のカーテンの陰にそっと置いていたのを思い出した。あれは芋だったのか。

　レイ様が具体的な何かを俺に頼むことは本当に稀で、それも、何か物を手に入れろなんて言うことは初めてで。

　でもそれが、芋か……。

「なんだよ。研究には材料が必要だろ」

「なるほどー。一流の学校はやっぱり妥協がありませんね」

　もちろん、あの女子生徒のことは調べ済みだ。

　クロエ・マリネル。

　アルノルト城より更に北部、リンドレーナ王国最北端の町、メール周辺に小さな領地を持ち、そこで宿屋を経営する男爵家の長女だ。

　俺から見たら男爵も立派な貴族だけどさ、やっぱり「冬の王」と謳われるアルノルト家とはちょっと、いや、かなり格が違うんだろうな、ということは分かる。

　あと、何より彼女は俺が見たところ……俺の方がレイ様よりは女性経験があるわけだから分かっちゃうんだけどさ……現時点で彼女はレイ様のことを、ちょっと鼻持ちならない同級生のライバル、くらいにしか思っていないんだよなー、これが。

「おいエグバート、なんだよその顔」

「あ、すみません、了解です、芋ですね、芋。たっくさん持ってきますよ。持てるだけ」

　いつの間にか、俺は笑顔になっていた。

宝石でもドレスでも、なんなら城一つだって。その気になればなんだって用意できる力を持っていながら、初めて好きになった女の子に勇気を出して贈る初めてのプレゼントが……芋ですか。

レイ様、これはなかなかに前途多難な恋ですよ。

だけど。

俺の記憶は、教会の前に置き去りにされた三歳の頃に始まる。

親の顔なんて覚えていない。だけど、「すぐ戻ってくるよ」と言われたから、雪が降りだして、どんなに身体がかじかんで感覚がなくなっても、ずっとそこに立っていた。もちろん迎えは二度と来なかったんだけど。

それから、孤児院での生活が始まった。

仲間たちが貴族や裕福な商人に養子としてもらわれていくのを何度か見送っていたから、ある日恰幅のいい男がやってきて、鋭い目で子供たちを一瞥した後に俺を指さした時にさ。てっきり俺にも、今度こそ父さんと母さんってものができるんだと思って、期待に胸を躍らせたんだよね。

でも違った。

男は裏稼業の集団を率いる頭領で、俺はそれから様々なことを身体に叩き込まれて、十に満たないうちから報酬をもらって仕事をするようになった。

結果それで身を立ててこられたのだから、今は特に運命を恨んだりはしていない。

だけど、やっぱりそういった幾つかの出来事から、少しずつ少しずつ、俺は何にも期待することがなくなっていったように思うんだ。

ねえ、レイ様。

だけど、だけどさ。

レイ様はきっと今、彼女に期待をしているんだよね？

自分のことを見てくれないかなって。自分のことを好きになってほしいって、心の底からそういう未来を期待しているんだよね？

そして、彼女からも期待をしてほしいって思ってるんでしょう？

彼女が期待してくれるなら、きっと何でもできるって思っているんでしょう？

レイ様、すごくないですか？

「レイ様、俺、応援しますよ」

「は？　何をだよ。芋の研究を？」

「そうですね、それをひっくるめた全部です」

俺の言葉にレイ様が、呆れたように剣を腰に差すのを見た時。

レイ様は、人を殺せるようになりたいと剣を練習し始めたけれど、その剣はいつか、彼女を守るために使われるのかもしれないとふと思って。

俺はなんだか……十年ぶりに。

そんな未来を、期待してみたくなったんだ。


「エグバート、君、まさかまだこんなところにいたの？　もう僕が行った方が早そうだね」

屋敷の入り口に立つオークの木を見上げていた俺の背中に、レイ様の尖った声が飛んできた。

あれから三年。いろいろなことがあって、レイ様はクロエお嬢様と、恋人同士をふっとばして婚約者同士になった。

「君がここでボーっとしている間に、絶対にあいつがクロエと二往復は会話をしたね。それでクロエを見て六回くらい『可愛い』って思ったと思うよ。本当に嫌なんだけど」

レイ様は、すごく表情が豊かになり、俺に対して思っていることを口に出すようになった。

特にお嬢様に関わることは、ちょっとうんざりするくらいに細かいことまで命じてくるんだけどさ。

「了解です、すぐに行きますから。だから仕事を進めておいてくださいね」

「分かってるよ、僕を誰だと思ってるのさ」

レイ様ですよ。レイ・アルノルト伯爵。

そして、愛する人の期待に応えて、この町をこの国で一番栄えた場所にしたいと思っている、メール地方の新領主ですよね。

レイ様を美少女だと思ったあの日から、もうすぐ六年。幸いにして俺はまだ、クビにはなっていないようです。

これからも、レイ様とクロエお嬢様を、陰で日向で見守らせてもらいたいと思います。

クビにならないことを期待しつつ、ね？

過去編　side. レイ「君との甘い思い出」

僕はその頃、年が明けたくらいから、ひどく落ち着かない気持ちだったのだ。

二月の半ばにその日はある。聖フリアンディーズ・デー。

由来には様々な説があるが、現在は「女の人が好きな男の人にお菓子を贈る日」としての認識のされ方が最も一般的だと思う。

僕にとっては、一年分のお菓子が余裕で手に入ってしまう日。いくらエグバートに食べさせてもちっとも減らない菓子類の消費方法にはいつも頭を悩ませていて、最近は領地に送って学校や孤児院の子供たちに寄付をしている。

それはいいんだけれど、今年は全然意味が違う。

去年はまだ二人で話すようになって間がなかった。だから一瞬心をよぎったものはあったけれど、まだ冷静でいられたんだ。それでも念のため一応、二十四時を越えるまで寮の部屋で目をつぶることはできなかったけれど。

だけど、今年は違う。

この一年間、僕たちは数えきれないくらい図書館で話をして、一緒に勉強をし、競い、笑ったり怒ったりを繰り返してきた。彼女にとって僕は、どんなに冷静に考えてもこの学園で一番近しい存在の男子生徒と言えるだろう。

そりゃさ、「好きな男の人」って言っちゃうと、ちょっとハードルが高いなとは思う。分かってる。恥ずかしいだろうし、まだそういう自覚に至るのは少しだけ早いって思っちゃうよね。分かる。

でも、最近は巷(ちまた)では、お世話になったお礼の意味を込めてこの日にお菓子を贈る人も増えていると聞くし。うん。

なにが言いたいかというと。

レイ・アルノルト、十七歳の冬の終わり。勉強が手に付かないくらい頭の中を占めているのは、クロエ・マリネルにお菓子をもらえるかどうかという、もうそのことが、全(すべ)てだった。

「クロエ、ちょっとこの本を読まない？」

兼ねてから用意していた本を僕がおもむろに取り出したのは、一月の下旬、いつもの図書館でのことだった。

歴史の教科書を熱心に読んでいたクロエは好奇心いっぱいの目をその本に向けて、すぐに「なにこれ？」と怪訝(けげん)そうな顔になる。

「この国の歳時記。年中行事とそれに関連する事象や由来なんかをまとめてあるんだ。最新版だよ」

「子供の頃に絵本で読んだけれど、どうしてそれを今？　何かのテストに出るとか？」

「年中行事は歴史に深く関係があるんだ。この国の歴史を勉強するなら、まずはここからだろ」

我ながら強引だと思ったけれど、クロエはちょっと首をかしげて、なるほどねと頷(うなず)いた。素直なのが、とても可愛(かわい)い。

「じゃ、そうだね……えっと、九月か。ここら辺から見てみようか」

僕はさりげなさを装いながら、練習通り九月のページを開く。

本当は二月のページだけを見たい。他(ほか)のページは心底どうでもいい。

だけど、それだとわざとらしさが拭えない気がする。だって二月には、聖フリアンディーズ・デーと、悪魔に小麦をぶつけて家から追い出す行事しか掲載されていないのだ。

それでは僕が何の話題にもっていきたいのか透けて見えそうだし、なんとなくクロエは悪魔に小麦をぶつける方に興味を持ってしまう予感がすごくする。だからと言って四月から始めると、長すぎて途中で放課後が終わるかクロエが飽きてしまう危険性もある。

数日前から何度も自室で時間を計りつつシミュレートを重ねた末、九月のページから始めていくのが最も自然かつ、かかる時間もギリギリちょうどいい感じだと分かったのだ。

それから小一時間、僕とクロエは歳時記のページをめくりながら話をした。

九月のページに掲載された、月を鑑賞する行事に関して、さっそくクロエが「次に月食が見られるのはいつか」と脱線し、それに関する議論で大いに時間をとられた。

十月の豊穣祭に関連してクロエの町で開催されるカボチャ祭りの話を聞くのはちょっと面白かったけれど、一月の新年を迎えるところで、国によって新年の初日に食べるものが違うのだとクロエが言い出し、ちょっと待っていてと新しい資料を探しに行ってしまった時は、僕はもう疲労で倒れそうになった。

そしてやっと、やっとのことで辿り着いた二月のページ。

「聖フリアンディーズ・デーって、お菓子の神様にちなんで名付けられたらしいね。世俗的な印象があるけれど、ちゃんとした由来のある、しっかりした、参加することに何の恥ずかしいこともない行事なんだ」

「そうなの。ねえレイ、もう一度前のページに戻ってくれる？　毎年違う方向に向かってパンを食べるんですって」

「クロエ、悪魔に小麦をぶつける行事についてはもう十分話し合ったじゃないか。今は二月、聖フリアンディーズ・デーの話だ。君はこの日に馴染(なじ)みはないかもしれないけれど」

「フリアンディーズ・デーでしょ？　馴染みぐらいあるわよ、すごく田舎(いなか)者だと思ってるでしょ、失礼ね」

心臓がきゅっと音を立てて縮みあがって、本を取り落としそうになった。

「え？　そうなの？　君、この日に馴染みがあるの？　まさか、行事に積極的に参加したことでも？」

「毎年大変なんだから。すっごくたくさんクッキーを焼くのよ」

どういうことだ。毎年ってことは、地元か？　地元に、毎年クッキーを贈る相手がいるのか？　それもたくさん？　え？

「うちの宿屋では、毎年二月に宿泊されたお客様にクッキーをお配りするのよ。フリアンディーズ・デーにちなんで。そのための準備が忙しいの」

やっぱりね、そういうことだと思ったよ。大丈夫予想していた。想定の範囲内の答えだ。

落ち着け僕、決して手が震えてなんかいない。

でも……たとえ客の立場でも、クロエにクッキーをもらった男がいたというのは許しがたい。

というか、そんな特典があるって何だよ。聞いてなかったぞ。

そんなの、男性客殺到しちゃうだろ。卒業したら二月は毎年、全日程を全部屋押さえてしまおう。

一か月間クロエのサービスを受けながらクロエの宿屋に滞在して毎朝クッキーを食べる自分を一瞬で想像して幸せな気持ちに浸っていた僕の心は、次にクロエが発した言葉に冷水をかけられる。

「だからもう、私はフリアンディーズ・デーはこりごりだな。去年からこの時期の手伝いをしなくて済むようになって、ちょっとホッとしているくらいよ」

「そうなの？　でもさ、そういうのって何年か作らなかったら腕が落ちちゃうんじゃない？　勿体ないよ」

努めて冷静な表情を心がけて言ったけれど、心がけすぎて僕はきっと無表情になっていただろう。

「別に専門家じゃないし大したものじゃないもの。毎年たくさん作ってきて、もう飽きちゃって食べたくないし。それに特にあげたい人もいないから。ねえ、それより悪魔の小麦って」

「クロエ、悪魔の小麦より今はフリアンディーズ・デーのことを考えた方がいい。最近は別に……その、意中の相手じゃなくても、お世話になっている人に贈ったりする人もいるみたいだよ？　いないの？　そういう相手」

「特にあげたい人もいないから」とクロエがサラッと口にした言葉は、十分予測をして覚悟を決めていたにも関わらず結構な殺傷力をもって僕の心を抉ったけれど、僕は踏んばって次のカードを出す。

もうこの際、クロエが僕のことを好きと自覚して贈ってくれるものじゃなくても今年に関してはそれで妥協する。もう何でもいい。フリアンディーズ・デーにクロエからお菓子をもらいたいんだ。

「お世話になっている相手……」

「そうだよ、たとえば色々なことを教えてくれるとか、お互いを高め合える同志だとか」

「バーデン先生のこと？」

四十年間この学校で経営学を教えているおじいちゃん先生だ。

「いや、バーデン先生には贈らなくていいと思うよ。もっとこうさ、いるだろ？　君の近くで、もっと年齢が近くて、君が色々感謝したり、いいなって思っているような……よく見るとかっこいいな、とか」

折れそうになる心を奮い立たせて粘る僕に、クロエは不審そうな目を向け始める。

「レイ……もし私が今学期も経営学で首席を取った場合、私がバーデン先生にお菓子をあげたことを引き合いに出して『賄賂だっただろ』とか因縁をつけるつもりで、そのための布石を今のうちから打っているんじゃないでしょうね」

どれだけ僕を小さい男だと思ってるんだ！

叫び出したいのをぐっと堪えたら、我ながら嫌な感じの表情になってしまった。

「君はさ、何でもかんでも成績とかに結び付けるのは、ちょっとどうかと思うよ。情緒が足りないんじゃないかな」

表情に引っ張られて嫌な言い方をしてしまう僕に、クロエは盛大に唇を尖らせた。

「だって、レイが賄賂を奨励するようなことを言うからでしょ」

そんなものを奨励した覚えは一切ない。

ちょうどその時、学園の中央棟に下がる大きな鐘が鳴り響いた。夕食の時間まであと二十分。これを合図に生徒は皆、寮の自室に戻らないといけない。

クロエはさっさと自分の教科書類をまとめ始めた。

「とにかく、レイの言いたいことはよーく分かったわ。私は賄賂なんかに頼らない。今学期も来学期も、正々堂々とあなたに勝つからね！」

ほんの少しもなにも分かっていない。

ものすごい徒労感を覚えながら、ぷりぷりと去っていく背中を見送った。

まあ……いいか。

あの調子じゃ、クロエが誰か他の男にお菓子を贈るということはないだろう。漏れなく僕にも贈ってくれないわけだけれど、まあそれは……想定の範囲内と言えなくもない。

さっきは頭にカッと血が昇って、お世話になったお礼のお菓子でもなんでもいいから欲しいと思ったけどさ、よく考えたら僕が一番欲しいのは、君の気持ちなわけで。

気持ちが乗っかっていないお菓子なんて、別に……そりゃ、くれるって言うんならもらうけどさ。

でも、別に……いらないってわけじゃなくも、まあ、もらわなくても別にいいと言えなくもない。

「来年かな……」

来年になれば、僕らの関係もいい加減変わっているだろう。プロポーズは卒業式でと決めてはいるけれど、その前の段階でクロエが我慢できなくて想いを告げてくるのなら、恥をかかせるわけにはいかない。そのまま結婚するしかない。

来年、僕にお菓子を差し出すクロエの真っ赤な顔を想像しながら、僕も図書館を後にした。

――だけど、フリアンディーズ・デーに対してやっと少し冷静になれたように感じたその数日後。

クロエが図書館に来るなり発した一言で、僕の「フリアンディーズ・デー熱」は再び最大値にまで上がってしまうことになる。


「ねえレイ、私、フリアンディーズ・デーにお菓子を作ることになっちゃったみたいなの」

クロエの言葉に、僕は羽根ペンをぽろりと手からこぼした。てん、と教科書に青い染みがつく。

「え、どうして？　君、フリアンディーズ・デーには興味がないって」

そうなんだけどね、と言いながらクロエは僕の隣の席に座った。

頬が少し紅潮しているのは、寒さのせいだけだろうか。

「昨日ね、女子寮の夕食の後、フリアンディーズ・デーの話になったの。それで、どこのお店のお菓子が美味しいとか、お屋敷の料理人に作ってもらうとか、皆さんすごく素敵な話をしていて」

すると突然その中の一人が、「クロエさんはどういうお菓子を贈るの？」と聞いてきたという。

僕は内心舌を打ちたくなった。クロエが僕に準じる成績を修めていることを面白くないと感じる生徒が、特に女子の中に一定数いることを知っているからだ。

彼女たちが折に触れて、クロエの身分や田舎の出身であることにさりげなく言及していることには僕も気が付いていた。クロエ自身が気にしていない様子なのが救いだけれど、文句なら自分もクロエくらい教科書を真っ黒にするほど勉強をしてから言え、と言ってやりたい。

でも、今回もクロエは彼女たちの嫌味に気が付いた様子はなく、むしろ話を振られたことに驚きつつも嬉しく感じて、自分の宿屋での手作りクッキーの話を披露したらしい。

するとそれに、話を振ってきた子以外の数人の女子生徒たちが食いついた。

ほとんどが上位貴族の令嬢たちだ。使用人が全て場を整えた上でたしなみ程度に料理をしたことはあっても、最初から最後までお菓子を自分で作るという経験はほとんどなく、新鮮に感じたのかもしれない。

そして、最近のフリアンディーズ・デーでは、いかにして奇をてらったお菓子を用意してライバルたちより目立つかという方向への探求が流行しているらしい。

それでどうなったかというと、積極的な生徒の一人がさっそく寮の厨房に話をつけ、フリアンディーズ・デー前日の日曜日にクロエの指導の下、有志によるクッキー作り講習会が行われることになった、というのだ。

「久しぶりだから、ちょっと緊張しちゃう。作り方を思い出して書き出さなくちゃ。あとは図書館の関連本も読んでおこうと思って」

　ちょっと恥ずかしそうに笑って、クロエは手に持っている「お菓子の歴史」や「菓子で見る経済学」といった本を見せてくれた。

　それらがクッキー作りに必要な本なのかは分からなかったけれど、いきなり神様が作ってくれたこの大きな渦を目の前にして僕は大いに動揺しつつ、瞬時に色々なバランスやクロエの表情、先日の会話を計算して、最適解を導き出す。

「ふうん。じゃ、君もお菓子を作るんだね」

「そうなるわね。お手本として作らないと」

「でも、もう食べたくないくらいうんざりしてるんだろう」

「まあね、子供の頃から嫌になるくらいたくさん食べてきたクッキーだから」

　それじゃあさ、と僕は続けた。

「君が作った分、仕方ないから僕がもらってあげてもいいよ」

「レイが？」

　クロエは目を丸くして、それからちょっと眉を寄せた。

「でもあなた、今年もすごくたくさんお菓子をもらうんでしょう？　私のなんてもらっても仕方なくない？　それよりは、誰からももらっていない人を探して渡したほうがまだ社会的貢献に」

「民俗学のレポートに必要なんだ」

　クロエがとんでもないことを言いだしたので、僕は食い気味に言葉を重ねた。

　冗談じゃない。誰からもお菓子をもらったことがないような男子生徒がこんなに可愛いクロエから手作りのお菓子をもらったりしたら大いなる誤解をして、そのまま襲いかかってしまうに違いない。

「民俗学のレポートで、北部地域の伝統的な食べ物について取り上げようと思っていて。だから、この国で一番寒い地方の家庭料理としての手作りのお菓子って、とても興味があるんだよね」

もちろんそんなレポートはない。民俗学は、僕が選択していてクロエは選択していない唯一の科目だ。今日この瞬間のために、僕はこの科目を履修してきたのだと理解した。

「寒い地方って言っても、ごく普通のクッキーだよ？　民俗学って、そういうものも取り上げるの？」

案の定、クロエは更に怪訝そうな表情になる。

「うん。サンプルは常に両極端を意識してるからね。クッキーの他は、アザラシの血を飲む人たちの様子を取り上げるつもり」

「アザラシの血」

クロエは分かったような分からないような顔をしつつ僕の言葉を繰り返して、最後には「そうね、その代わり私のレポートに必要なことがあったらレイも協力してね」と彼女らしい言葉と共に、首を縦に振ってくれたのだ。

僕はニヤニヤしそうになる口の両端にきゅっと力を入れて、もちろんさ、とつぶやいた。


聖フリアンディーズ・デーは、朝男子寮を出たところから始まった。

ほんの少しでも他の生徒に先んじようというかのように待ち構えていた女子生徒たちが僕のところに駆け寄ってきて、豪勢な包みを渡してくる。他の男子生徒たちの羨望のまなざしを背中に感じながら、僕はそれらをにこやかに受け取っていった。

例年なら、少々うんざりした気持ちを心に隠しつつ完全に演技の微笑み（ほほえ）を顔に貼（は）り付けているんだけれど、今年はちょっと違う。

放課後、図書館のあの場所でクロエからクッキーを受け取る予定になっている僕は、基本的に最高に機嫌がよかったから、浮かべる笑顔も本物だ。

「ありがとう、嬉しいよ」

「大切に食べるね。ありがとう」

数人の女子生徒が「これ、自分で作ったんです」とアピールしてきた。

完全に一人で作ったような言い方をするのはちょっとどうかと思ったけれど、クロエの教え子だと思うと優しい気持ちで受け取ることができた。

昼休みと放課後、校舎の裏手で落ち合ったエグバートにそれらの包みをまとめて手渡していく。

「ちゃんと感謝してあげてくださいよ、レイ様」

「してるさ。君こそ、ちゃんと子供たちに届けてあげてよね。それからリストを作っておいて、漏れがないように返礼の準備も。あ、高価なプレゼントとか入ってたらそれは受け取れないから、ちゃんと確認しておいて」

「まったくもう……」

さあ、放課後だ。それが僕にとって本番の、記念すべき聖フリアンディーズ・デーだ。

少し遅れて図書館に現れたクロエが何だか気まずそうな顔をしていて、僕は嫌な予感がした。

「どうしたの？」

「うん、あのね、レイ」

言いにくそうに席に座ると、カバンを胸に抱えたまま唇を尖らせている。

「くれるんじゃないの？　お菓子……ていうか、民俗学の資料」

クロエの負担になっているんだろうか。まさか他の男に恵んでやったりしてないだろうな。そんなことになったら僕はそいつをどこまでも追い詰めてやる。

クロエの表情の意味を図りかねて慎重に言葉を選ぶと、クロエは眉を下げた。

「ごめん、レイ。あのね、これなんだけど……」

言って、カバンから出したのは、いつもクロエがノートを取る時に使っている安価な紙。

四隅を上にまとめて麻の紐で無造作に縛ってあり、丸く膨らんだ部分にはバターが染みていた。

「あのね、昨日、皆さん、出来上がったクッキーを、すごく可愛い紙や箱やリボンで包んでいたの。私そんなの持っていなくて。今日、なにか代わりはないかって探したんだけれど、紙がこんなのしかなくて」

恥ずかしそうに肩を竦める。

「いいよ別に。ほら、資料だし」

本当にいい。心の底から、入れものなんてなんでもいい。

大切なのは、この中にあるのがクロエが作ったお菓子で、それをクロエが僕に贈ってくれたってことだ。

「うん、そうなんだけどね」

まだクロエはなんだか歯切れが悪い。

焦れた気持ちで紐をほどくと、中からクッキーが出てきた。

丸……の半分。花……の、花びら部分？　中のクッキーは全て、びっくりするくらい粉々になっていて、まったく形を成していない。

「これ……」

「ごめん、レイ」

クロエが顔の前で両手を合わせる。

「実は、綺麗に焼けたものは、みんな、他の人にあげちゃって……みんな、あんまり上手に焼けたものがなくって、悲しそうにしていたから」

なるほど。クロエの教え子たちは、軒並み初めてのお菓子作りがうまくいかず、クロエは自分が焼いたものを全て譲ってしまったってわけか。

結果、彼女のもとには残骸だけが残ったと。

「でも、これも君が焼いたんだろ？」

「うん、でも綺麗に焼けたものは全然残っていなくて」

「いいよ」

一つをつまんで、窓から差し込む夕焼けの光に掲げてみる。

丸い形だったものが割れていて、三日月みたいに見えた。

口に運ぶとさくりとした食感。微かに甘くて、ジンジャーの香りがする。

「うん」

「どう？」

「悪くないよ」

嘘だ。めちゃくちゃに美味しい。

こんなに美味しいお菓子……いや、美味しい食べ物、食べたことがない。

甘いって、いいな。幸せってことにとても近いんだ。初めて知った。

僕は目をつぶって、ゆっくりとその味を口の中に広げた。

「私も一つ……」

クロエが手を伸ばして、小さな欠片(かけら)を唇に運ぶ。

「うん、よかった。うまくできてる」

嬉しそうに笑って僕を見上げるその唇の端に、粉のような小さな欠片が付いている。

今キスをしたら、このクッキーの味がするんだろうか。

「レイ、私このクッキーうんざりって思ってたけど、久しぶりに作って……みんなで作って、楽しかった」

「うん、よかったね」

「宿屋でお母様やみんなと作ったのも、楽しかったなって思い出したわ」

「そう」

「みんな、幸せそうに作っていたの。フリアンディーズ・デーって、素敵な日かもしれないね」

今日、僕にお菓子を渡してくれた女子生徒たちのことを思い出した。

彼女たちも皆、今の僕がクロエに感じているような思いを胸に、僕のためにお菓子を用意してくれたんだろうか。

――ちゃんと感謝してあげてくださいよ、レイ様。

エグバートの声を思い出す。

そうか。うん、そうだな。

「クロエ、ありがとう」

クロエは目を丸くして、それから花がこぼれるような笑顔になった。

「民俗学のレポートに、そんなに役立ちそう？　なら良かったわ」

「クッキー、食べさせてくれて」

「え、何が？」


その日から、僕は女子生徒たちからのプレゼントの一切を断ることにした。

誕生日も各種記念日も、もちろん来年のフリアンディーズ・デーもそうするつもりだ。

女子生徒たちは驚いて、泣いたり怒ったり反応は色々だったけれど。でも僕は、もっと早くこうするべきだったなって。彼女たちがどんな気持ちで用意したかを一切考えずにその場しのぎな笑顔で受け取るより、ずっとマシな対応だと思っている。

僕は、僕とクロエ以外の人間は割とどうでもいいけれど、だからと言って積極的にぞんざいに扱っていいわけがないんだ。同じ思いを抱くものとして、そこはちゃんと尊重しないといけないよね。

それに、付け加えると。

もう僕は永遠に、クロエ以外の女の子からお菓子をもらうつもりなんかなくなっちゃったからさ。


ねえ、クロエ。

いつか、僕への想いを乗せたクッキーを、僕に焼いてくれないかな。

そしてそれをフリアンディーズ・デーに僕にプレゼントしてよ。

そうしたら、あのクッキー味のキスをしよう。

書籍版書き下ろし① side. オスカー「夜のむこう側」

十二年前、弟が誘拐された。多忙な父の代わりに兵を率いて救出に赴いた俺のことを、レイは恐らく命の恩人だとでも思っているだろう。

でも違う。あの夜レイが攫われたのは、そもそも俺の責任なのだから。

あの日は初めてレイと遠乗りをした。俺がすることを何でも同じようにやりたがる弟と過ごすのは面白くて、山を越えて近郊の領地を一周し、俺たちは興奮醒めやらぬまま、一つのベッドの上で折り重なるように眠りについた。

そして夜中にふと目を覚ました時、レイの姿はすでになかった。

すぐ隣で寝ていた幼い弟が連れ去られたことにすら全く気付かず、俺は熟睡していたのだ。


王都は一か月ぶりだ。

前回の滞在がメール地方で起きた一連の事件の後処理で慌ただしかったのに対し、今回は弟の卒業式に出席するという、ひどく平和な来訪だ。少しは羽を伸ばせるかなと呑気に構えていたのだが。

「オスカー様、王太子殿下が相談事があるので王城に顔を出すようにと。アクス侯爵からは北部貴族交流会出席の打診があり、ジョレス公爵家とガレル公爵家からは夜会の招待状が。他にも多数ありますが」

「順番に顔を出すから、日程順に並べておいてくれ」

長く俺の側近をしてくれているフランツが、眉を寄せる。

「しかしそれでは連日連夜になります。いくつかはレイ様に担当していただいた方がよろしいかと」

つい先日、王立学園を卒業したばかりの弟のことを考えた。

「いや、今月くらいはいいさ。あいつもクロエとゆっくり過ごしたいだろう。それに俺はレイとは違って、そういう場所はむしろ好きだからな」

「――どこに行ってもまた、女性を紹介され続けますよ」

「いいな、楽しみだ」

「オスカー様が、いつ誰と身を固めるのか、社交界中が注目しています。レイ様のご婚約が成立したら、いい加減、年貢の納め時というものです」

ここ数年ずっとフランツが繰り返す話がまた始まってしまった。特に返事は返さず、軽く肩を竦めてみせる。


フランツから逃れて、屋敷の廊下を歩く。

王都に点在するアルノルト家の私邸の中で、一番小ぢんまりとした屋敷だ。

学園に一番近いからか、レイとクロエは週末をここで過ごしていたらしく、卒業後もしばらくこの屋敷を拠点にするという。せっかくだからと俺もここに滞在することにしたのだが、そう告げた時のレイの嫌そうな顔を思い出すと、自然に口元がほころんでしまう。

「あれ、レイ様もご存じなかったんですか？　俺がオスカー様に初めてお会いした時のこと」

ずらりと並ぶ客室の扉の一つを通り過ぎようとした時、中からエグバートの声が聞こえた。

なんとなく立ち止まって、半分開いた扉の陰に寄りかかる。

部屋の中から、ティーセットが載ったワゴンを押して若い侍女が出てきた。

俺が立っているのを見て驚いた顔をしたが、口元に人差し指を当てて片目をつぶってみせると、赤い顔をして足早に去っていく。部屋の中からレイの声が聞こえた。

「別に興味ないけど」

「私は興味あるわ、エグバート。元々はオスカー様があなたを雇ったんでしょう?」

好奇心を隠せない様子でクロエが尋ねると、エグバートは何でもないことのように返した。

「そうですよ。あ、でもどうだろう。厳密には一番最初に俺を雇ったのは、今思えばレイ様の陣営ですね、きっと」

「どういうこと」

レイの声。カチャリとカップを置く音がする。

「オスカー様の寝室に潜入しろっていう依頼だったんですよ」

「「えっ夜這い!?」」

レイとクロエの声が揃った。二人は本当に仲が良い。

「なんで夜這いになるんですか。標的が寝ている部屋に侵入して、枕元に得物を突き刺したり動物の死骸を置いたりしておくんです。いつでもおまえを殺せるぞ、ていうメッセージですね。本当に殺す度胸がない貴族なんかがよく使う脅しですよ」

クロエが息を飲む気配を感じたタイミングで、俺はかたりと音を立てて中に入った。

「懐かしい話をしているな」

クロエは驚いてぴょこんと飛び上がったけれど、男二人は特に動じることもない。レイは無表情に先を促した。

「六年前と言えば、相続争いが熾烈を極めていた時だからな。でもそんな中途半端な脅しを命じた無能は誰だよ。兄さんには全く効かなかっただろ」

「効かないどころか」

　エグバートは楽しそうに笑いながら俺の方を見た。

「驚きましたよ。寝室に入ってすぐ心拍と呼吸を見て、オスカー様が寝ているのを確信した。だから俺は、予定通り枕元にナイフをぶっ刺して、すぐに部屋を出ようとしたんですけど」


「忘れ物だよ」

　枕元から抜いたナイフを片手に声をかけると、エグバートはくるりと床を回転して受け身を取った。目元を隠すように掲げた右手には既に得物が握られ、喉(のど)元に巻いたスカーフを左手で引き上げる。

　ベッドの上の俺と床の上のエグバートは、ほんの一瞬互いの様子を探りあい、それから彼は、ナイフを構えていた手をスッと下ろした。

「逃げないのかい？」

「逃げてもあんたには無駄かなって」

　予想以上に若い声だった。レイより年下かもしれない。

「じゃあ、俺を殺す？」

「それは依頼にはないことだから」

　あっさりした口調。ほんの一瞬の間に色々なことを諦(あきら)めたのだ、この少年は。

　そう理解した時には、俺はもうこの子のことを気に入ってしまっていた。

「それじゃ、このナイフは朝までここに刺しておくことにするよ」

枕元に再びナイフを立てる。白い水鳥の羽根が舞った。

「えっ」

戸惑うような声を聞きながら、ベッドに横になる。

「おやすみ、気を付けて」


「――で、狐につままれたような気持ちで俺は城から脱出したんです。翌朝、任務は成功したと告げられた。でもその後、オスカー様が単身でうちの本拠地にやってきて、俺を無期限で雇用したいとおっしゃった時にはびっくりしましたね。それも、自分じゃなくて弟のレイ様の護衛として」

エグバートの話を、クロエは瞠目して聞き入っている。

「すごいわ。オスカー様は寝ていても、誰かが部屋に入ってきたらすぐ分かるんですか?」

そこを聞くのか。俺は笑いながらクロエの正面の椅子に座った。

「寝室で刺客に狙われるのは、初めてじゃなかったからな。寝ている時も、常にうっすらと覚醒していた。レイもそうだろう?」

「まあね。ひとことで言うと、僕たち兄弟に夜這いしようとする人間は苦労するってことさ」

レイがなぜか笑いを噛み殺したような顔で言い、クロエは赤くなったり青くなったりしている。

「その中でもエグバートの動きは抜けていたしな。腹も括れていて信頼できると感じた。無理してでも雇う価値があると思ったさ。こういう時の俺のカンは、怖いくらいに当たるんだ」

「出た、兄さんのカン。この人、城一つ失うかもしれない判断すら、カンで決めるとこあるからね」

「レイ様も、たまにはこういう風に褒めてくださいよ。そしたら俺、もっと頑張れますよ」

「うるさいな。君は人からの称賛がないとパフォーマンスが落ちるわけ？　子供かよ」

やいやいとエグバートと言いあうレイの隣で、クロエが両手を合わせて笑みを浮かべている。

「でも、そこまで実力を認めたエグバートを、自分じゃなくてレイの護衛に付けてくださるなんて、オスカー様は本当にレイのことを大事に思っていらっしゃるんですね。可愛い弟ですもんね」

まっすぐな笑顔を向けられて、思わず苦笑する。

「そうだな、たった一人の可愛い弟だ」

レイが唇をゆがめる。

「気持ち悪いこと言わないでくれる、兄さん。それにクロエも」

「どうして？　私だって、もしも命が狙われたとしたら、エグバートには私じゃなくてヨハンを守ってほしいってお願いすると思うもの」

「そりゃそうさ。だって君を守るのは、エグバートなんかじゃなくて僕の仕事だからね」

隙あらば甘いセリフを言いたくて仕方がない様子の我が弟と、顔を赤らめて恥ずかしそうに笑うその婚約者。微笑ましい二人の様子を、俺は椅子の背もたれに身を委ねながら眺めている。


「レイ、まだ寝ていないのか」

リンドレーナ城の南側、王城を守るように隣接する、アルノルト家の別邸。別名・王都アルノルト城。前回の王都滞在の時は、そこが俺たちの本拠地だった。

その夜遅くに城に戻ると、レイの執務室から灯りが漏れているのが見えた。

「明日の裁判の資料が杜撰すぎるから修正しているんだ。ここにきて前公爵側に反論の余地なんて与えたら、再審にもつれ込むかもしれないだろ。そんな時間の無駄、あってたまるか」

俺はため息をついて、雑然とした部屋を見渡し、山積みになった資料を押しやりながらソファに座った。

「エグバートに聞いたぞ、最近連日徹夜らしいな。何も、おまえ一人で裁判に臨むんじゃないんだ。少しは周囲に任せたらどうだ」

「僕がやった方が早い。僕は一刻も早く、ここでの用事を終わらせたいんだよ」

顔も上げずにペンを走らせる弟を見ながら、俺はそうかと頷いた。窓の外に漆黒の闇が下りている。

十二年前の誘拐事件以降、レイは侯爵家の次男として完璧な振る舞いを身につけていた。

誰より優秀で、しかし敵も作らない弟。俺が爵位を継承した頃には城に寄りつかなくなっていた彼が、唐突に学園を休学して戻ってきたのは、去年の春先のことだった。

「最北の地の腐敗を正したい。兄さん、今まで何してたのさ」

そう言って猛然と捜査を始めたその姿に、義母を始めとする家人たちは一様に戸惑い、脛に傷持つ者たちは恐れをなした様子だったものだが。

ソファから立ち上がると、手にしていた書類をレイに差し出す。

「シュレマー伯爵邸の貴賓室に飾られた、額縁の裏に隠されていた」

俺の手から奪い取り、吸い付くように目を走らせる。それからレイは目を上げて、ニヤリとした。

「兄さんやったな。これで加担しようとした上位貴族どもも根こそぎ洗い出せる」

「ゆっくり眠れそうか？」

「いや、これを踏まえて資料を書き直す。大丈夫、朝までには終わるよ」

俺は小さく息をついて、内ポケットに入れていた小瓶を執務机の端にコトンと置いた。

「クロエから差し入れだ。押し麦とドライフルーツを交ぜたもので、ミルクをかけて食べると美味しいし、栄養があるらしい」

レイは手にしていた書類を放り投げると、その瓶を両手で大切そうに掲げた。頬に赤みが差す。

「クロエがくれたの？　僕に？」

「心配していたぞ、おまえが無理をしているんじゃないかと」

「クロエの様子は……」

言いかけて口をつぐんだ。

「いや、何も言わなくていいよ。僕が最後に見たクロエを、兄さんが見たクロエで上書きされるのは腹が立つし」

クロエが絡むと、論理性をどこまでも失うレイが面白い。

「レイ、おまえが変な忖度を捨てて能力を隠さず邁進すること、俺は好ましく思っているがな」

部屋の扉に向かいながら、俺は続けた。

「だが、何度も言うが無茶はするな。おまえが無茶をすることで、心配する人ができたんだろう。無茶をしないのは、相手への優しさだ。大丈夫。俺が力づくでも再審なんかにもつれ込ませないさ」

それから数刻後。着替えた俺が執務室を覗くと、レイはソファに仰向けに横たわっていた。右手にしっかりと、さっきの小瓶を握りしめている。眉を微かに寄せて、しかしかなり深い眠りだ。

いつのまにこんな風に無防備に、おまえは眠るようになったんだろう。

ブランケットをかけてやろうと近付くと、レイがぽそりと何かをつぶやいた。

「なんだよ兄さん、目を閉じたままニヤニヤして」

レイの不審げな声に目を開く。

「疲れてるなら、部屋で寝れば？」

「いや、悪い。色々思い出していてな」

こちらを心配そうに覗き込む、クロエの茶色いアーモンド形の瞳（め）。

そうか。俺にはもうすぐ、こんなに可愛い妹ができるのか。

「クロエ、君がアルノルト城に挨拶（あいさつ）に来てくれるのが今から楽しみだ。レイが、城内で君がどう過ごすか何度もシミュレートを繰り返し、君のための部屋をせっせと用意したり、君が好きな食事をいつでも出せるように料理長と打ち合わせをしたり食材を取り寄せたりしているのは知っているか？」

「え、レイ、そんなことしてくれているの？」

「兄さん余計なこと言わないで」

俺を睨（にら）んで早口に言う弟に気付かないふりをして、クロエの顔を覗き込んだ。

「この間、レイが珍しくうたた寝をしていた時があったんだ。ちょうど公爵たちの裁判の頃だな」

「おい、何の話するつもりだよ」

「ブランケットをかけてやろうと近付いたら、レイがぽそりと『クロエ待ってて。すぐ行くよ』って」

ぷーっと盛大にエグバートが吹き出す。真っ赤な顔をしたレイが立ち上がった。

「兄さんふざけるなよ！　クロエ違うんだ。多分夢に君が出てきて――……いや、誓って変な夢とかじゃないんだけど……」

「ううん、私もその頃、毎晩レイの夢を見ていたもの。私がしつこく夢を見るから、レイの夢にまで出てきちゃったんだと思うわ」

「クロエ……」

また二人はお互いを見つめ合って赤い顔になる。エグバートが俺に視線を送り、苦笑しながら肩を竦めた。

「オスカー様、お時間です」

部屋の入り口にフランツが立っていた。

「大変！　もうこんな時間。明日はレイが、伯爵夫人のお茶会に連れていってくれるんです。ファミールの宣伝活動のために。リーフレットを確認しておかないと」

クロエが元気よく立ち上がる。レイも名残惜しそうにしながら後に続いた。

部屋を出たところで、速度を落としてレイが俺の隣に並んでくる。

「兄さん、これ以上余計なこと言ったら本気で怒るからね」

「悪い。なんだか楽しくなって、調子に乗ってしまったな」

笑いながら返すと、レイは一度言葉を切り、前を向いたまま言った。

「――兄さんが、エグバートを僕の護衛に付けた理由なんだけどさ」

「可愛い弟を守りたいから、以外になにかあるか？」

可愛い弟は、母親譲りの青い瞳をきらりとさせて俺を見ると、ニヤリと笑った。

「アルノルト家の相続争いをいい加減終わらせるため、だろ」

軽い足取りで進みながら、レイは続ける。

「相続問題をこじらせていた多くの膿が あぶり出されて消されていったのは、ちょうどあの頃からだ。兄さん、自分が手を汚してでも奴らを片付けてしまう方向に舵を切ったんだろ。多少危ない橋を渡るものだとしてもね。でも、それに巻き込まれて可愛い弟の身に危害が及ぶと困るから、だから使えそうな奴を僕の護衛に付けたんだ。自分が安心して大鉈を振るうために」

「ずいぶんと、エゴイスティックな話だな」

「兄さんの気持ちは気付いていたさ。自分がただ守られているだけみたいで、すごく嫌だった」

エグバートと引き合わせた時、レイが中々心を開かなかったのはそういうわけか。

「でも、今は感謝している。全てのことが今に繋がっているって思えるからさ。分かる？ 兄さん。クロエに出会ったことで、今までの全てが一気に正解になったんだ。ゲームの駒をひっくり返すみたいにね。だから僕にとっても、兄さんのカンは正しかったんだよ」

言いたいことを言いおいて、レイは前を歩くクロエの隣へと進んでいく。

かつての俺にとって唯一の守るべき対象だった可愛い弟に、今はもう、その面影はない。

俺の頼もしい参謀——いや、うかうかしていると「冬の王」の称号なんて、そのうち奪われてしまうかもしれないな。しかしそれは、とても痛快なことじゃないか。

そうか、レイ。

おまえはもう、あのうっすらと覚醒したまま日が昇るのを待つだけの夜を、抜けたんだな。

「フランツ、やはり夜会は断ってもらえるか。明日にでもここを発つぞ」

振り返らないまま、後ろに控える側近に告げた。

「アルノルト城に戻られるのですか」

「いや、その前に久しぶりに領地でも回ってみよう。何か、面白い出会いがある気がするんだ」

そろそろ俺も、信じてみてもいいんだろうか。

夜の明けた先には必ず次の朝が来て、そして大切なものは、変わらずにそこにあるということを。

「――それはまさか、色恋的な意味の出会いのことをおっしゃっておられるか!?」

堅物な側近が素っ頓狂(とんきょう)な声を上げたので、俺は声を上げて笑ってしまう。レイたちが驚いたような顔で振り返っている。

いいな、この春には面白いことが始まりそうだ。

そうさ、知っているだろう？　こういう時の俺のカンは、たいてい当たっているんだからな。

書籍版書き下ろし②「後期試験の賭け」

「クロエは卒業後、どうする予定なの？」

後期試験まで、あと一週間だ。

三年生の後期試験は他の学年とは違い、十二月に行われる。三月の卒業試験の前哨戦として、とても重要な試験だ。ちなみに私は、十二科目受けるつもり。

「僕はさ、特に決めていないんだよね。しばらくは国内をゆっくり旅してみようかと思っているんだけど、その後は外国を回ってもいいし」

過去問に頼るのは邪道だと思っていたけれど、歴史と経済学に関しては、今回はその必要があるかもしれないわ。だって、範囲がいくらなんでも広すぎるもの。寮の卒業名簿を作る仕事を手伝ったら、寮長が去年の過去問を見せてくださるっていう噂は本当かしら。

「基本的には南の方に行くつもりなんだけど、君がどうしてもと言うのなら、君の田舎を見に行ってあげてもいいかもしれないね。一度極寒の地を踏むのも経験だ」

「ねえ、ちょっと黙っていてくれないかしら」

こめかみを揉みながら、隣に座る男を睨む。

「私は今、すごく大切な考え事をしているの。あなたみたいな放蕩息子が卒業後国中を放浪しようがよその国でのたれ死のうがどうだっていいの。あと、私の家は極寒の地じゃないわ！」

一応図書館にいることを自覚して、ドスを利かせた低めの声で返す私を、レイ・アルノルトはニヤニヤと笑って見下ろしてくる。

「そんなに真剣に考えたところで、後期試験もどうせ僕の圧勝に決まってるんだからさ。それより君は、卒業後はどれくらいの期間、王都に残るつもりなの？」

頬杖を突いて、無駄に整った顔で笑いながら煽ってくる。

「みんながあなたみたいに遊んで暮らせると思わないで！　私は卒業の翌日には家に帰るわ。そんなことより、この後期試験こそ、私はあなたに勝ってやるんだから、首洗って待ってなさい!!」

「それじゃあさ」

レイはゆっくりと髪をかき上げて、青い瞳で流すように私を見た。

「クロエ、賭けをしない？　試験で負けた方が、勝った方の言うことを何でも一つ聞くってやつ」


これは、私、クロエ・マリネルとレイ・アルノルトが王立学園の三年生に在籍していた十二月。

それからたった一年後、私たちが互いに深く愛し合い、結婚の約束を交わすなんてことを、ほんの少しも予想していなかった頃のお話だ。


翌日の昼休み。学園の中庭を私はきょろきょろしながら歩いていた。

古代アルソット語の授業の後、先生に質問をしていたら昼休みが半分終わってしまったのだ。午後の授業が始まるまであと三十分しかないが、購買で買ってきたパンだけでも食べてしまいたい。

糖分を摂取して頭の回転をよくしておくのだ。午後からの経営学の講義は、万全の態勢で挑みたい。

昼休み後半の中庭は、椅子やテーブルなどのめぼしい場所はほとんど他の生徒たちに取られてしまっている。中でも日当たりがいい席は、上位貴族の子息令嬢の方々が、まるで予約席のようにいつも利用していた。

以前レイにその話をすると、「は？　予約なんかないよ。別に君だって、椅子が空いていたら座ればいいじゃないか」とこともなげに言われたけれど、そういうわけにもいかないだろう。

結局私が腰を落ち着けたのは、中庭の端の大きな木の下だった。

日が当たらなくて少し寒いけれど、寒いのには慣れている。枯れた芝の上に座り、スカートの上に経営学の教科書を広げると、パンを食べ始めた。

「レイ、今日の放課後こそは、私たちの勉強会に来てくださるわよね？」

声がした方に目を上げると、少し離れた日当たりのいい場所を、華やかな一団が通っていくのが見えた。学園の最上位ともいえる、王家に連なるような上位貴族の子息令嬢たちだ。

彼らの中央に涼やかな表情を浮かべながら歩いている、シルバーアッシュの髪の青年が見えた。

「レイに、経営学について教えていただきたいの。私、とても苦手なんですもの」

金色の髪をしたハッとするほど美しい令嬢が、レイの腕を触れながら見上げている。

ヴィオレット・バーレ公爵令嬢だ。いつも思うけれど、どうして上位貴族の令嬢たちは、みんなあんなに所作の一つひとつが美しいんだろう。全員が遠い国のお姫様に思えてしまう。

レイは優しい笑みを浮かべたまま、何かをヴィオレット様に返している。話しながらふと彼が上げた瞳が、人混みの隙間(すきま)から私の姿を映した気がした。

でもそれは一瞬のことで、すぐにレイはヴィオレット様に視線を戻すとそのまま通り過ぎていく。

その後ろ姿を見送りながら、私は芝の上に伸ばしていた足を、そっとスカートの中に畳み込んだ。

「クロエ・マリネルさん、ちょっといいかな」

その日、経営学の授業が終わった講堂で、私に声をかけてきた男子生徒がいた。

恥ずかしい話なのだけれど、私は学校に親しい友人がほとんどいない。もちろん必要なやり取りをする女子生徒は何人かいるけれど、皆様立派な貴族の令嬢や王都のお金持ちの商家の娘だったりして、どうしても気後れしてしまうのだ。気後れしている間に出遅れて、結果あと三か月で卒業となってしまった。

だから、いきなり声をかけられたその時も、とっさに自分のことだと思えなくて、

「え、私ですか?」

と返してしまった私に、目の前の男子生徒は苦笑する。

小麦の穂みたいな金茶色の髪をした、目じりが下がった瞳が優しそうな印象の人だった。

「僕のこと、知らない? 三年近く同じ授業を取ってるんだけどな……。僕、ジェロム・ダヤンだよ」

その名前には覚えがある。経営学の試験で、いつも五番以内に名前がある人だ。慌てて答える。

「はい、分かります。どうかしましたか?」

「クロエさん、いつも経営学の試験、二番手につけていてすごいよね」

「あ、二番手というか、一・二年生の頃は首席でしたけど」

思わず訂正してしまい、ジェロムが目を丸くしたのでハッとする。ついついレイと話す時の調子が出てしまった。焦りながら身を竦めた。

「ごめんなさい……。はい、そうですね、前期は二番でした」

「いや、それでもすごいことだよ。あのレイ・アルノルト様に匹敵する成績だもんね。本当に立派だと思う。授業でも一番予習してきているし、いつもクロエさんの知識量には驚いているんだ」

「え、いえそんな、大したことは」

そんな風に褒めてもらったことはなかったので、恥ずかしく思いつつもふわふわと嬉しくなってしまった。ジェロムはそんな私を見て、目を細める。

「それでさ、よかったら……」

「どうして君、昨日ここに来なかったのさ」

翌日の放課後、図書館のいつもの席に来ると、ものすごく不満そうな顔をしたレイがふんぞり返って座っていた。無駄に長い脚を組んで、こちらをジトっと見ている。

「え、レイ来ていたの？　てっきり他のところで勉強しているのかと思ってたわ」

「他のところってなんだよ」

唇を尖らせて言う。

どうでもいいけれど、中庭で見かけた時とあまりにも態度が違いすぎではないだろうか。

レイは、あの笑顔を「バカ相手に標準装備している」と言うけれど、あちらの方が本当のレイで、私のようなどうでもいい相手にはどうでもいい態度を取っているだけのようにしか見えない。

「バーレ公爵令嬢と、一緒に勉強するみたいなお話していたから」

私の言葉にレイは微かに眉を寄せて、それから、ああ、と顎を引いた。

「あんなレベルの低い勉強会に出ても、僕に得られるものなんて何もないことくらい分かるだろ。まだ君のくだらない持論を聞いていた方がいくらかマシだ」

呆れた気持ちでレイの隣に座ると、鞄から教科書を出していく。

「そうか。君、僕が来ないと思ったから昨日来なかったわけか。それはちょっと悪かったね」

全然悪く思っていないような口調でレイは言う。それどころかなんだかニヤニヤしている。何が嬉しいんだろう。

「ううん、別にそれはどうでもよかったんだけど」

栞を挟んだページを探しながら答えた。

「友達と勉強していたから」

「友達？　君、そんなのいないでしょ」

事実だけれど当然のように言われると、失礼さにムッとしてしまう。

「昨日できたの。経営学の勉強を一緒にしようって講義の後に言われて」

レイは眉間にしわを寄せた。

「講義の後か……。僕、教授に呼ばれてすぐ講堂を出たから気付かなかったな……」

「試験の範囲で分からないことがあるって、ジェロムが」

「ちょっと待って、相手は男？　というかジェロム・ダヤン？」

「知っているの？」

「いつも経営学の三番手につけてる奴だよね。確か王都の大きな綿製品ギルドの元締めの息子だ」

「そう言ってたわ。貴族が多いこの学校で肩身が狭い者同士頑張ろうねって」

レイは、あからさまに眉を寄せた。

「なんだよそれ。君だって一応貴族だろ。そもそもどうして君が、あいつに勉強を教えてあげなくちゃいけないわけ。傷を舐めあったって共倒れになるだけだ」

苛立ったようにそんなことを言われて、少しだけカチンときてしまう。

「私がどんな風に勉強しようと、レイに迷惑をかけることじゃないじゃない」

　私たちが会話をするのは基本的に図書館のこの席だけのことで、それ以外の場所では、昨日の昼休みのように、素知らぬ顔をして過ごしている。

　レイのことを好きな女子生徒たちからあらぬ誤解を受けて、面倒なことになるのを避けるためだと言われた時は、なんて自意識過剰な男なんだろうと呆れてしまったけれど、きっとレイみたいな上位貴族には色々あるのだと最近は理解するようになっていた。もしかしたらレイは、婚約者候補が既に学園にいて、彼女の目を気にしているのかもしれない。バーレ公爵令嬢の、綺麗な金色の髪をふと思い出した。

「今回は、僕と賭けをしているだろう。やるなら無駄なことしないで本気でかかってきてもらわないと、面白くなくて迷惑だ」

「なによそれ。私はあなたを面白がらせるために勉強しているんじゃないもの」

　レイが図書館以外で話しかけてくれるなと言うのなら、図書館以外で私が誰と話をしようが、レイにとやかく言われることではないと思うのだ。

「なんだよ、僕はただ、変な奴に無駄な時間をかける必要はないって言ってるだけだろ。そいつだって、一体何の思惑があって君に声をかけてきたんだか。下心でもあるんじゃないの」

「下心ってなに？」

「勉強するって口実で二人きりになって、あわよくば君にいやらしいことをするとか、そういうの」

　呆れた。びっくりした。開いた口が塞がらない。

「そんなこと考える人がいるわけないでしょう？　レイ、勉強しすぎで変になったんじゃないの？」

「いや、君みたいなのだって一応生物学上は女だってことを言っているんだろ」

「ジェロムはただ、分からないことを教えてほしいって。私の知識量がすごいからって」

「君の知識量なんて、僕に比べたら大したことないだろ。そいつは何も分かってない。君はもっと」

頭来た。猛烈な勢いで机上のものを鞄の中に押し込むと、立ち上がる。

「もう、これ以上あなたと話すことは何もないわ、レイ・アルノルト。しばらくここには来ないから」

「ちょっと待てよクロエ、最後まで話を」

渾身(こんしん)の力を込めてレイを睨む。

「付いてこないでレイ。試験で私が賭けに勝ったら、絶対に謝ってもらうからね」

そのまま振り返らずに、私はその場をあとにした。

＊

「付いてこないでレイ。試験で私が賭けに勝ったら、絶対に謝ってもらうからね」

肩を怒らせながらノシノシと去っていくクロエの後ろ姿を、僕は茫然(ぼうぜん)と見送っていた。

どうしてこんなことになるんだ。

つい数分前まで、クロエが僕と他の女子生徒の関係を気にしているのかなと思って舞い上がっていた僕の気持ちは、一瞬で地の底まで落ち込んでしまう。

どこで何を間違えたんだ。

この二年間、クロエとはこの場所で順調に関係を深めてきた。三か月後に迫った卒業式の後、晴れて想いを告げる計画も万全だ。間違っても、この時点で嫌われてしまうようなことがあってはならないのに。

僕はそんなにおかしなことを言っただろうか。

勉強を口実に君に近付いて、あわよくばいやらしいことをしたいと考えるような男がいるはずないだって？　実際ここにいるんだよ。だから心配しているんじゃないか。

ジェロム・ダヤン。経営学を始め、いくつかの科目でそこそこ上位にいる男子生徒。人当たりのよさそうな顔をしているが、何となく胡散(うさん)臭い感じがするのは断じて今回のことがあったからだけではない。僕の方がクロエよりは人を見る目があると思う。少しエグバートに調べさせてみるか。

そこまで冷静に考えて、それから長いため息をつく。

……クロエに嫌われていたらどうしよう。二度と口をきいてくれなくなったらどうしよう。

世界が崩壊するような恐ろしい想像を振り払うように、頭をぶんっと振ると立ち上がった。今日は、とてもじゃないけれど、勉強なんてできそうにない。


その日から、僕は普段以上に全身の神経を研ぎ澄ませて、クロエのことを観察した。

教室やカフェテラスの片隅、中庭の隅のベンチ。そんなところでクロエはいつも、一人で大きな本を開いて難しい顔をしている。いつものクロエだ。可愛(かわい)い。

いつも周りにいる子息令嬢たちの話を聞き流しながら、僕は常にクロエを意識する。

ジンジャーレッドのふわふわした髪が風に吹かれて揺れている。眩(まぶ)しそうに目を細めている。今日は大きなサンドイッチを買ったんだね。口を大きく開けてかぶりついている顔、可愛すぎて他の奴らに見られていないか心配で仕方がない。

忌まわしいことにそれからも数回、ジェロムがクロエに話しかけているところを見た。経営学以外の科目についても質問をしているみたいだ。隣に座って一冊の本を開きながら話をしているのを見た時には眩暈（めまい）を覚えた。なんて図々しい奴なんだ。

クロエと反対側の腕で頬杖を突いて、クロエの顔がよく見える角度を取ってやがる。クロエの右手の手元を見るふりして、身体を更に近付けようとしている。なんていやらしい奴なんだ。

「それ全部、普段レイ様がやっていることですよね」

週末。学園にほど近いアルノルト家の屋敷で、エグバートは言った。

「うるさい。そんなことより、あの男の化けの皮を引っぱがす情報は集められたんだろうな。君、最近刺客も来なくて暇なんだからちょっとは役に立ってくれないとクビだから」

エグバートは肩を竦めて手元の資料を開く。

「レイ様がご存じなこと以上の情報はあまりないですね。ジェロム・ダヤン。南方から綿花を買い付けて綿製品を製造販売している、綿製品ギルドの元締めのダヤン家の長男です。あの学園では珍しい庶民ではありますが、とはいえ家は相当裕福で、卒業後は父親の跡を継ぐ予定ですね」

「婚約者は」

「現状特にはいませんね。でも、マリネル家と婚姻関係を結ぶメリットは特になさそうです」

まあそうだろうな。ということは、純粋にクロエに好意を持っているのか？　見る目はあると思うが、僕の嫌悪感は増す一方だ。続けて。と促すと、エグバートは書類をめくり、意味ありげにニヤリとした。

「父親の仕事ぶりも評判がいいですね。堅実で理性的な人物のようです。ああ、でも関係ないかもしれませんが、一点気になることがありますね――……」


翌日の放課後。僕は男子寮の談話室に向かった。

「ジェロム、どうなんだよ次の試験は」

まだ夕方というには早い時間だ。談話室には人も少なく、廊下まで声が漏れ聞こえていた。

「経営学と経済学、三位以内に入れそうなのか？」

仲間たちの声に、最近クロエの近くでよく耳にする忌まわしい声が答える。

「レイ・アルノルトは別格としても、二位から五位まではほぼ団子状態だ。普通にやっても俺の三位は固いとは思うけど、念には念を入れて策を練っているからな。確実に入れると思うよ」

「策ってあれだろ。前期二位のクロエ・マリネルに教えてもらっているんだろ」

クスクスという笑い声。調子に乗ったのか、声が大きくなってきている。

「ただ教えてもらっているだけじゃないからな。だんだん距離を詰めていって、ちょっと優しいこと言ってやったらさ。それだけですごく驚いた顔してるの。予想通り、あの子男に免疫が全くないな。多分、今頃俺のことで頭がいっぱいで、勉強どころじゃないと思うぜ？」

どっと下卑た笑い声。

――一点気になることが。ジェロム・ダヤンの弟が一年生に在籍中なんですが、えらく優秀みたいですね。父親のダヤン氏は、優秀な方に跡を継がせると公言している。今度の試験でどうにか成績を上げたいというのは、ジェロム・ダヤンにとってかなり切実な願いなんではないでしょうか。

ああ、おまえもか。周囲のくだらない雑音に翻弄（ほんろう）されて、優先すべき指針を見失いそうになる。僕にも経験があるから分からないこともない。でも。

「だけどさ、あの子、よく見たら結構可愛いんだよな。成績落とさせちゃって可哀そうだし、責任取って、ちょっとくらいなら遊んであげてもいいかなって思ってるんだよね」

わざと靴音を立てて談話室に入った。テーブルの一つに集まっていたジェロムと仲間たちが、驚いたように振り返る。

歩調を緩めず大股に、彼らの方に近付いていく。

でもね。クロエはずっと頑張っているんだ。この学園に送り出してくれた両親の気持ちに報いるために、家業を盛り上げていくために。毎日一人で、図書館でも教室でも中庭でも、寝る時間を惜しんで勉強をしているんだよ。

彼女を邪魔しようとする奴は、僕が絶対に許さない。

「ねえ、ジェロム・ダヤンくん」

「な、なんでしょうか、レイ様……レイ・アルノルト様！」

僕は、バカに見せるものの中でもとびっきりの笑顔を披露した。

「君、今度の試験で僕と賭けをしないか？　もしも君が僕に勝ったら、アルノルト家が君のところのギルドと独占で取引をすることを約束するよ。お父上へのいい手土産になるんじゃないかな」

ジェロムは目を丸くして、笑みを隠せないような表情で僕を見た。まさか勝てるとは思っていないだろうが、僕と繋がりができるだけでも父親に対するアピールになると計算しているんだろう。

「そんな、僕なんかがレイ様に勝てるとは思えませんが、それは確かに素晴らしい話ですね……レイ様と勝負ができるだけでも、僕には身に余る光栄です！」

「それじゃ、賭けは成立だ」

人差し指をジェロムに向けて、笑みを浮かべたまま僕は続ける。

「僕が勝ったら君のところのギルドに卸される綿花の全てをアルノルト家が倍の値段で購入していくことにするよ。いいよね」

ジェロムの笑顔が凍り付く。目が見開かれ、顔が蒼ざめていく。

「な、なんでそんなことを……そんなことをされたら、うちは」

「困るんだったら、僕に勝てばいい」

笑みを消してまっすぐに見つめると、低い声で続けた。

「女の子を揶揄って遊んでる暇があるんだったら、一度死ぬ気で勉強してみれば？」


その足で、図書館に向かった。

クロエに「しばらく来ない」と宣言されてしまったあの日からも、僕は毎日この場所に通っている。だってここだけが、僕と君との接点なんだから。僕にとって、学園の中のどこよりも大切な場所なんだから。

広い建物の一番奥、本棚の間を抜けた先。日当たりのいいその席に、ふわふわしたジンジャーレッドの髪が見えて、僕は息を飲む。

早足で向かったその場所に、一週間ぶりにクロエが座っていた。顔を上げて、少しだけ気まずそうに、恥ずかしそうに微笑んだ。

「レイ、久しぶり。勉強は順調に進んでる？」

「この間はごめんなさい。私、寝不足で気が立っていたみたい」

クロエがそう言ってくれた時、僕はほっとして、体中の力が抜けてしまいそうだった。泣きそうになっているのがばれないように、口をきゅっと結んで彼女の隣の席に座る。

「なんだっけ。ああ、君が勝手に怒ってどこか行っちゃったこと？　そんなこともあったね」

クロエは拍子抜けした顔になったけれど、すぐに気を取り直したように教科書を開く。

恐らくジェロムは、これからはクロエに接触することはないだろう。たとえクロエを引きずり降ろして三位以内に入れたとしても意味がないからだ。彼はもはや、僕を越えて一位にならなくては意味がない。そんな無謀な挑戦を強いられて、それどころではなくなっているのだから。

ジェロムの思惑も動機も、クロエにはけっして知られたくない。

あんなくだらない奴に、クロエがむざむざ傷つけられる必要はないんだ。

「クロエ、この間、君の知識量は僕に及ばないとか言ったけどさ。あれには続きがあって、君の強みは知識量じゃなくて、柔軟な発想力を基にした応用力だと思ってるって話だよ。僕はそれを評価しているんだ」

生物学の教科書を手に、クロエは僕を見上げて目を丸くして、

「レイ、あなたにそんな風に言ってもらえるなんて、とっても嬉しいわ。ありがとう」

可愛い笑顔を見せてくれた。それから、なにかを頭の中でまとめるように少し上目遣いで考えて。

「あのね、レイ。私、謝らないといけないかもしれない。ジェロムは、もしかしたらただ単に私の知識量を認めてくれて勉強を教えてって言ってきたわけじゃないかもしれないから」

頬を微かに赤くして、ちょっと気まずそうに僕を見る。どういうことだ。

「なに。下心の話？　まさか何かされたの？」

ちょっと待て。声が震える。

「ううん、なにもされていないんだけれど、なんだかやたらと距離が近いっていうか。昨日なんて、じろじろこっちを見ながら、目が合ったら『ごめん、ドキドキしちゃった？』とか言い出して」

無表情にそれを聞きながら、ああ、あれじゃ足りなかったな、と思う。賭けなんてまどろっこしいことをしてないで、すぐにあいつのギルドなんかひねり潰してやるべきだった。

「――ふうん。それで何？　君はあいつにドキドキしたりしちゃったわけ？」

それがね、とクロエは言う。そして、ちょっと信じられない言葉を続けたのだ。

「全然しなかったの。何言ってるのかなこの人？　って思っちゃったくらい。理由を考えたんだけれど、レイといつも一緒に勉強しているからじゃないかなと思うんだ」

「え」

「だって、ジェロムよりレイの方がずっと綺麗な顔しているし、距離だって無駄に近いし。私、レイで免疫がついちゃって、普通の男の子じゃドキドキしなくなっちゃってるのかも」

クロエは冗談で言っているつもりなのだろう。あははと笑って鞄からペンやノートを出し始めた。

僕は、クロエと反対の方向に顔を向けると、口元に手を当てた。

どうしよう、口が笑ってしまうのが抑えられない。きっと今、僕は耳まで真っ赤だ。

そんな僕に気付くことなく、クロエは呑気な声で続ける。

「それにね、申し訳ないけれど、ジェロムの質問ってあまり面白くなくて。レイと討論している方がずっと楽しいわ。あ、だけど、誰かに説明をするのって基礎の復習になるわね。やっぱり今度の賭け、私勝っちゃうかも。――私が勝ったらレイ、来年も一緒に勉強してくれる？」

無邪気な笑顔を向けられて、抱きしめたい気持ちを必死で抑え込みながら、僕はクロエを見る。

「いいけどさ。でも言っとくけど、賭けに勝つのは僕だからね。今回も手加減はしないよ？」

ねえクロエ。

君に迷惑がかからないように、僕たちの関係は学校中に秘密にしているけどさ。

僕が君のことを好きだってこと、僕は君にだけじゃない、世界中に今すぐにでも宣言したくてたまらないんだ。

——賭けに勝ったら、なにか一つ相手の願いを叶える。

色々考えていた。冬休みに君の故郷に連れていってよ、とか、無理なら王都の屋敷に遊びに来ない？　とか、それでも駄目なら一日だけ、君の好きなところに一緒に出かけない？　とかさ。

だけど、今はまだいいか。ここで二人で勉強するだけで我慢してあげるよ。

だって、今僕が心の底から願うことはたった一つだけだから。

僕に、君を守らせて。

君を傷つける全てのものから、堂々と君を守れる世界で唯一の存在に、僕はいつかなりたいんだ。

そうしたら君を、もっともっともっとドキドキさせてあげる。

約束だよ、クロエ。

書籍版書き下ろし③「最愛のひと」

扉をそっと開く。微かに軋んだ音がして、心臓が跳ねた。

後ろ手に閉めながら息を潜める。大丈夫。寝室は静寂に包まれている。

ランプは灯されたままだ。揺れる灯りの奥、二人余裕で寝られる広いベッドの上、傍らに本を開いたまま、うつぶせに丸まる小さな背中に胸がきゅっと締め付けられた。

ジンジャーレッドの髪をそっとつまみ上げて、毛先に唇を寄せる。

もぞり、と白いナイティの背中が動いた。

「レイ、おかえりなさい……。ごめんなさい、うとうとしちゃっていたみたい」

僕の愛しい恋人が、可愛い笑顔で迎えてくれる。ああ、疲れが全て吹き飛ぶって、こういう瞬間のことを言うんだろうな。

「寝ててくれて、よかったのに」

夜着に着替えながら言う僕に、ベッドの上に座ったクロエは、目を擦りながら答える。

「うん、でもちょうど読みたい本もあったし。それよりレイ、王城の仕事、おつかれさま」

着替えを済ませた僕は、クロエの隣に腰を下ろして、彼女の頬に手を当てる。そのままぐっと引き寄せると、その唇に、ちゅく、と自分の唇を当てた。

割り入ったクロエの口の中は、甘く温かく、僕の脳を、とろりとほどく。

クロエとの二度目の学園生活を経て、僕たちは今、王都のアルノルト邸で過ごしている。

二週間後には両親が旅行から戻るので、アルノルト城でクロエを紹介する予定だ。それから僕たちは、最北の街・メールへ戻る。

先週まで意味もなくここに滞在していた兄さんも唐突に領地の視察へと発ち、つかの間の二人きりを満喫できると思っていたのだけれど。

兄さんがいなくなった分、アルノルト家の人間としての雑務が僕一人に集中するようになってしまったのには閉口した。招待される夜会に会合、合間を縫って、王城の王太子から呼び出しもある。書類仕事は早朝に片付け、訪問先も最低限に絞っているけれど、それでも今夜みたいに、帰りが遅くなってしまうことはあるわけで。

「もういっそ、予定より早く領地に戻った方がいいかもしれないな。本当はさ、君ともっと行きたい場所が、王都にたくさんあったんだけど」

美味しいお店に綺麗な宿。異国の珍しい商品を扱う店で驚く君の顔も見たかったし、この季節、広場に巡業してくる曲芸団の興行にも連れていきたかった。

「私は平気よ？　今日は大きな本屋さんに行って、そのあと資料を探しに古本屋さんを回ったの」

クロエはあっけらかんと言う。彼女は今、家業の宿屋で開業予定の入浴施設の準備に夢中だ。学園の友達や僕のつてを辿って宣伝活動をしたり、様々な資料を集めたり。

「うん、エグバートに聞いた。楽しかった？」

「とっても。北部について、すっごく貴重な資料があったのよ。後で見せてあげるわね」

その報告は、さっきエグバートからも受けた。僕がいない間クロエを退屈させたらクビだから、という命令を忠実に守っているつもりなのかもしれないが、楽しそうな様子の報告を聞いているうちに苛々しすぎて、途中で部屋を出てきてしまったのだ。あいつはクロエみたいに上手に報告する方法を、もっと学んだ方がいい。

「クロエ、やっぱり僕はもう、誰から召喚されても断固として断る。王太子殿下の呼び出しだって無視するよ。だって、君との時間以上に優先するものなんてないんだからさ」

もう一度、可愛い唇にキスをした。後頭部に手を当ててぐっと抱き寄せると、わざと音を立てるようにしながら、その口に自分の舌をねじ込む。先が触れた舌同士を、ねっとりと絡めあった。

「だ、だめよ……レイ、みんなあなたとお話がしたいんでしょう？　レイは今、王都で一番注目を浴びる存在だって、オスカー様が」

「そんなことどうだっていい。君の注目しかいらない」

「レイ、我儘言っちゃだめだよ」

僕の腕の中、両手で胸を押し返してクロエが見上げてくる。茶色い理知的なアーモンド形の瞳の表情が、少し大人っぽくなった。もうすぐ、僕らは二十歳になる。毎日どんどんこうやって、クロエは綺麗になっていくのだ。その瞬間の全てを見逃したくない。他の誰にも、見られたくない。

「レイは、メール地方の新領主になるんだもの。街のみんなもレイに期待しているわ。王都の貴族や王族とあの町を結ぶ仕事だなんて、レイにしかできないんだもの」

——僕が少し不満なのは、クロエがとても冷静なことだ。せっせと資料探しをして、空いた時間は部屋に閉じ籠って勉強をしているらしい。僕が一日中いなくても寂しがるそぶりも一切見せず、むしろ生き生きと毎日を過ごしているのだ。

……もしかして、クロエは僕がいない方が、気楽で楽しいとか思ってるんじゃないだろうな。

もう一度深いキスをして、唇を貪る。喉からこぼれる甘い声と、僕の腕の中の柔らかい身体。存在の全てが僕を煽ってくる。ナイティの上から、片方の胸をぐにゅりと掴んだ。

「レイ、待って……っ、疲れてるんじゃ……」

「疲れてる。だから抱きたい。理にかなってるでしょ」

「なにその理屈……ふあっ……」

胸の先を擦るとぴくりと肩を震わせる、その身体をベッドに押し倒した。ボタンを外すと、ぷるりとこぼれる二つの膨らみ。

「やっぱり」

「え……？」

「ここ数日で、絶対また大きくなった」

両手で寄せ、先端に吸い付く。いつもならそっと舐めるところから始めるけれど、今日は欲望に任せて最初から強く吸い付いた。

「ほら、すぐ勃った。だめだよ、僕の知らないところでどんどんエッチになったら」

舌先で舐りながら、目線だけで冷たく見上げる。目があって、クロエが真っ赤になった。腹の底から湧き上がるぞくぞくした衝動に任せるように、胸の先を甘く噛む。

「やんぅっ……」

「ほら、また先っぽ硬くなった。こんなに敏感で、いやらしくて。ついこの間までは、濡れたこともなかったような身体だったなんて嘘みたいだ」

声が掠れる。そうだ、この身体の全ては僕が初めて触れて、そしてこれからも、僕にしか触らせない。身体だけじゃない、その奥の心も、気持ちだって。ずっとずっと、僕だけのものでいて。

「君は、僕がいなくたって、一人で楽しく過ごせるのかもしれないけどさ」

ぺちん。

不意に、僕の両頬が、小さな柔らかい掌（てのひら）で左右から包まれた。

見上げると、上気した顔で僕を見下ろすその瞳が、ちょっと怒っている。

「なに言ってるの、レイのバカ」

その時になって僕はようやく、ベッドの上に広がった書物の中身に気が付いた。てっきりクロエの、入浴施設関係の資料だとばかり思っていた、それらは全て、メール地方に関する資料。

「このあいだ、レイが教えてくれたでしょう。王太子殿下の命令で、メール地方の行政方針案を提出しないといけないって。だから、私なりにまとめてみたの。せめてたたき台になればいいなと思って。そうすれば、レイと一緒に過ごせる時間が、少しでも増えるんじゃないかなって」

書類の下に、紙とペンが置いてある。見慣れたクロエの字がびっしり書き込まれた紙の束。

なんだよこれ、枕（まくら）くらいの厚みがあるじゃないか。めくってみる。北の地域の産業と課題、現在抱える外交上の問題点。ものすごく分かりやすく、的確にまとめられている。

「私だって、レイと一緒にいたいに決まっているじゃない。一日中、レイのことばかり考えているに決まっているじゃない。だから、私、少しでもレイの手伝いができないかなって思って」

「クロエ」

君は本当に極端だ。あんなに生き生きと町中を走り回って資料を集めて、こんな大量の書類を作っていたの？　僕のために？　僕と、一緒に過ごす時間のために？

「ねえ、レイ・アルノルト。君は確かに、アルノルト家の優秀な参謀だった」

今日、王城に僕を召喚したこの王国の王太子・セルジュ殿下は、唇に軽い笑みを浮かべて言った。

「だけど春からは、君はメールのアルノルト伯爵だね。もう君の上にオスカー・アルノルトはいてくれない。参謀と当主では見える景色も重圧も、きっと全然違うだろう。君は愛する人に完璧な姿を見せられるかな？　――レイ・アルノルトの真価が問われるんじゃないの？」

くだらない。笑いたくなる。そんな煽りにムキになって、仕事を詰めた自分自身に対してだ。

真価が問われる？　上等だ。そんなもの、僕は軽く越えていってみせる。

「クロエ、好きだよ」

気持ちが逸る。伝えたい思いが込み上げて、それを言葉にしないといけないのがもどかしい。

「レイ、私も大好き」

ふにゃりと笑顔になる、クロエの身体を抱きすくめるようにして、また、深く唇を合わせた。

ああ、君を愛おしいと思うこの心を、胸を切り開いて君に見せることができたらいいのに。

クロエのナイティを脱がせて、僕も着たばかりの夜着を脱ぎ捨てた。彼女の両肩を、下から両手で掬い上げるように抱きしめて、長いながいキスをする。剥き出しの身体同士を密着させて、くちゅくちゅと音を立てて口の中を、喉の奥まで。上顎を舌先で何度もくすぐると、そのたびにクロエは僕にキュッとしがみついてくる。

「ごめん、クロエ……今日は、あまり優しく、できないかも」

唇を彼女の耳の方に移動させ、耳たぶを食み、耳の穴の入り口をなぞると中へ舌先をつぷりと埋め込む。右耳の奥、そして左耳へ。クロエの身体の奥底に快感を落とし込んでいけるように、きつく抱きしめて動くことを許さない。

そうしながらも割り開いた彼女の脚の間に、滾った自分自身をあてがって、ずりゅずりゅと擦り合わせていく。

「ふ、ぁん、レイ……」

恥ずかしそうに目をキュッとつぶり、クロエが僕にしがみついてくる。

「クロエのここ、もうとろっとろ……僕のこと、好きって言ってる」

先端を入り口に合わせてくちゅくちゅとその輪郭を辿りながら、熱を集める小さな核を、指先でこりゅりと丸めてやると、クロエは背中を跳ねさせた。

「こっちの口でも、好きって言って？」

敏感なところを弄りながら、唇でクロエの唇をくじり開け、息を吹き込むように囁く。その僕の下唇を、クロエが甘く食んだ。

「レイ、大好きよ。離れていても、ずっとずっと大好きで……でも、一緒にいる時が、一番幸せ」

深くふかくキスをして、クロエの身体をしっかりと抱きしめると、僕は、自身を彼女の奥にぐりゅりとねじ込んでいく。包み込む熱、みっちりとした質量に、ああ、もうだめだ、すぐに果ててしまいそうだ。指と指とを搦めあわせて、ベッドの上に縫い綴じた。

「クロエ、好きだ。愛してる」

囁きながら、中を探る。彼女のいいところ、声がひときわ高まるところ。そこを下から突き上げて。跳ねる身体をしっかりと胸に抱きしめた。

レイ・アルノルトの真価が問われる？

僕の価値は、ここにある。君が見つめてくれること、君が愛してくれること。

やっぱりもう少し王都にいよう。

せっかくの僕らの時間、誰にも邪魔させたりはしない。

仕事？　そんなのいくらでも片付けてやる。僕を誰だと思ってるのさ。

レイ・アルノルト。君を幸せにできる、たった一人の男だよ。

＊

目を覚ますと、レイの腕の中にいた。

腕枕をした私の身体を、さらに反対の腕で抱きしめるようにして、すぐ目の前に、朝の光を浴びたレイの寝顔が見えた。

シルバーアッシュの上質な絹みたいな髪に、信じられないほど長いまつ毛。すっと通った鼻梁（びりょう）に、綺麗な輪郭の唇。神様が、丁寧に丁寧に作ったのだと思わないではいられないその容姿。

この人が、昨夜私を抱きしめて、甘い言葉を耳元で囁き、私のことをあんなに求めてくれていただなんて、今でもまだ、時々信じられない気持ちになる。

好き、とつぶやきそうになって慌てて飲み込む。こういう時のレイは、大抵とっくに目を覚ましているのだ。綺麗な形の鼻の頭を、ちょこんと指先で撫（な）でた。艶（つや）やかな頬に触れる。目を開かない。

レイは毎日、とても忙しそうだ。アルノルト家の参謀から、国内最北の地の領主へ。最近は、北の隣国との関係が国中の関心を集めていることもあり、なお一層にレイへの注目と期待も高まっていると聞く。この綺麗な人は、そういった全てを何食わぬ顔で一人で背負って、私に心配をかけないように振る舞っているのだ。

「レイ、一緒に頑張ろうね」

思わずつぶやいたら、レイがぷっと吹き出した。

「なにそれ。いつ大好きって言ってくれるのかなって待ってたのに」

「やっぱり起きてた」

「ま、君が心の中で、レイ大好き、もう一度抱いてくれないかな、て訴えているのは聞こえていたけどね」

「そこまでは言ってないし！」

頬を膨らませて見上げると、レイはこつんと私の額に自分の額を付けた。

「前に、僕が言ったことを覚えている？」

優しい目で私を見つめて、そっと髪を撫でてくれる。

「君と僕がいれば、なにも恐れることなんてない。今までだって、これからだって。君と幸せになるためなら、僕は全てを手に入れてみせるよ。だからさ、クロエ――……」

ちゅ、とついばむようにキスをして、朝の光の中、私の愛する人は、甘えたように微笑(ほほえ)んだ。

「これからもずっと、そばにいて。君は僕にとって最高に、面白くって、頼もしくって、ハラハラさせて、夢中にさせる――この世界でたった一人の、最愛のひとだよ」

文庫版書き下ろし番外編「この国で一番あたたかい街」

君は覚えていないと思うけれど、あのころ一度だけ、君と結婚の話をしたことがあるんだ。

「レイ、結婚ってどう思う？」

いつもどおりの放課後の図書館。僕と君の、お気に入りのあの席で。

君はなんでもないような顔で、とんでもないことを聞いてきた。

「えっ……結婚って、あの結婚？　二人で永遠の愛を誓う、あの儀式？」

「そうね、他にどんな結婚があるのかよく分からないけれど、多分それだと思う」

僕はペンを落としてしまったことを誤魔化しながら、さりげなくこめかみを押さえて動揺をやり過ごす。ついさっきまで、かなり手ごわいと思っていた手元の数式問題がひどく単純なものに思えるほど、この唐突な質問への最適解が見当もつかない。

でも、答えを間違えたら一生後悔する気がする。落ち着くんだレイ・アルノルト。ここはものすごく重要な運命の岐路だ。おまえならできる。

「そうだね、いいものだと思うよ。うん、すごくいいものだ。最高だね。ぜひ推奨するよ」

「そうよね、いいものよね」

あっさりとうなずいたクロエを見て、別の焦燥に駆られた。

「そんなに安易に肯定するのは、ちょっとどうかと思うな」

「すぐに肯定したのはレイの方じゃない」

「いや、落ち着いて。一人じゃできないことなんだから慎重になるべきだ。結婚するなら君に相応しい相手かどうかを、ちゃんと見極めなくちゃいけない」

「相手……」

「まさか、誰かに結婚をほのめかされたの？　ここの学生の誰か？　そいつはやめた方がいい。学生の本分を忘れて先走るような奴にろくな奴はいないからね。……もしかしたら、君みたいな田舎の男爵家でも、婚約の話が出たりすることがあるの？　それもひどく早計だね。君みたいなタイプは親が決めた相手より自分で選んだ方がいい。なんだか君は最後は面倒くさくなってどうでもよくなりそうだけど、勢いだけで決めたら絶対に後悔するからね。少なくとも卒業までは待つべきで……」

「ねえレイ、何の話をしているの？　結婚するのは私じゃないわ。女子寮の掃除係をしているウーラさん。今朝それを聞いて、何かお祝いを贈ろうかなって思って」

いけない。冷静に返すつもりだったのに、空想の中の恋敵に向かって我を失いかけていた。

知り合いの話か。普通に考えればそりゃそうだろう。一気にどうでもいい気持ちになる。

僕は長く息を吐き出し、脚を組み替えた。

「ああ、そうなの。そう思ってた。了解、いいね、花でも贈れば？」

「もう。面倒くさくなるとかなんとか、私をなんだと思ってるのよ。そもそも田舎者扱いしないでちょうだい」

ぷりぷりと頬を膨らませながら、クロエはそれでもノートに「花」とメモする。

そのままペンを口元に当てて、何かを考える時の顔になった。

「ウーラさん、結婚したら旦那様の家の仕事を手伝うために王都を離れるんですって」

「ふうん、よく聞く話だね」

「でも彼女はね、ここで働きながら、劇場で歌手になるための勉強もしてきたのよ。だけど王都を離れるから、それもあきらめるって」

掃除係の女性のそこまで詳しいプロフィールを把握しているクロエに驚きながらも、僕は慎重に頷いた。やはり今、自分が非常に重要な情報収集の場に居合わせていると感じたからだ。

「私のお母様は、元々うちの宿屋の客室係として働いていた時にお父様と恋に落ちて、結婚後も一緒に宿を切り盛りしてきたわ。それってすごく幸運なことよね」

まずいぞ。非常にまずい。

このままじゃ、田舎の宿屋で働く気のいい男との結婚が一番いいなどと言い出しかねない。どんなふうに切り出せば、僕が宿屋の経営に対して強い興味を抱きかつ大いに適正があることへの証明になるだろうか。瞬時にそんな考えを巡らせている僕をよそに、クロエはさっぱりした笑顔で続けた。

「だけどね、ウーラさんとても幸せそうだった。王都で歌うこと以上に、彼といることでウーラさんは幸せになれるんだよね。だから、ちゃんとおめでとうって言おうと思って」

そうだね、あれはちょうど、三年生の夏だった。

窓の外には緑色の葉が揺れていて、君の笑顔に明るい光が差し込んできた。

僕はもっと何か、気の利いたことを言えるんじゃないかと焦っていて。でも君を見つめるだけで、それ以上言葉が出てこない自分に驚いて。じれったくて、もどかしくて……だけどどこか、そう、確かに、幸せだったんだ。

君の笑顔を見つめるだけでこんなに幸せになれるんだって、あの時僕はかみしめていたんだ。

＊

「……ってことがあったんだよ。まあ君は覚えていないと思うけどね」

「覚えているわよ」

「ほらね、分かってた。いいよ気にしないで……って、え⁉　本当⁉」

レイのあまりの驚きように、少し良心が傷んでしまう。

「ごめんなさい、正確には最近思い出したの。ウーラさんはどうしているかなって。その時にふっとレイとの会話も思い出したわ」

私が白状すると、レイは残念がるどころかむしろ嬉しそうな顔になった。

「それってさ、君なりに色々想いを馳せてくれていたってことだろ」

ひらりと先に馬から飛び降りると私に手を貸してくれながら、レイは悪戯っぽく微笑む。

「僕との結婚を前にしてさ」

私も笑って、レイの広げた腕の中に勢いよく飛び込んだ。


私とレイが学園を卒業してから四か月。

レイの家族へのご挨拶をすませた私たちは、メールの街に戻ってきていた。

私の生まれ育ったこのリンドレーナ王国最北端の街で、私たちは明日、結婚式を挙げるのだ。

「でも、いいのかな。結婚式を二回も挙げるなんてどこのお姫様なのって感じ。贅沢すぎるわ」

アルノルト城でも、オスカー様とレイのご両親に温かく迎えていただいて、まるで夢のように盛大な式を挙げていただいたというのに。

「いいんだよ。あれとこれとは目的が違うし、君は僕のお姫様だろ。二回でも少なすぎるくらいだ」

綺麗な顔に一切の躊躇も浮かべず言い切られて、思わず赤くなってしまう。レイ・アルノルトは相変わらずだ。

「それにしても僕らの連携は見事だったね。結婚式の準備をすべて済ませた上に、前日にゆっくり休みが取れるなんて、奇跡的だよ。さすが僕たちだ」

「そうね。おかげでここにも来ることができて、本当に嬉しい」

レイが馬を木に結びつけるのを待ってから、私たちは丘の頂上目指してゆっくりと歩きはじめる。

「メールの街での結婚式は、アルノルト城で挙げたものより盛大にしたい」

そうレイが宣言した時は、なんて大それたことをと戸惑ったものだけれど、実際は少し違っていた。ドレスや飾りを豪奢にするとか王都からたくさんの上位貴族を招待するとか、そういう意味での「盛大」では、決してない。

メールの街に住んでいるすべての人たちに、お祝いのご馳走が振る舞われる。街には楽隊や劇団、さらには子供用に移動遊園地も誘致した。結婚式から三日間はご馳走が食べ放題で、夜通し祝い放題のお祭りが開催されるのだ。

街の人たちから僕への好感度爆上がりだろ？　なんて、レイは確信犯みたいな顔をしていたけれど、どうしたらみんなに喜んでもらえるかと、彼が分厚い企画書を何冊も作っていたことを私は知っている。

この街に戻ってきてから約一か月。私とレイは大忙しだった。

レイはこの地方の新領主としての業務に本格的に取り掛かり、私は半年ぶりに宿屋「ファミール」

の女主人に戻った。お互いの仕事をこなしながら、夜はレイのお屋敷と私の宿屋を行き来して、時間が許す限り一緒に結婚式の準備も進めてきたのだ。

「大変だったけど、すっごく楽しかった。ねえレイ、私やっぱり、レイと資料を一緒に読んだり、難題を前にうんうん頭をひねったり、アイディアを出し合ったりするのがすごく好きだわ」

レイは笑って手を差し出した。指を絡めるように繋ぐ。

「当たり前だろ。僕たちはそこから始まったんだ」

レイの向こうに広がる空から、涼しい風が吹いてくる。乱れた髪を押さえて次に顔を上げた時、私たちは丘の頂に辿り着いていた。

「うわあ、すごい……なんだよこれ!!」

丘の向こう側を見下ろしたレイが、感嘆の声を上げる。

そこには、一面に青い絨毯が敷き詰められていた。

「よかった。ここならまだ咲いているんじゃないかと思ったの。私たちの家がある場所よりも寒いから。でも思っていた以上だわ」

視界一杯に広がるのは、アルピヌムの青い花畑だ。吹き抜ける風に花びらを一斉に泳がせながら、どこまでもどこまでも広がっていく。

「クロエ、ここすごいよ。僕こんな綺麗な花畑、初めて見た」

「でしょう。私の両親もとてもお気に入りの場所なの。家族四人で毎年春にはピクニックに来たわ」

「ファミール」が建つ場所から、更に北に向かった国境付近の高い丘の上。

両親が一日だけ休みを合わせて、誰からも気が付かれないようにひっそりと広がるこの花畑でピクニックをするのが、私たち家族の楽しみだった。

「あのね、お父様がお母様に結婚を申し込んだのもこの場所なんですって」

レイは両眉を上げて、くすぐったい気持ちになるような笑顔を浮かべた。

「君にしては、すごく粋なことをするね」

それから花畑をじっと見渡す。

シルバーアッシュの髪が風に揺れて、レイの端正な横顔にかかった。

「……嬉しいな。連れて来てくれてありがとう、クロエ」

風に乗って飛んできた青い一片の花びらを、レイはつまんで唇に当てる。見上げる私と目が合って、レイはくすりと微笑むと、そのままかがんで私にキスをした。

「クロエ、僕と結婚して下さい」

真剣な瞳で見つめられて、私は笑った。

「レイ、私たちもう、アルノルト城で一度式を挙げているでしょう?」

「うん、だけどここで、改めて。君のご両親がきっと見てくれていると思うからさ」

涼やかな風が吹き抜けていく。花畑の花が一斉に、まるで歌うように揺れた。

「この花、きっと僕たちが来るのを待っていてくれていたんだと思う。きっとそうだよ」

青い花びらの向こうから、お父様とお母様の笑顔が見えたような気がした。

目の奥が熱くなり、喉の奥が詰まる。私は一度息を吸い込んで、唇を引き結ぶとレイに笑顔を向けた。

「ありがとう、レイ。はい。私と結婚して下さい」

レイがもう一度、なんだか泣きそうな顔で微笑んで、私の手を引き寄せるとキスをしてくれた。

一度放して見つめ合って、それからもう一度、お互いの首に両腕を回して抱き寄せて、唇を深く重ねる。

何度も、何度も。

私たちは青い花々の真ん中で、ずっとずっと、キスをしていた。

用意していたお昼ご飯を食べて、日が落ちる前に丘を下りた。

なだらかな道まで戻り、そこからはレイの白い馬にゆっくりと揺られながら、メールの街まで戻っていく。

「このあたり、街道をちゃんと拓いて交通の便を向上させるつもりでいたけど、さっきの花畑は僕たちだけの秘密の場所にしたいよね。経路からは外す方向で検討しよう」

レイはそんな職権乱用なことを言いながら、私を自分の前に座らせて、軽く手綱を操っている。

「あの花畑はヨハンも知ってるわよ？　お気に入りだもの」

「ヨハンは特別でしょ。ヨハンだっていつか、あそこで結婚を申し込むんだろうしね」

ヨハンはもうすぐ十歳になる。最近は自由に庭を歩き回れるようになってきた。彼がまさか一年前の今頃はずっと寝たままだったなんて、知らない人は信じないかもしれない。

それは、なんて幸せなことなのだろう。

「レイ、あのね」

空の端が紫色に染まっていく。もうすぐ日が暮れて、夏の短い夜の先には、明日がやってくる。

「この間、ヨハンが改まった顔で話しかけてくるから何かと思ったんだけど」

――僕も、姉さんたちが通った王立学園で勉強がしたいんだ。

　ヨハンは緊張した声で、はっきりとそう言ったのだ。

「――分かってるよ。とても難しい試験だって。この街から合格したのは、この十年で姉さんだけなんでしょう？　だけど、僕も姉さんたちみたいになりたいんだ。たくさん勉強して、僕が助けてもらった分を、この街のみんなに返したいの。」

　ほんの一年前。

　あのアルピヌムの花畑のことも思い出すことができないくらい、私は不安と後悔に押しつぶされそうになっていたのだ。私が一人で遠くに進学なんかしなければ、家族の近くにいれば。そうすれば違う未来があったのではないかなんて、考えたことは数知れない。

　あれからたった一年。レイが、すべてを変えてくれた。

「ヨハン、姉さんが心配するんじゃないかって言ってたからね。そんなことないよ、喜ぶから言ってやりなって僕がアドバイスしたんだけど」

「そうなの⁉　やだもう、レイは先に聞いてたのね。ずるい」

　ずるいってなんだよとレイは笑う。

　最近レイは、忙しい合間を縫ってヨハンに剣や乗馬を教えてくれているのだ。そういう時に話をしてくれたんだろう。

「ねえクロエ。ヨハンはちゃんと君を見ているね。あの頃、あの学園で君があれだけ頑張って勉強していたことが、今、『ファミール』のみんなを助けている。温かい泉の別館の仕上がりは完璧だし、王都やアルノルト城下でも話題なんだろ。クロエの頑張ってきたことを見て、ヨハンは自分もそうなりたいって思ってるんだ」

　全部つながっているんだよ、とレイは言う。

「でも、レイが宣伝してくれたからだわ。王都でもアルノルト城でも、私を色々なところに連れて行って、色々な人に会わせてくれたのはレイだもの」

「言っとくけど、紹介だけなら誰にだってできるんだ。それをその後につなげることができたのは、クロエ、君だよ」

レイは自信たっぷりの声で続けた。

「いいかい、『ファミール』は、来年にはもっと話題になるよ。一度来た客はまた来たくなるだろうし、そういう姿がさらなる客を呼ぶ。『ファミール』は、この北部一……いや、リンドレーナ王国一番の宿屋になるね。この僕が保証する。君はもっともっと忙しくなるよ」

「いいの？　私はレイ・アルノルト伯爵の妻として、領主の仕事ももっと手伝わなくちゃいけないのに」

レイは手綱を繰りながら軽快に笑った。

「そうだね、それじゃあ、それも一緒にやろうよ」

目を丸くして見上げると、レイは楽しそうに続ける。

「僕だって宿屋の仕事、手伝いたいしさ。君のご両親がしていたみたいに、経営のことも一緒に話し合おうよ。その代わり、時々は領主の仕事にも手を貸して。君の仕事と僕の仕事、全部一緒にやっていくんだ。この北の街をリンドレーナ王国で一番栄えた街に、僕たちが変えてやるんだからさ」

そうなると学校も必要だな、とレイは一人で頷く。

「優秀な人材を、みすみす王都の学園に流出させる必要はないね。ヨハンが通うのにふさわしい学園、この街に作るのもありかもしれない」

「その学園の図書館の設計は、絶対に私にさせてね。たくさんの本棚を抜けた先の柱の陰に、ぽっかりと日当たりのいい席を作るの」

「そしてそこでは領主と宿屋の女主人が、いつも街の未来について意見を戦わせているってわけか。傑作だねそれ。ぜひ採用したいな」

レイは笑いながら手綱を引く。立ち止まった馬の上で私たちは見つめ合って、今日何度目か分からないキスをした。

「早く帰らないといけないのに」

「うん、もうちょっとだけ」

レイの肩越しに、夕焼けに染まっていく空が見える。

明日私は、この町で、レイと結婚するのだ。

今日までの自分と明日からの自分。いろいろなことが変わっていく。だけど、必ずつながっていくものがある。

ふちゅり、と唇を離して、私はレイを見た。

「レイ、ウーラさんのことだけれど」

あの頃、学園に心許せる女の子の友達が一人もいなかった私にとって、ウーラさんは大切な話し相手だった。芋の皮が掃除に使えるという話題から仲良くなった彼女の歌手になるという夢を、私はとても素敵だと思ったのだ。

だけどそれを諦めて愛する人と王都を去ったウーラさんを見て、きっと彼女は歌手になるよりも彼と一緒にいることが幸せなんだわ、そういう選択をしたんだわ、と私は自分を納得させたのだけれど。

でも今は、ちょっと違うふうに思う。

「ウーラさんは、自分が幸せになるだけじゃなくて、愛する人のことも幸せにしたいと思ったのね。

ねえ、私も同じだわ。レイと一緒に幸せになりたい。レイを幸せにしたい」

レイは眩しそうに私を見て、髪を耳にかけてくれるともう一度唇をあわせた。

「そうだね。一緒に作っていこう。僕たちの形をさ。二人で幸せになれるように、二人のしたいことを一緒に叶えていこう」

それから思い出したように、さらりと続けた。

「そう言えば、明日の結婚式のために国中から話題の楽隊や劇団を招待しただろう。西の町でちょっと前から話題になってる歌姫を擁する楽隊がいてね。そこにも声をかけたんだけど」

きょとんとする私を見て、レイは肩を竦めて笑った。

「その歌姫の名前は、ウーラ。村の祭りで歌い始めたら人気が出て、今は夫の仕事を手伝いながら話題の歌姫としても活躍しているらしい。クロエ様の結婚式で歌えるなんて夢みたいって返事が来たよ」

私は思わず、レイの首に抱き着いた。

「レイ……すごい。本当に？　探してくれたの？」

「僕を誰だと思ってるの。これくらい、決算書類一枚書くより簡単だね」

「レイ、ありがとう……すごい!!」

抱き着いたままの私の髪を、レイが優しく撫でてくれる。

不意に、馬が軽快に駆けだした。

「きゃっ!?　どうしたのいきなり……!?」

「いや、なんかもう限界だなって思って」

「え……？」

「オオカミがね」

「えっ⁉　オオカミ⁉」

震えた私に、レイは真剣な声で答える。

「いや、僕の中のオオカミが、君を抱きたくて大暴れしてるってこと。しっかりつかまってて。屋敷に戻るよ。最短コースでね」

「えっ⁉　ちょっと待っ……きゃあああああ⁉⁉」


それからレイは、小川を飛び越え林の中心を走り、急な勾配を強引に駆け抜けて、メールの街まで戻ってきた。

だけど、レイらしくない誤算なんだけれど、最短距離でアルノルト伯爵邸に辿り着くには、「ファミール」の正面を通らなくちゃいけなかったみたいで。


「レイ様、そんなとこで遊んでたんですか!!　中央ステージの最終確認して下さいよ!!　設計図複雑すぎて確信が持てねーんだよ!!」

前庭の中央で木材を運んでいたフェリクスが、私たちを見つけて大声を上げる。

「クロエお嬢様、ついに見つけましたよ、奥様が結婚式で着けられたベールです!!　明日までに私が絶対にほつれを直しますから、式にはこれを着けてくださいね!!」

ファミールの二階の窓からは、埃だらけになったマドロラとアンネ達が身を乗り出している。

「お嬢様、今夜は前祝いとして庭で夕食を取ろうと思って準備をしていたところです。味見して下さいよ！」

グレイさんと厨房スタッフのみんなが、お鍋やトレイを手に次々と庭に出てくる。

「ああ!! レイ様クロエ様!! よかった～!」

門の近くの木の上から、エグバートがストンと下りてきた。

「ちょうど今、オスカー様たちが到着されましたよ!!」

「久しぶり。連れてこなくていいって言われてたけど、やっぱり父上と母上もお連れしたぞ。二人とも楽しみにしていたんだ」

豪奢な馬車の一行を黒い馬で先導したオスカー様が、爽やかな笑顔で手を振っている。

ファミールの入り口が勢いよく開いて、ヨハンの明るい声が響いた。

「おかえりなさい、姉さん、レイ!!」


「……貴重な二人きりの時間だったな」

馬の速度を急激に落としながらレイが暗い声でつぶやいたので、私はこらえきれずに噴き出してしまう。

「大丈夫よ、レイ」

ちょっと恥ずかしいけど、悪戯っぽく笑って囁いた。

「今夜もベッドで待っていてね。きっと……もぐりこみに行くから」

レイは素早く何度か瞬きをして、それから不敵にニヤッと笑って。

「いいね。僕ら二人だけの、最高な愛の言葉だ」

そしてもう一度、ファミールの正面入り口で私たちはキスをする。

ここは、リンドレーナ王国で一番北に位置する街。
私とレイがこれからずっと暮らしていく、この国で一番、あたたかい街だ。

あとがき

互いを認め合う、ライバル同士の関係が好きです。

相手にがっかりされたくなくて意地を張ろうとする気持ちは、恋の始まりの頃に似ている気がします。そんな風に思ったところから、クロエとレイの関係は生まれました。

ある寒い街のひと冬を舞台にしたこのお話、真冬にWEB連載を始めまして、ありがたくも一年後の冬の初めに一冊の本にまとめていただけました。

クロエたちが胸ときめかせている様々な表情を、まるでその場にいるように描いて下さった椎名明先生、一迅社ご担当I様とN様、流通関係の皆様、書店の皆様。そしてクロエとレイを応援下さり、読んで下さったすべての皆様に、感謝の気持ちでいっぱいです。

椎名先生によるこの作品のコミカライズも、この冬スタート予定です！　椎名先生の描かれる世界でさらに生き生きと恋をしていくクロエとレイを、ぜひぜひ楽しみにしていてください。

それではまた、お会いできる時を夢見て。

二〇二一年冬のはじめ　茜たま

夜這いを決意した令嬢ですが間違えてライバル侯爵弟のベッドにもぐりこんでしまいました

茜たま

2022年11月5日　初版発行

著者　茜たま

発行者　野内雅宏

発行所　株式会社一迅社
〒160-0022 東京都新宿区新宿3-1-13　京王新宿追分ビル5F
電話　03-5312-7432（編集）
電話　03-5312-6150（販売）
発売元：株式会社講談社（講談社・一迅社）

印刷・製本　大日本印刷株式会社

DTP　株式会社三協美術

装丁　モンマ蚕（ムシカゴグラフィクス）

ISBN978-4-7580-9501-3

●本書は「ムーンライトノベルズ」（https://mnlt.syosetu.com/）に
掲載されていたものを改稿の上書籍化したものです。
●この作品はフィクションです。実際の人物・団体・事件などには関係ありません。

MELISSA
メリッサ文庫